風樹の剣

日向景一郎シリーズ❶

北方謙三

双葉文庫

目次

風樹の剣

日向景一郎シリーズ①

第一章　斬撃《ざんげき》

1

刀身が、白い光を放っている。

闇《やみ》にむかって刀を構える日向将監《ひなたしょうげん》の姿を、芳円《ほうえん》は毎夜見ていた。闇以外に、なにもない。将監の姿がぼんやりとしか見えないのに較《くら》べ、刀身の光だけはいつもはっとするほど鮮やかだった。

地摺《じず》りか正眼に構えられた刀は、半刻《はんとき》近く動くことはない。将監がなににむかい合い、なにを見ようとしているのか、芳円は考えないようにしていた。

いずれ、将監は死ぬだろう。それは明日かもしれず、十日後かもしれない。

青梅《おうめ》村のこの寺へ将監が来て、十四日が過ぎていた。十八歳になる、孫の景一郎《けいいちろう》が一緒であった。景一郎を、芳円はほとんど知らなかった。母の満乃は、知っている。

風が吹き、樹木が戦《そよ》いでも、なにかが動いているという気に、芳円はならなかった。将監が立っている間は、なにも動かず、音もなく、その姿が消えた時、不意に息を吹き返したように、木が戦ぎ、虫が鳴くのだった。

将監が立っている間、境内はすべて死に満ちている。

構えられた刀身が振られるのを、芳円は一度も見ていない。鍔鳴《つばな》りもさせず、刀身はいつも静かに鞘《さや》に収められる。そして闇に吸いこまれるように、将監の姿は消えるのだ。打ちこめるだろうか。芳円は一度そう考えたことがあった。隙《すき》は見えない。しかし気が満ちているようでもない。打ちこめば、崩せそうにも思えた。昔なら、打ちこんだかもしれない。そして斬《き》られただろう。打ちこめるかと考えた瞬間に、芳円は不気味なものを感じたのである。それは将監の剣気ではなく、全身に湛《たた》えられている、死に引きこまれてしまうような、とらえどころのない不安に似たものだった。その不安に似たものが、やがて自分を魅了するだろうということを、疑いようもなくはっきりと感じた瞬間に、打ちこめるかもしれないと考えるのを芳円はやめたのである。

いまは、将監の死だけを、芳円は見つめている。将監は、自ら死に踏みこんでいくことはせず、死に吸いこまれていくこともないだろう。死と溶け合う。生が死をいつも抱《いだ》いているものなら、ある時からそれが入れ替り、死が生を抱《いだ》きこむ。そうやって人が死にゆく姿を、見られるかもしれないとだけ芳円は考えているのだった。

将監が、刀を鞘に収めた。その時はすでに将監の姿は闇に呑《の》みこまれかかっていて、すぐに視界から消えた。

境内が息を吹き返した。虫が鳴きはじめるのを耳にしてから、芳円は静かに障子を閉めた。

夜明け。外が明るくなるころに、空気を切り裂くような音が聞えてくる。景一郎だった。振っているのは、真剣である。一刻ばかりそれは続いたが、芳円は床の中でその音を聞くだけだった。生気に満ちている。どうしようもないことだが、景一郎の発する気は、夜明けのように生気に満ちていて、将監の立ち姿とはまるで違った。

夜明けに素振りをするのは、長い習慣のようだった。はじめは、将監に命じられたのかもしれない。

芳円は起き出して、本堂へいき、朝の勤行《ごんぎょう》をはじめた。憎らしいことをやるのは、この時だけだった。

勤行が終ると、いつも粥《かゆ》を炊《た》くが、このところそれは景一郎の仕事になっている。

芳円は、離れの将監の病床を訪《おとな》った。

「闇が斬れぬ」

呟《つぶや》くように、将監が言った。毎夜自分が見つめているのを知っているのだろう、と芳円は思った。床に就いた将監は、痩《や》せ細った躰《からだ》に、老いを剝《む》き出しにしている。労咳《ろうがい》で死ぬ者を何人も見たが、みんな若かった。この世に残す思いと、闘いながら死んでいくというように、芳円には見えた。年老いた者は、労咳かどうかもわからず、老いに命を奪われていくように見えた。

将監は、そのどちらとも違った。

「喜重郎、刀で斬れぬものが、この世には多いな」

「わずかなものでございましょう、刀で斬れるものは」

「おまえが、それをわしに教えるのか」

笑い、咳《せき》をし、将監は晒《さらし》で痰《たん》を拭《ぬぐ》いとった。晒には赤いしみがいくつも付いている。傷から出る血と違い、その血は時が経《た》っても褪《あ》せて赤黒くならず、鮮やかに赤いままだった。

二十年も前から、芳円は将監の門弟だった。道場に通ったのは、十年というところか。江戸両国広小路《ひろこうじ》、薬研堀《やげんぼり》の小さく粗末な道場だった。門弟はいつも、五、六人しかいなかった。素面《すめん》、素籠手《すごて》の稽古《けいこ》を変えようとしなかったからだ。組太刀の型稽古ではなく、竹刀《しない》とはいえ実際に打ち合うので、怪我人《けがにん》は絶えない。

そこで十年も耐えたのに、これという理由はない。耐えたという気さえ、なかった。

そこそこは、強くなったのかもしれない。ひと太刀で、人を斬り殺すことができたのだ。十年前のことで、一応の吟味は受けたが、五分の疵《きず》とみなされた。つまり喧嘩《けんか》である。芳円も胸から腹にひと太刀浴びていて、寒くなればその傷が痛む。

景一郎が、粥を運んできた。芳円の分もある。

礼儀正しく、躾《しつけ》られていた。朝の素振りも欠かしたことがない。四年前将監が道場を畳んでから、ずっと祖父に連れられた旅の日々だったようだ。二人で、道場破りにいく。まず景一郎が出る。大抵はそこで終り、師という触れこみの将監が出る必要はなかったらしい。その時の道場から出る礼金を蓄えたらしく、この寺へ来た時もそれほど金に困っているようではなかった。

将監は、自分が死んだあと景一郎がどうなるのか、考えてもいないようだった。自分の死以外、将監にとってはすべて関心の外にあるように見える。

「毎朝、精が出るな、景一郎殿」

「はい」

言葉も、少なかった。

芳円は粥を啜《すす》りこんだ。将監も、床に端座して一応箸《はし》は取る。指のさきが、熱でふるえているのがよくわかる。どうしようもなかった。水で額を冷やすのさえ、嫌《いや》がるのである。

「もうよい」

将監が、景一郎に椀《わん》を返した。粥は半分も減ってはいない。

離れを出ると、芳円は境内を歩き回った。雑草は抜いてある。気がむいた時に、落ち葉も掃き集める。一応は、きちんとした寺だった。月のうち八日、やくざがやってきて本堂で賭場《とば》を開く。布施《ふせ》という名目でやくざから払われる金で、たまには江戸にも遊びに行けるのだった。出家したからといって、俗世を離れてはいない。十年前、人を斬った時に、無理矢理出家させられたようなものだった。

直参旗本《じきさんはたもと》千二百石。高久《たかひさ》家の次男であり、兄は幕府御使番《おつかいばん》を勤め、御先手頭《おさきてがしら》も狙《ねら》おうかというところにいた。喧嘩沙汰《ざた》とはいえ、人を斬った弟をそのままにしておくのは、出世にも響くと考えられたのである。

いま、兄がどこまで出世したかは知らない。俗世とは縁が切れないが、高久家とは芳円の方から縁を切ったつもりでいる。あそこで縁を切れたのは、自分の人生にとっては幸いだった。他家へ養子へ行くか、分家して小普請組《こぶしんぐみ》入りを兄から強要されていたところだったのだ。

景一郎が、山門を出て村の方へ歩いていくのが見えた。米や味噌《みそ》は、村人からの布施でまかなえた。景一郎が買いにいくのは、酒である。朝、粥を啜ると、宵《よい》の口に酒を飲む以外、将監はほとんどなにも口にしない。

草むらで、もの音がした。犬かと思ったが、狸《たぬき》だった。芳円は、かすかに気を送り、間合を詰めた。驚いたように、狸は芳円を見ていたが、草むらの中に消えた。

刀でも振ってみたくなったか。自嘲《じちょう》するように、芳円は呟いた。出家してから、刀などは執っていない。別段の決意があったわけではなく、必要がなかっただけだ。

事実、女は必要で、これは前髪の小姓姿にして、離れに囲った。一年ほど前までは、三年囲った女がいたが、博徒《ばくと》と語り合って逐電した。それからは江戸に買いに行くだけで、囲ってはいない。気に入った女が見つからない、というだけの理由だ。

秋だな。芳円は晴れた空を見て呟いた。狸にむかって、気を送ったりした自分を、忘れようとしたのだ。闇が斬れぬように、空も斬れぬ。そんなことを思っている自分に気づいて、芳円は苦笑した。

2

村の酒屋で一升の酒を買うと、景一郎はそのまま街道に出て帰ろうとした。

祖父は、ひと晩に一合ほどしか飲まない。とすれば、十日は買わなくても済む。一年前までは、ひと晩に一升近くは飲んでいたものだ。

男が四人、村のはずれのところに立っていた。懐《ふところ》手《で》で、にやにやと笑いながら景一郎を見ている。寺に、博奕《ばくち》に来ている男たちだった。この間はひとりが負けて大暴れをし、やくざに長脇差《ながどす》を突きつけられると、見ていた景一郎の頰を殴りつけ、捨て科白《ぜりふ》を吐いて逃げ出したのだった。

本堂で賭場が開かれる時、景一郎は芳円に命じられて、下足番をしたりするのだ。

「よう、さんぴん」

ひとりが言った。景一郎は、四人を避けて通りすぎようとした。ひとりがまた、景一郎の頰を殴りつけてくる。かわした。

「野郎、よけやがったな。寺侍みてえなことをしながら、てめえはあそこの坊主《ぼうず》に尻《しり》を貸してるんだってな」

この間、暴れた男だった。よほど、負けが納得できないでいるのだろう。いかさまだと、あの時も騒ぎ立てていた。

この村で、なにをやっている連中なのかはわからなかった。田畠《たはた》を耕しているわけではなさそうだ。村では、こんな男たちをわずかだが見かける。村をはずれると、どこの家も農家だった。

「坊主に酒か、おい。まったく、おおっぴらにやりやがって。てめえ、ここで俺に尻を出してみな。酒を買うのがおおっぴらなら、そっちもおおっぴらにできるだろうが」

徳利《とっくり》を割ると面倒だ、と景一郎は思った。祖父は叱《しか》りもせず、静かにまた買ってこいと言うだけだろう。しかし、金は一升分しか渡されていないのである。

「なんだよ。なんで黙ってんだ」

「この酒は、青林寺《せいりんじ》の離れで臥《ふ》している、私の祖父のためのものです」

「あの爺《じい》さん、労咳で死にかかってて、あそこの和尚《おしよう》が死に場所に離れを貸してるって話じゃねえか。死にかかったやつが、酒なんか飲むわけはねえよな」

「嘘《うそ》ではありません」

「嘘だっていいんだよ。その酒を、俺たちにも振舞ってくれりゃよ」

「それはできません」

「おめえな、殴られる前に、さあどうぞと差し出しゃいいんだ。馬鹿《ばか》じゃねえか。殴られてから全部奪《と》られるより、その方がよっぽどいいじゃねえかよ」

ひとりが、いきなり殴りかかってきた。景一郎は、徳利を抱くようにして背を丸め、その男を肩で弾《はじ》き飛ばした。もうひとり。左の手刀で、首筋を打った。弾き飛ばされて昏倒《こんとう》した男と、膝《ひざ》から折れるように崩れた男を束《つか》の間《ま》見降ろし、景一郎は走りはじめた。

街道ではなく、原道《はらみち》を駈《か》けて行く。玉川上水から分水された小川がいくつかあり、それを跳び越えた。それから水車小屋のかげにうずくまり、しばらくじっとしていた。

かなり回り道をして、青林寺に戻った。

祖父は、眠っているようだった。薪《まき》を割れと芳円に言われていたことを思い出し、庫《く》裡《り》の裏に回って割りはじめた。数日前鋸《のこぎり》で切った丸太が、まだ山ほどあった。斧《おの》を叩《たた》きこむ。刀の扱いとはまた違って、力は入れず、振り降ろす勢いで割ればいいのだ。

躰を動かしているのが、好きだった。躰を動かしている間は、余計なことは考えなくて済む。余計なことを考えると、気持が斧に行かず、掌《てのひら》にしびれが走った。そして、薪は割れていないのだ。そういうところでは、薪割りも刀も同じだと思うと、それも面白かった。

晴れていた。陽の光も、景一郎は好きだった。陽の光の下で汗を流すと、躰が洗われたような気持になれる。

なぜ四年間旅を続けているのか、あまり考えないようにしていた。月に一度ぐらいの割りで、道場破りをやる。それで、路銀《ろぎん》はなんとかなった。豊かな旅とは言えなかったが、それほどの不自由もなかった。竹刀で人とむき合うのを、怕《こわ》いと思ったことはない。もの心がついたころから、ずっと素面、素籠手の稽古を積んでいて、竹刀で打たれたぐらいでは死なないと、躰が知っている。

道場破りでは、最初に立合うのは自分だった。負けたのと、勝つことができなかったのが、それぞれ一度ずつある。祖父が出て行って、打ち負かした。だから、祖父は強いと景一郎は思っている。祖父のように、強くなりたいと考えたことは、一度もない。竹刀を握った時から、祖父はずっと自分より強かったのだ。

祖父は死ぬのだろうか。斧を振り降ろしながら、ふと思った。毎日、血を吐いている。それでも夜中には外に出て、半刻近くも刀を構えているのだ。死ぬとしたら、死ぬ間際《まぎわ》まで剣を振って、一体なんになるというのだ。

「いい腕だ」

声をかけられた。芳円だった。世話になっている。そうは思うが、景一郎はこの僧を好きにはなれなかった。覗《のぞ》き見られているような気分が、いつもある。

「毎日、真剣を振っているからな、景一郎殿は。手の内の絞りが、やはり違う」

芳円は、十年前まで祖父の弟子だったのだという。なぜ僧になったのかは、知らない。

「道場破りでは、相手が防具をつけていることもあろう。そういう時でも、素面、素籠手で立合うのか？」

「はい」

「相手を左一文字に打ったとして、真剣ならばそこで勝負がつくが、竹刀だと遅れて面に来るだろう。それはかわせまい？」

「かわします。ただ、防具をつけた相手の胴を取ることはほとんどありません」

「そうだな。勝っているのに、面を打たれたのではかなわん」

「突きだけを、狙います」

「日向流に、突きの極意があったかな?」

「あるのでしょう。祖父に教えられました」

防具をつけた相手だと、面垂れの下から、のどを狙って突く。決まれば、大抵はそれで悶絶《もんぜつ》する。突きの稽古は、木の枝に三つものをぶらさげてやった。木片のこともあれば、毬《まり》のこともあった。静止したものを、続けて三つ突くのは、それほど難しくない。それぞれに動くものを三つ突く。それもできるようになった。面垂れの下を確実に狙えるようになったのは、そのころからだ。

芳円が、薪をひと抱え持ちあげた。景一郎は薪を割り続けている。

斧を振りあげた時、いきなり薪が飛んできた。四本。景一郎はそれを、叩き落とすのではなく、斧の先端に当てて落とした。

「いい眼をしている」

芳円が言った。

「突きだけは、私はうまくならなかった。眼がよくないのだ。遠眼がきくとかそういうものではなく、動くものを見きわめる眼がない。鍛えてできる眼ではなく、持って生まれたものだろうと思ったものだよ」

「戯《たわむ》れはおやめください、芳円殿」

「すまぬ。しかし、軽々と落としたものだ。いくつまでなら、落とす自信がある?」

「わかりません。二カ所から同時に狙われたら、片方は当て、片方は払うしかありませんし、数の問題ではないと思います」

「言われればそうだ、確かに。そんなこともわからなかったから、私は強くなれなかったのだろう」

「芳円殿はお強い、と祖父が申しておりました。剛直な剣を遣われると」

「力押しの剣であった。その力も、景一郎殿にはかなうまい」

芳円が、白い歯を見せて笑った。そうすると若々しく見える。実際いくつなのかは、知らなかった。五十に見える時もあれば、三十ぐらいかと思う時もある。

景一郎は、また薪を割りはじめた。

「真剣での立合は、景一郎殿？」

「ありません」

「なぜ？」

「機会がありませんよ。それに、真剣で斬り合うような時代でもないと思います。いまは、武芸が大事と思う人は少ないでしょうし」

「しかし、斬り合わねばならぬ時があるぞ、多分。先生は、ずいぶんと真剣の立合もなされた」

「私の性格からして、そんなことはないと思います。争いは好みませんし」

「そうかな。武士はみんな太刀を佩《は》いているではないか」

自分がその気がなくても、相手が抜けばどうするのか、と芳円は問いかけているのだろう。あれほどの道場破りをくり返しても、一度も真剣で立合おうと言い出してくる者はいなかった。祖父が真剣で立合うところすら、見たことはないのだ。

「抜き合わせるようになれば、その時のことです」

「自信はあるのか？」

「太刀を、竹刀と思い定めれば、負けることはないだろうと思います」

「負けることはないか」

皮肉な口調だったが、気にせずに景一郎は薪を割り続けた。

ひと抱えもありそうな薪を、なんの抵抗もなく割った時に、芳円が声をかけてきた。

「そうだ、それだ」

「人を斬るのも、いまのような感じさ。斬った手応《てごた》えすらなく、ほとんど両断するように斬ってしまっているのだ」

芳円は、人を斬ったことがあるのだろうか。昔は武士で、弟子が居つかなかった祖父の道場に、十年も通っていたという。荒稽古を売り物にしている道場はいくつもあったが、防具なしで打ち合うところはなかった。そこに十年もいたのだから、人ぐらい斬っていてもおかしくないという気もする。

それからしばらく、芳円は薪を割る景一郎を眺《なが》めていたが、もうなにも言わなかった。

芳円が立ち去ってから、景一郎は割った薪を集めて束ね、積みあげた。

やることは、いくらでもあった。縁や本堂の拭《ふ》き掃除をはじめる。十日に一度ぐらい、村から数人やってきて掃除をするようだが、その時までは汚れっ放しだった。井戸で洗《せん》濯《たく》もし、夕食の仕度もする。その合間に、離れの祖父を覗いてみる。このところ、祖父はいつも眠っていた。熱は高いようだが、額に触れると叱られた。どれほど熱が高くても、宵の口に必ず一合の酒は飲む。

夕刻、離れを覗いてみると、祖父は床に起きあがって、書状を認《したた》めていた。

「芳円を呼べ、景一郎」

景一郎は、庫裡まで駈けて、芳円を呼んできた。二人で、なにか話しこみはじめた。あがれと言われないので、景一郎は庫裡へ行って芳円と自分の夕餉《ゆうげ》の仕度をした。

「景一郎殿、毎朝振っている刀を、私に見せてはくれぬか」

仕事をしている時は刀は邪魔で、庫裡の一室に置いてある。

「いまですか?」

「できれば」

芳円の懐から、祖父が認めた書状が覗いている。景一郎は曖昧《あいまい》に頷《うなず》き、大刀《だいとう》をとってきた。

立ったまま芳円は鞘を払い、刀身を夕方の光の中に翳《かざ》すようにした。

「大した刀ではないな」

鞘に刀身を収めてから、芳円が言った。

「使うことはありません。御大層なものを佩いている必要はないと思います」

理由もなく嘲《あざ》けられたような気がして、言い方は反抗的になった。

「武士の魂と言うではないか」

「高い金子《きんす》で購《あがな》ったものを佩けば、魂も崇高なものになるのですか?」

「これは一本取られたな。しかし、身を護《まも》るものは、刀しかない。あまり粗末に扱ったりはしないことだ」

「祖父が手入れをする時、私はいつも一緒にさせられます。手入れが悪いとは思えませんが」

「気持が籠《こも》っておらぬ。刀も生きていて、持主の思いが乗り移ると私は思っているのだがな」

「気をつけます」

なぜこんな時に、刀を見られるのか景一郎にはわからなかった。犬でも斬って、血の曇りがあるとでも思ったのだろうか。

「秋だなあ。陽が落ちるのが早い」

芳円は、関係ないことを口にした。

3

また、あの男たちだった。

芳円の供をして、村まで来ていた。村といっても、旅籠《はたご》が並んだ通りがあって、人の数は多い。青梅街道の、江戸へのとば口になる宿場でもあった。

芳円に言われたものを買い集めている時に、出会《でくわ》してしまったのだった。

「ちょっとでいいから、付き合いなよ。この間みてえに、荒っぽいことはやめにしよう」

人数が二人増えていて、六人になっていた。簡単には振り切れそうもない。芳円は、村の年寄の家に行っていた。

「どこへ行けばいいんです？」

「すぐそこさ。傘屋《かさや》の裏の方だ」

傘職人は多いところだ。作られた傘のほとんどは、江戸へ運ばれている。

「いいでしょう」

景一郎は、ちょっとばかり腹を立てていた。しつこすぎる。一度、はっきりと話をした方がいいかもしれない。

裏へ回った。傘の材料の竹が、山のように積みあげてある。

「俺たちはよ、三月《みつき》は賭場へ出入りしちゃなんねえんだと。てめえらで、博奕をやったって面白くもねえ。そこで、おまえに相手をして貰《もら》おうってわけさ」

「断ります」

六人とも、二十二、三というところだ。なにを生業《なりわい》にしているのか、やはりわからなかった。

「おう、さんぴん。大人しく頼んでるのに、断るだと。てめえんとこの寺じゃ、いかさま博奕をやってるじゃねえか。てめえは、それを手伝ってるじゃねえか」

「私は、博奕の手伝いなどしていない。博奕をやろうと考えたこともない。これ以上、私につきまとうのは、やめてくれませんか。やめなければ、私にも考えがある」

「ほう、その考えというのを、聞かせて貰おうじゃねえか」

「痛い思いをしますよ」

傘の長さの竹を一本、景一郎は山の中から抜き取った。

「舐《な》めてやがんのか、さんぴん。俺《おり》ゃ、気に食わねえぞ。賭場の手伝いをしながら、俺たちを見下してやがる。博奕を打つやつは馬鹿だって眼で見やがる。痛い思いをするだと。てめえ、百 敲《ひやくたたき》をする役人にでもなったつもりかよ」

「帰りなさい。悪いことは言わない」

「なんだ、その顔《つら》は、てめえ」

後ろにいたひとりが、進み出てきて、いきなり匕首《あいくち》を抜いた。全身が、ぴくりとふるえるのを景一郎は感じた。短いが、刃物だ。

男は、じわじわと間合を詰めてきた。竹の棒を握りしめたまま、景一郎は二歩退《さ》がった。刃物だと思わなければいい。こんな手合が五人いようが六人いようが、竹の棒一本あれば充分だ。きらきら光るものは、刃物ではなく、ただの板きれだ。そう自分に言い聞かせたが、全身の肌《はだ》からは、冷たい汗が噴き出していた。

真剣。匕首とはいえ、真剣には違いなかった。それをむけられることは、想像した以上に脅威で、景一郎は怯《おび》えかかっている自分に気づいて、いっそううろたえた。

「腕の一本も、斬り落としてやらあな。侍のくせして、こいつ蒼《あお》い顔してやがる」

六人が、取り囲むような恰好《かっこう》になった。匕首を握っているのは、正面のひとりだけだ。ほかの五人は気にならず、匕首だけが圧倒してくるようだった。五人も、それぞれに竹の棒を摑《つか》んでいる。

道場でやることと同じだ。思いこもうとした。匕首が、眼の前を音をたててよぎった。音は、空気を斬り裂いたものだろう。無意識のうちに、避けていたようだ。

また、斬りつけられた。とっさに、景一郎は竹の棒をあげ袈裟《けさ》に摺《す》りあげた。なにかを打つ音がしたが、なにを打ったかは見ていなかった。景一郎が見たのは、宙から落ちてくる匕首だった。

「野郎」

怒声が聞えた。打ち降ろされてくる竹の棒をかわした。その時は、ひとりの胴を打ち、もうひとりの面を取っていた。額から血を噴いた男が、叫び声をあげている。

次にどう動いたのか、自分でもわからなかった。気づいた時は、六人とも倒れ、呻《うめ》き声をあげていた。握った竹の棒は、簓《ささら》のように割れている。

「町人を相手に、むごいことをするではないか」

声をかけられ、景一郎は弾かれたようにふり返った。武士がひとり立っていた。小柄《こがら》で、小袖《こそで》に袴《はかま》という軽装だった。

「いや、私は」

「見たところ、おぬしかなり腕が立つな。斬らなければいいということではあるまい。見ろ、こいつらは四、五日は寝こむことになるぞ」

「私はただ、自分の身を護ろうとしただけです」

「おかしな言い訳だな。自分の身を護るために、六人もの男の足腰を立たなくする必要があるのか」

すでに、三十は超えているだろう。声に底力があった。

「直心影流《じきしんかげ》かね、いまのは」

「いえ、私は」

「手合せをしたくなった。抜かぬか?」

男が、間合を詰めてくる。詰められた分だけ、景一郎は退がった。どこまでも、男は踏みこんでくる。ほとんど、走るような恰好になった。

「待ってください」

叫んだ。白い光。匕首とはまるで違う音。全身が硬直した。上段に構えられた。見えるのは、刀だけだ。息を吸おうとしても吸えず、手も動かなかった。

「抜け。でなければ、このまま斬るぞ」

待ってくれ。言おうとした。声まで出なくなっていた。刀が、ぴくりと動いた。悲鳴をあげながら、景一郎は刀を抜いた。なにか、別のものを持ったように、重たかった。なんとか、正眼に構えた。

「ほう」

男の口から、声が出た。

突ける。そう思った。相手は上段である。突いてくれとでも言うような、構えではないか。腕をのばすのではなく、踏みこんで突く。竹刀でできることは、真剣でもできるはずだ。

突いた。男が跳び退《すさ》った。腕だけで突いたのだろうと、景一郎はぼんやりと考えた。風が襲ってきた。景一郎も、跳んだ。後ろへだ。それを追って、さらに斬撃が来た。なにがどうなっているのか、わからなかった。続けざまに、顔を風が打つ。

やはり、刀しか景一郎には見えなかった。刀だけが、宙で躍っているような気がする。いきなり、その刀が大きくなった。跳び退り、尻餅《しりもち》をつき、刀を横に構えた。

不意に、刀が軽くなったような気がした。男が、背をむけている。刀はすでに鞘に収められていた。

はじめて、息をした。そんな気がした。顎《あご》の先から、汗が滴《したた》り落ちていく。それよりもっと、袴が濡《ぬ》れていた。

そのことに気づいて、景一郎は、叫び声をあげた。いたたまれなくなり、走っていた。叫びながら、走り続けた。いつの間にか、青林寺のそばまで来ていた。

息ひとつ、乱れていない。尿で、袴が濡れているだけだ。山門の手前のところで、景一郎は膝を折った。しばらく、じっとしていた。冷たさが、全身にしみた。絡《から》みついてくるような冷たさだった。

汗以外のもので、顔が濡れはじめた。草を摑んだ。握り潰《つぶ》そうとしても、力を抜くとそれはまた掌の中でふくらんでくる。何度も、景一郎はそれをくり返した。

襲いかかってくるのは、理不尽としか言いようのない感情だった。村へ引き返し、もう一度あの武士と立合ってみたい。死ぬ気になれば、互角に闘えるはずだ。このまま叫び出したいような思いで日を送るのなら、死ぬ覚悟をした方がましではないのか。死んでもいい。草を摑んだ手に、渾身《こんしん》の力をこめる。草が、掌の中で潰れていく。引きちぎった。立ちあがろうとした。

しかしすぐに、袴の冷たさが、気持の芯《しん》まで打ちのめしてくるのだった。俺は屑《くず》だ。俺のような男を屑と言わずして、なにを屑というのか。

起《た》ちあがった。山門はくぐらず、寺の裏手の雑木林に入った。動物が動くような音がした。その気配にさえ怯えている自分を、この世から消してしまいたかった。

なぜ、躰《からだ》が動かなくなったのか。突きさえも出せなくなったのか。竹刀ならば、いくらでも出せる。怯えるというのは、それほど大きなことなのか。考えてみれば、剣の修行をしたことすらない、やくざのような男が出した匕首にも、自分は怯えていた。武士の刀は、論外だった。鞘走った瞬間に、魔物にでも襲われたような気分になった。自分がどうしたのか、途切れ途切れにしか憶《おぼ》えていない。立っている地面が割れていくような、どうにもならない恐怖感だった。

自分を襲ってくる白刃《はくじん》が見えて、景一郎は眼を閉じた。指さきがふるえている。叫び声が出そうになるのを、かろうじてこらえた。新しい涙が溢《あふ》れ出してきた。頭の中にはなにも言葉がなくなった。自分の嗚咽《おえつ》を、景一郎はただ遠いもののように聞いた。

雑木林の中で、うずくまっていた。口の中に、おかしな味がある。血が溢れていた。唇《くちびる》を嚙《か》み切ってしまったようだ。

景一郎は、何度も唾《つば》を吐いた。いきなり吐気に襲われ、二度のどを鳴らして吐いた。それからまたうずくまる。腹の中のものは吐いたが、はらわたごと吐き出してしまいたいと思った。

じっとしていた。考えるのも、動くのも面倒だった。

「そんなところにいるのか、景一郎殿」

雑木林の外から、声をかけられた。枝の間から、芳円の墨染が見えた。

「なにをしている。もう夕刻だ。夕餉の仕度は、景一郎殿の仕事ではないか。それに今夜は、本堂で寄合《よりあい》がある。愚図愚図していると、人が集まりはじめてしまうぞ」

寄合とは、本堂で開かれる賭場のことだった。景一郎は、のろのろと雑木林から這《は》い出した。やることがなにかある。それが救いだった。なにかやっている間、忘れていられるかもしれない。

庫裡に、芳円の姿はなかった。

景一郎は薪を運びこみ、かまどに火を入れた。井戸へ行って水を、と思いながら、しばらくは燃えあがる火を見つめていた。

4

芳円が入っていくと、将監は眼だけを開いた。芳円の方は見ようとせず、天井を睨《にら》んだままだ。

「このところ、具合がよろしいようですな」

「別に、よくはない。変らぬな」

「書状は、そろそろ先方に届くころだろうと思います」

「いつ届こうと、そんなことはどうでもいい」

「気になります。私はまだ俗から離れきれておりませんので」

「だいぶ、余計なこともしたようだな」

「わかりましたか」

将監は、死を前にして、五感を研ぎ澄ましているようだった。近づいてくる死の足音でも聞こうというのか。寝具から出た腕は、骨と筋と血管が浮き出して、ほとんど肉というものは見てとれなかった。それでも、半刻は太刀を構えて立っていられる。

気力とか執念とかいうものとは、また違うように思えた。倒れまいと決めたら、死んでも倒れはしない。将監は、自分をそのように作りあげたのかもしれなかった。芳円には、窺《うかが》い知ることのできぬ、剣客の境地だ。

武芸がもてはやされていたころに将監が生まれていたら、一代の剣客として名を馳《は》せたかもしれない。薬研堀の道場に通っていたころから、芳円はそう思っていた。時代が、剣客などを必要としなくなっていた。江戸には多数の道場があり、一見武芸が盛んだと思えなくもないが、そこは門弟を強くしてくれるところではない。そこに通えば、強くなったと思いこめるだけのことなのだ。

将監の道場では、弱いということをいやというほど思い知らせてくれるだけだった。

「やはり私は、景一郎殿を道連れになさるのは、やめられた方がよいと思います」

「道連れか」

「先生は、やがて亡《な》くなられます。もう遠くないでしょう。景一郎殿は、十八です」

「あれには、剣の天稟《てんぴん》がある」

芳円は、将監の顔から眼をそらした。将監ほどの剣客でも、孫の力量となると見誤ってしまうものなのか。

天稟どころか、ひどい臆病者《おくびょうもの》である。二日前に、それを試した。村にひとつだけある道場は、結構繁盛《はんじょう》していて、そこの主《あるじ》とは旧知だった。この村で道場を開こうとした時、村人の中でただひとり、芳円に眼をつけてきたのである。立合を所望されたが立合わず、束の間睨み合っただけだった。

僧が剣を執ったとしても、不思議はなかった。僧で一流を立てた者も少なくない。しかし芳円は、出家の身であることを理由に立合を固辞し、道場の邪魔をすることも決してしないと約束したのだった。その時から八年、道場主との仲は続いている。景一郎の腕を試したのは、その道場主だった。

景一郎は、明らかに真剣に怯えていた。道場破りを多くこなしてきた男とは、とても思えない無様さだった。表情はひきつり、眼は恐怖に満ち、追いつめられると失禁したのである。

「臆病者だ、と思っておるな、喜重郎《きじゆうろう》」

「確かに、そういうところは見うけられると思います」

「おまえには、あれの天稟はわかるまいな」

「わかりません。失礼ながら、先生の血を引いているとは思えないのです」

「おまえは、はじめての真剣の立合で、相手を倒した。それもひと太刀でな」

「私ですら、それぐらいは、と思います」

「おまえには、天稟はない。はじめての立合で、習った通りに剣を遣える者は、駄目《だめ》なのだ。自分より弱い者には勝ち、強い者には負ける。そこまでなのだ」

いつになく、将監は饒舌《じようぜつ》だった。時々、口を拭う。大抵は軽い咳をしたあとで、やはり血の痰が出ていた。

「真剣を執らせると、あれは強いか弱いかもわからぬ。逃げ惑うだけだろう」

「どこに、天稟があるのですか？」

「臆病さにだ。臆病だから、相手の剣先を見切ろうとする。それができるようになる。人間が、なぜ臆病なのだと思う。生きのびたいからだ。他人よりずっと臆病ということは、ずっと生きのびたがっている、と言ってもよい。それで、身を護《まも》る術《すべ》を覚える。生きのびたいという思いを、克服できるようにもなる。つきつめれば、剣とはそういうものだ」

「わかりません、私には」

「わからなくてもよい。ただ、真剣を握ったあれを、斬れる手練《てだ》れは少なかろう」

追いつめられ、失禁するような男を、斬れる者が少ないというのかと、芳円は腕組みをしながら考えた。

ひとつ気になるのは、戻ってきた道場主の言葉だった。初太刀は別として、次の斬撃からは、本気で斬ろうと思ったというのである。なぜそう思い、なぜ途中でやめてしまったか、自分でもわからないと言っていた。斬撃は、ことごとく紙一重のところでかわされていたという。

将監が、軽い咳をした。痰を拭いとっている。胸の中が破れ、そこから絶え間なく出血が続いているという感じだった。

「死ねば、それはあれの天命ということだ」

「僧の私が言うようなことを、言われます」

「あれの天稟も見抜けぬ、馬鹿な男だ」

景一郎が失禁していたことを、芳円は言おうかどうか束の間迷った。死ぬ前に失禁するかしないか。それは肚《はら》の据《すわ》り方で、失禁するようなら刀は持つべきではない、と芳円は思っていた。しかし、言わなかった。あの道場主の意地になったような斬撃が、ことごとくかわされていたのも事実なのである。不意にやめたのは、剣を持ってむかい合った人間にしかわからぬ、なにかを感じたからかもしれなかった。

自分は、ただ見ていただけなのだ。

「おまえは、十年わしの道場にいてくれた」

「よく、置いていただけたものだ、といまにして思います」

「その縁で、わしをこのように扱ってくれている。孫の心配までさせてな」

「先生らしくない、おっしゃり方です」

「恩に着ている」

言って、将監は眼を閉じた。

熱にうかされたような眼が見えなくなると、将監の躰はほとんど屍体《したい》のようにさえ思えた。そばにいて感じられる気が、まるでないのだ。

芳円は腰をあげ、庫裡へ戻ってひとりで考えこんだ。

武士を捨て、剣の勝負を捨てた自分に、なにかわからないものがあるのかもしれない。芳円は、一度将監に打ちかかってみようかと考えた時のことを思い出した。武士を、いや剣を捨てきっていないのかもしれない。中途半端《ちゅうとはんぱ》なところで、自分は景一郎を見ようとしているのではないのか。

庫裡の裏では、景一郎が薪を割る音が聞えた。それが、どこか悲しげなもののように、芳円の心に響いた。

この二日、景一郎は働き続けている。なにもやることがなくなると、雑木林の中に駈けこんで、刀を振っている。腕ほどの太さの木を、斬り倒しているのである。切口を見ると、見事な刃筋だった。無理なく刀を遣えるのは、稽古によるのだろうが、芳円は驚嘆せずにはいられなかった。自分には、とてもこんなふうには斬れない、という思いがどうしてもこみあげてくる。

将監に仕込まれただけあって、技倆《ぎりょう》は一流なのだ。その技倆を、真剣の勝負では生かせないでいる。そこで生きてこそ天稟、と芳円には思えるのだった。

薪を割る音が、不意に熄《や》んだ。駈け出して行くような気配がある。

芳円は、腰をあげて外を覗いてみた。斧が放り出されたままだ。

また雑木林に駈けこみ、憑《つ》かれたように木を斬っているのだろう。ちょっと不憫《ふびん》な気もした。腕を試そうとしたのは、自分なのである。それでも、いまからどうしてやりようもなかった。

芳円は、憎らしい仕草でちょっとうなだれると、庫裡の居室へ戻った。

5

景一郎は、じっと祖父の姿を見ていた。

毎夜、境内に出て刀を構える。やめてくれと言えば、叱られるに決まっていた。だからいままで、あまり気にしないようにしていた。

それが、このところ違ったものに見えてきた。祖父は、ただ刀を構えているわけではない。なにかと闘っているわけでもない。早く死のうとしているわけでもない。

なにか、摑みかけているのだ。それはまた、剣の極意とも違う。

祖父の躰からは、殺気も覇気《はき》も感じられなかった。もっと根の深いところで、景一郎の心をゆさぶるなにかがある。それを見極めようとしても、なにも見えてはこないのだった。立っている姿を、ただ見つめているしかなかった。そうすることが苦痛ではなく、むしろ意味のあることに思えた。

いままで、修行ということについて、考えたことはなかった。祖父が言うままに、竹刀を執り、振っていた。道場では、ほとんど負けることはなくなった。それでも、修行を積んだということではなかった。もの心がついたころから竹刀を持たされ、八歳で道場の板を踏んだ。これまで、竹刀を振ることが生きることだったのだ。それは修行でもなんでもなく、大工の子供が鉋《かんな》の扱いを自然に覚えるのと似ていた。

道場破りも、結局は同じことだったのだ。真剣の勝負とはまるで違う。

微動だにしない祖父の姿を見つめながら、景一郎はそんなことを考え続けた。

やがて祖父は、刀を鞘《さや》に収め、静かに床に戻ってきた。

なんのためにやっていることかは、やはりわからない。わかる必要もないのだ。言葉で言えるぐらいなら、祖父も重病の身をおして無理なことはしないだろう。

やってみて、わかることがある。真剣を抜いて、ただひとつわかったのがそれだ。わかったことはあまりに惨《みじ》めで、思い出したくもなかった。思い出さなくても、心にしみついてしまっている。

床に横たわった。隣の部屋から、祖父の気配はまったく伝わってこない。庭の秋の気配だけが、強くなった。

つん、と躰になにかが走った。全身に粟《あわ》が生じていて、それがひくと冷たい汗が残った。それだけのことだった。汗も、やがてひく。ここ数日、しばしば見舞われていることだ。いまは、じっとしたままそれが通りすぎるのを耐えることができる。

死に身を晒《さら》してみることが必要なのではないだろうか、と景一郎は考えはじめていた。真剣が怕《こわ》いのではない。死ぬことが怕いのだ。生と死の、ぎりぎりの境のところまで、自ら踏みこんでみる。一歩誤れば死、というところを歩いてみる。そうやって克服できる恐怖感かどうかは、わからない。結局は、死ぬことでしか克服できないことかもしれないのだ。

眠った。考えているうちに、眠りに落ちた。眠ってしまった自分が浅ましいと、眼醒《めざ》めた時に景一郎は感じた。

縁に出て、境内に降りていく。裸足《はだし》である。秋の夜明けは、快いほどの冷気に満ちている。

景一郎は、腰の刀の鞘を払った。

いつものように、すぐに素振りには入らなかった。

正眼に構え、闇《やみ》を凝視した。

闇のむこうに、見えてくるものはなんなのか。はじめは、さまざまな人の顔が浮かんだ。八歳の時に、いなくなった父。十歳の時に死んだ母。道場破りで立合った道場主たち。祖父との旅で出会った人々。絡んできた、青梅村の男たち。いきなり斬りつけてきた武士。そして芳円。祖父。

顔のむこうに、また別のなにかがあった。

眼を凝らすと、それは自分の姿でしかなかった。袴を濡らしながら喚《わめ》いている、弱々しい男の姿。それから、すべてが闇になった。

気づいた時、周囲は明るくなりはじめていた。射《さ》しはじめた光を斬るような思いで、景一郎は一度だけ刀を振った。朝の空気が鳴る。光が交錯する。

全身に、つんとなにかが走った。正眼に構えたまま、景一郎はそれに耐えた。なにかが見えた。景一郎は、とっさにそれに斬りつけた。空気が鳴っただけだった。ゆっくりと、静かに息を吐いた。二度の素振りだけで、全身に汗が滲《にじ》んでいる。

朝の粥《かゆ》。いつもの通りだった。

祖父は、箸《はし》をつけただけで椀《わん》を返してきた。その間は床に端座していて、横たわると急に病人らしくなる。

「一緒に、粥を啜《すす》らぬか、景一郎殿」

離れから椀を下げてきた時、いつもよりは長い朝の勤行《ごんぎよう》を終えた芳円が声をかけてきた。わざわざそう言わなくても、朝食はともにすることが多い。

「お父上が、なぜいなくなったのか、景一郎殿は知っているか？」

膳《ぜん》を挟《はさ》んでむかい合うと、箸を取りながら芳円が言った。

「芳円殿は、父をよく御存知ですよね」

「そうだな。十年近く、一緒に稽古をした。だから知っている、とは言えぬかもしれぬ。

いなくなった時の事情は、実際に知らぬ。私はその少し前に、斬り合いで人を殺した」

「父がいなくなってから、私は道場へ出るようになりました。それまでも、祖父に竹刀《しない》の扱いは仕込まれていましたが、道場に入ることは許されませんでした」

「景一郎殿を、よく見かけた。大抵は、母上に手を引かれておられた」

景一郎は、高久喜重郎といったころの芳円を、憶えてはいなかった。景一郎が道場の板を踏んだ時は、すでにいなかったということになる。

道場で、はじめて門弟のひとりとむかい合った時、恐怖などはなかった。すでに、竹刀の痛みは祖父から教えられていたのだ。父になにかを教えられた、という記憶はない。

「あれから二年で、母上は亡くなられたそうだな。その時、私はもうこの寺にいた」

「父がなぜいなくなったかを、祖父は語ろうとしません。母が生きていれば、語ってくれたでしょうが」

「病か？」

「はい」

嘘だった。母は、懐剣をのどに突き立てたのだ。景一郎は、それを見ていた。理由は、いまもわからなかった。

芳円が、音をたてて粥を啜った。

なにか、いまわしいことがある。母の死については、祖父にも訊《き》いてはならないことがある。昔から、景一郎は漠然《ばくぜん》とそう感じていた。そして、ことさら理由を知ろうとはしてこなかったのだ。

「死ぬのが怕いか、景一郎殿は？」

そう問いかけられて、景一郎は箸を止めた。

「いや、私も坊主《ぼうず》だからな。たまには、坊主らしいことを話題にしたくなる」

「わかりません」

「わからぬとは？」

「死ぬことがほんとうに怕いかどうかは、死んでみなければわからないと思います。誰でも死にますが、生《い》き還《かえ》ってきて、死ぬことは怕くないと教えてくれる人間はいません」

「なるほどな」

「なぜ、そんなことを訊かれます？」

芳円は、景一郎を見てかすかにほほえんだだけだった。嗤《わら》われているとは思わなかった。芳円のやさしさのようなものが、景一郎を包みこんでいる。それがたまらなかった。やさしさほど、いまの景一郎にとって残酷なものはない。それを気色には出さず、景一郎はつとめて闊達《かったつ》に振舞おうとしていた。

「怕さを克服する方法を、持っているかね？」

「方法があるものなのですか？」

「さあな。私は、あまり怕いと感じたことはない人間なのだ。だから、教えてはやれぬ。鈍いのかもしれぬな」

「鈍くなれ、と言われているのですか？」

「違う。言葉通り、私が鈍いということだ。だから、鋭敏な人間の心の動きが、時として不思議に見えることがある」

やはり、嗤われているような気分にはならなかった。

「景一郎殿は、まだ若い。私がその歳頃《としごろ》には、暴れることしか知らなかった」

芳円が箸を置いた。

「母上を亡くされ、いま先生も亡くなろうとされておる。私などより、はるかに深く考えることがあろうな」

「祖父でも、死ぬのでしょうか？」

「死なぬ人がいるわけはなかろう」

「頭では、わかっているのです。それでもなぜか、驚きなのです」

「それでいいのだ。その驚きは、多分大切なものなのだろうと思う。先生でさえ、死ぬ。言われてみれば、私にとっても驚きだ」

話は終りだというように、芳円は腰をあげた。景一郎は、膳を片付けはじめた。

「村まで、使いを頼まれてくれんかのう。縫いものができあがっているころなのだ」

「わかりました」

あの武士に会うかもしれない、という思いがよぎった。また、斬りかかってくるだろうか。そうなれば、なった時のことだ。

景一郎は、椀を洗うと、すぐに村へ出かけた。青林寺から村まで、半里ほどの道のりである。村の近くになると、農家も散在していた。途中から街道に出るので、人の姿も多くなった。

村へ入る時、束《つか》の間《ま》ためらった。頭をよぎったのは、やはりあの武士の姿である。気負いはなかった。怯えているのかどうかは、会ってみるまでわからない。村に入らないで使いを済ませる方法がないかは、考えないことにした。濡れた袴で泣いている自分とは、いずれはむかい合わなければならないのだ。それから逃げるのは、生きたまま死ぬことと同じだった。

教えられた家は、すぐに見つかった。

代金を払い、縫いものを受け取ると、景一郎は同じ道を帰っていった。

村のはずれのところに、十人ばかりの男が待っていた。構わずに、景一郎は歩き続けた。六人の男を、夢中になって打ち据えた。あれも、匕首などを出したからだ。素手か竹の棒だけなら、自分を失うことはなかっただろう。刃物が怕い。その先にある、死が怕い。そういう心の動きをしてしまうのだろう、と景一郎は歩きながら考えた。

十人ばかりが、道を塞《ふさ》いだ。賭場《とば》へ出入りする顔見知りも混じっていたし、この間打ち据えたうちの二人もいた。

「どういう顔《つら》で、歩いてくるかと思ったが、おっかねえな。食いつきそうな顔《つら》だ」

「道を、あけてください」

立ち止まり、景一郎は言った。

「それからもうひとつ、頼みがあります」

「頼みだってよ、おい」

ひとりが言うと、二、三人が笑い声をあげた。

「あなた方のためになる、頼みですよ。どうか、私に刀を抜かせないでください」

「抜けるのか、その刀を」

「そこの人」

まだ竹で打ち据えた傷が残っている二人にむかって、景一郎は言った。

「この間は、竹だった。傘の柄になる竹です。あなた方も、匕首や竹を持っていた。そして、六人もいたのに私の躰に触れることもできなかった。あの竹が、真剣であったらどうなるか、考えてみてください」

二人が、たじろいだようだった。

「おい、おめえにやられた政《まさ》は、まだ立てねえんだぞ」

「いずれ立てます。いくら強く打ったといっても竹で、真剣ではありませんでしたから」

言って、景一郎は歩きはじめた。男たちが身構える。

「抜きますよ。私に触れた瞬間に、私は刀を抜きます。できるなら、抜かずに済ませたい。だから、頼んでいるのです」

歩き続けた。景一郎とむかい合う恰好になった男の顔に、怯えが走った。それだけだった。男たちの中を通り抜け、ふりむかずに景一郎は歩き続けた。

6

なにかが、近づいてきている。

芳円には、それがはっきりと感じられた。

青林寺は、いつもと同じ夕刻である。しかし、なにかが近づいてきていた。

暗くなる前に、芳円は境内をゆっくりと歩き回った。格別、意味があるわけではない。

そういうことを、やる日もあればやらない日もある。

「かわりに、髭《ひげ》を当たってくれぬか」

離れのそばを通りかかった時、そう言っている将監の声が聞えた。景一郎が酒を運んできたが、いらないと言ったらしい。

離れを通り過ぎて戻ってくると、横たわったままの将監の髭を、景一郎が屈《かが》みこんで剃《そ》っていた。将監の髭は、ほとんど白い。

「いい月が出そうです、先生」

声をかけたが、将監は返事をしようとしなかった。そのまま、芳円は庫裡《くり》へ歩いた。見ているしかあるまい。庫裡の縁に腰を降ろし、芳円は呟《つぶや》いた。宿業《しゅくごう》を負っている。はじめて寺を訪《おとな》ってきた将監を見た時に、芳円が感じたことだった。

「般若湯《はんにゃとう》は、私に回してくれぬか」

離れから戻ってきた景一郎に、芳円は言った。将監に出すはずだった酒が、縁に置かれた。

「めずらしいな」

「はい。一緒に旅をはじめてから、こんなことは一度もありませんでした」

「いやな感じがするな」

「私もです。村への使いから戻って、はじめて感じましたが、ずっと消えません」

「もうすぐ、陽が落ちる」

なにかが、すぐそばまで来ている。景一郎が、同じことを感じて言っているのかどうかは、よくわからなかった。

それ以上なにも言わず、芳円は酒を飲みはじめた。景一郎がなにをしているか、もう気にしなかった。

月が出てきた。満月に近い。酒はもうなかった。酔ってはいない。

境内の、虫の鳴声が熄《や》んだ。風はあるが、空には雲がなく、かすかな樹木の戦《そよ》ぎがそれを教えているだけだった。

五人か、芳円は思った。景一郎が、境内に立っている。庫裡と離れの中間あたりだ。気配を感じてそこに立っているとしたら、肚《はら》を据え直したと見てよさそうだ。

「日向森之助《ひなたもりのすけ》の、居所を教えてくれ。ここにいるのが、森之助の父親と伜《せがれ》だということはわかっている」

闇からの声だった。

「病人や子供を、斬《き》ろうとは思わぬ」

その病人に呼ばれてきたのだ、おまえたちは。芳円はそう言いそうになった。

「日向森之助から、預かっているものもあるだろう。合わせて、それも頂戴《ちょうだい》したいのだ」

闇の中から、人影が五つ出てきた。

芳円は、縁に立ちあがった。

なにかが、闇の中を走った。そういう気がした。芳円は息を止めた。苦しくなるほどの間、なにも動かなかった。息を吐き、吸う。不意に、闇になにかが迸《ほとばし》った。芳円の眼が捉《とら》えたのは、ひとりの男を肩から胸まで斬り下げた、将監の姿だった。四人が、一斉《いっせい》に抜刀した。倒れかけていた男が、ようやくうつぶせに倒れた。ほんの短い間のことに違いなかったが、芳円にはひどく長く感じられた。

将監と四つの影は、固着して動かない。何度も、背中に冷たいものが走るのを、芳円は感じた。月の光まで、冷たかった。

景一郎が、喚きながら刀を抜いた。正眼に構えているが、構えたままで四対一の対峙《たいじ》の中には入れないでいる。

ひとりが動き、将監の横に回ろうとした。しかし、途中で凍りついたように動かなくなった。将監の構えは、下段である。ひとりの将監の方が、明らかに押していた。四人は、四人とも手練れである。それも、見ていて芳円にはわかった。

息を呑《の》んだ。緊張が破れそうな気がしたのだ。しかし、固着は崩れなかった。息が苦しくなってくる。

ひとりが動こうとし、横に回りこもうとしていたもうひとりが、やっと将監の横の位置をとった。そう見えたのは、一瞬だった。

将監の刀が舞いあがった。それが振り降ろされた時、横に位置をとった男は、声もなく倒れていた。刀身の動きが、ひどく遅いもののように芳円には見えた。しかも、斬ったようには見えなかった。それでも、斬っているのだ。遅く見える動きは、多分錯覚なのだろう。斬られた男は、受けようとして刀を動かしかけただけなのだ。

三対一の対峙になった。

三人が、追いつめられているのがわかる。一歩も動いてはいないが、気持は追いつめられている。どこから、動揺しはじめるのか。芳円は、肩で息をしていた。

将監の躰が、月の光の中に躍りあがった。真中の男が、袈裟に斬り降ろされていた。首筋から男の躰に入った刀は、股《また》の近くから抜けてきたように見えた。

異様な音がした。ぶつかるとか、打つとかいうような音ではない。将監の口から、血が噴き出す音だと、しばらくして芳円は気づいた。夥《おびただ》しい血を噴き出しながら、将監は構えを崩していない。ただ、静止していた刀が、別のもののようにふるえはじめている。

「景一郎」

芳円は叫んでいた。二人が、将監に斬りかかろうとしたのだ。

景一郎が、叫び声をあげて突っこんでいた。二人の刀が、景一郎の方へむかった。崩れるように、将監は膝《ひざ》を折っている。

いきなり、激しい動きになった。

二人が、次々に景一郎にむかって斬撃《ざんげき》を加える。景一郎は、それをかわしていた。しかし、刀は正眼に構えたままだ。まるで見えない力に摑まれてでもいるように、刀だけが動かなかった。硬直した肩から先と較《くら》べて、景一郎の腰や膝は柔軟だった。斬られた、と何度も芳円は思ったが、景一郎はきわどくかわしていた。

月の光が、凄惨《せいさん》なほど必死な景一郎の形相を照らし出している。

芳円は、思わず縁から飛び降りた。

景一郎はまだ、刀を正眼に構えたままだ。それで動けば、当然隙《すき》が出る。そこに斬撃が来る。将監が、天稟と言ったわけを、芳円ははじめて理解した。どう崩れようと、ほんとうの隙は作っていない。一瞬、隙に見えるだけだ。すべてかわせる。つまり、無意識に斬撃を誘っている。

これで、刀を動かせれば、と芳円は思った。正眼に構えたまま動き続ければ、やがてはほんとうの隙が出る。なにしろ、斬撃を加えているのは二人なのだ。

しかし、どうやればいいのか。

「小便を洩《も》らすな、景一郎」

とっさに、芳円は叫んでいた。瞬間、景一郎の全身が静止した。内側から、ふくらみはじめたように、芳円には見えた。すざまじい雄叫《おたけ》びがあがり、呪縛《じゅばく》の縄が断ち切られていった。その音が、聞えるような気がした。

景一郎の刀が頭上に舞いあがり、溜《た》めに溜めていた力を一気に吐き出すように、振り降ろされた。闇がふるえた。男の躰が、頭頂から胸まで断ち割られていた。脳漿《のうしょう》と血を頭から浴びた景一郎が、もうひとりに斬りかかる。左一文字に胴を薙《な》ぎ、二の太刀で両腕を斬り飛ばし、三の太刀で真向から斬り降ろした。

ほとんど人間のかたちをしていない物体が、しばらくしてから地面に倒れた。

芳円は、将監に駈け寄った。

吐き出した血が口につまり、すでに死んでいた。血まみれだが、将監の傷は体表にはなく、胸の中のものだった。

景一郎が、呻きをあげて屈みこんだ。刀がふるえている。左手が、柄《つか》から離れないようだ。

「落ち着け。鞘に収めてから、指を開けばいいのだ」

景一郎が、泣きながら右手で帯から鞘を引き抜いた。泣いている割りには、刀身の収め方は鮮やかだった。ようやく、左手も柄から離れたようだ。

景一郎が、地面に両膝をついた。月の光を浴びた周囲の情景を、しばらくぼんやりと見ていた。不意に、景一郎は狂ったように地面を転げ回った。椎《しい》の木の根方に腰をぶっつけると、その場でうずくまって吐きはじめた。

芳円は、将監の躰を抱きかかえると、離れの床に運んだ。悲しいほど、軽い躰だった。

あの斬撃が、この躰のどこから出てきたのか、と芳円は思った。

行燈《あんどん》に火を入れ、晒《さらし》で血をきれいに拭《ぬぐ》った。眼は閉じている。こうして見ると、どこにでもいる老人だった。

躰にも、着物にさえも傷はひとつもなかった。

「景一郎、井戸で血を洗ってこい。それから、昼間取ってきた小袖《こそで》に着替えるのだ。あれはおまえのために縫わせたものだ。早くしろ。先生が亡くなられた」

外にむかって、声をかけた。

月の光の中に、景一郎が立ちあがる。まだ泣き続けていた。母親の血だな、と芳円は思った。日向森之助は、たとえはじめてでも、人を斬って泣く男だとは思えなかった。満乃《みつの》の、多感さを受け継いでいる。そう思うと、不意にいとおしさに似たものがこみあげてきた。森之助は、将監と諍《いさかい》をして、何度か家を飛び出した。芳円は、そのたびに満乃と二人で江戸を捜し回ったのである。

水を使う音がした。

芳円も、動きはじめた。事をこじらせて、代官所に睨まれると、面倒なことになる。本堂では、賭場も開かれているのだ。

景一郎が、新しい小袖を着てきた。躰に傷は受けていないようだ。顔面は蒼白《そうはく》だが、それはそれでいいだろう。

芳円は鐘楼へ行き、早鐘を撞《つ》いた。緊急なことは、そうやって代官所へ知らせることになっている。

離れへ戻ると、景一郎のそばに座った。

「境内で五人の男が斬り合いをやって、みんな果てた。理由はわからぬ。そういうことだぞ、景一郎」

黙って頷《うなず》き、景一郎は立ちあがろうとした。

「吐きたくても、耐えろ。先生の前ではないか。三人を斬り倒したあの剣を、おまえは見たであろう」

もう一度、景一郎は頷いた。

役人がやってきて、境内が騒々しくなった。

芳円の説明で、役人たちは納得したようだった。斬られ方が、半端ではない。離れに病人がいることを知っている者は役人の中にも何人かいたが、その死と、境内の屍体を結びつけられはしなかった。景一郎がひとりで斬ったなど、さらに思いも及ばないだろう。

騒ぎが収まったのは、明け方だった。

「景一郎、おまえの刀は、私が預かろう」

「なぜです?」

「先生の遺言だ。これからは、この刀を遣うのだ」

「これは」

「来国行《らいくにゆき》。先生が遣われていたものだ。山城来派の祖で、二尺六寸近くある古刀だ。知っていたか？」

「長いとは思っていました」

「これで、父を斬れ。そう言い遺《のこ》された」

「父を。なぜです？」

「わからぬ。わかっているのは、これからはひとりだけの旅だということだ」

「父を、斬るのですか」

「そうしなければ、おまえの生きる場所が、この世にはないのだそうだ」

外は明るくなっていた。残っていた役人たちも、引き揚げはじめたようだ。屍体は、とうに運び出されている。

長い時間、景一郎は喋《しゃべ》らなかった。

「もう行け。先生との別れは済んだであろう。旅の仕度は整えてある。路銀も、先生が遺されたものがある」

「わかりました」

「私は、この寺で待つ。おまえが、いつか帰ってくるのをな」

「いいのですか、帰ってきても」

「待っているよ」

二度小さく頷き、景一郎は腰をあげた。

「芳円殿、父と立合われたことは？」

「ある。勿論《もちろん》道場でだが、毎日のように立合っていた」

「強かったのですか、父は？」

「私よりはな。先生と立合うのは、見たことがない」

しばらく立ち尽していたが、諦《あきら》めたように景一郎は庫裡の方へ歩いて行った。父を斬る気になったのかどうかは、わからない。将監に言われたままを伝えただけだ。

誰もいなくなった境内に、男がひとり駈けこんできた。

「三崎」

思わず、芳円は声を出した。村の道場主の、三崎栄之進《えいのしん》である。

「五人の傷を見た。すざまじい手練れだ。特に、ひと太刀で倒されている三人の傷がすごい。神業としか思えんな。どんな立合だったのか、教えてくれ」

「幽霊が、斬ったのさ」

「勿体《もったい》ぶるな、芳円」

「ほんとうに、そうなのだよ。そうとしか思えなかった」

「二人は、違う手だな。力はあるが、技では及んでいない」

「そこまでわかれば、充分ではないか」

「気になる」

代官所にも、三崎の門弟は何人かいた。その関係で、屍体の傷を三崎が見ることもあるようだ。今度も、そうなのだろう。

庫裡から、旅装の景一郎が出てきた。

三崎の全身に緊張が走った。景一郎は、無表情に近づいてきた。三崎とむかい合う恰《かっ》好《こう》だが、景一郎に怯《おび》えはないようだった。

「お世話になりました」

「うん、待ってるよ、景一郎」

「いつの日か」

言って、景一郎は踵《きびす》を返した。その姿が山門に消えるまで、三崎は身構えたまま立っていた。

三崎が、息を吐く。

「おい、まさかあいつが斬ったというわけじゃあるまいな」

「どう思う？」

「わからんが、気味の悪いやつだ」

「あれは幽霊が斬ったのだ。五人とも、見事に斬った」

「俺に、教える気はないのだな」

「知って、どうする?」

芳円が言うと、三崎は口を噤《つぐ》んだ。

三崎を放ったまま、芳円は将監のそばに端座した。髭がきれいに剃られている、と思った。合掌したが、芳円の口から、すぐに経は出てこなかった。

第二章　獣肉

1

間違いなく、伝次だった。

かけられていた賞金は、三両である。小野寺準之助《じゅんのすけ》が、首を小刻みに振って腰をあげた。勘定方へ行くのだろう。

「斬《き》ってはいない。それなのに、死んでいる」

呟《つぶや》くように、秀治郎は言った。伝次を担《かつ》いできた若者は、なにも言わずうつむいている。

「死んでいて悪い、と言っているのではない。生死は問わぬ、と触書《ふれがき》にもある。しかし伝次は、三人殺し、あまつさえ捕り方の包囲を破って逃げた男だ。刀を持っていても、手強《てごわ》い相手だ」

若者は、まだうつむいていて、なにも言わなかった。くたびれているが、身なりはちゃんとしている。小袖《こそで》に袴《はかま》、粗末だがぶっさき羽織を着て、さらに蓑《みの》を肩にかけていた。

「体術かね、これは？」

「斬れば、返り血で汚れますから」

「斬るほどのことはなかった、というわけか。俺は、生きているころの伝次を知らないが、賞金稼《かせ》ぎがひとり殺されたという噂《うわさ》もある。たやすく素手で殺せる相手とも思えないが」

「死んだのです。殺すつもりはなかった」

不思議な若者だった。立っている姿に、隙《すき》は見えない。そのくせ、どこか怯《おび》えたような表情をしている。

小野寺準之助が戻ってきて、三両を懐紙に載せて差し出した。若者は無造作にそれを掴《つか》むと、一礼して立ち去った。伝次の屍体《したい》だけが残された。

「霞《かすみ》を打っている」

屍体を覗《のぞ》きこんで、準之助が言った。掌《てのひら》をこめかみに当てる仕草を、二度続けた。

体術で、霞と呼ばれる急所がそこである。体術にある、当技《あてわざ》は聞いたことがある。ほかにも天倒《てんとう》、烏兎《うと》、水月《すいげつ》、月影《つきかげ》、明星《みようじよう》。体術にある、当技は聞いたことがある。ほかにもあったような気がしたが、準之助ほど秀治郎は体術に詳しくなかった。

「それも一撃だ。よほどの手練《てだ》れだな。霞は、掌底《しようてい》で打つのがいい。どういう男か、一度見てみたいものだよ」

あの若者は、屍体を担いできただけで、伝次を殺した者はほかにいる、と準之助は見ているようだった。

秀治郎は、あの若者の立ち姿が気になっていた。隙がなかった。抜き撃ちを見舞っても、かわしたに違いないという気がする。しかし、同時に怯えてもいた。

準之助が、屍体の頰を二、三度叩《たた》いた。とにかく、この十日ばかり伊那《いな》郡を騒がせていた男は、屍体で運ばれてきたのである。高遠《たかとお》藩の領内にいたことさえ、秀治郎には意外だった。

「女という噂は、ほんとうらしいな。どうにかどこかへ逃げていると思ったが」

準之助も、秀治郎と同じことを考えていたようだった。

その女はどうしたのだ、と束の間《つかま》考えたが、あまり気にしないことにした。女の方から名乗り出てくることなど、ありそうもない。

「ところで、冷やかしに行ってみないか?」

「俺は構わんが、おまえは嫁を貰《もら》ったばかりではないか」

準之助は、昨年の十一月に登紀《とき》と祝言《しゅうげん》をあげた。まだふた月が過ぎたばかりなのだ。

「なかなかの人気だ。気になる」

城下で、新しい道場が開かれていた。依田重蔵《よだじゅうぞう》という男で、流派も依田流を名乗っている。わずか半年の間で、藩士から町人まで、かなりの人数を集めるようになっていた。

準之助にも秀治郎にも、高遠藩内に相手はいなかった。武術師範でさえも、二人と竹刀《しない》を合わせようとはしない。江戸に行けば、多少の稽古《けいこ》相手はいる。それなりの道場が揃《そろ》っているからだ。

それでも、二人ともまだ負けたことはなかった。参った、と言うことはあるが、それは相手の立場を慮《おもんぱか》ってのことだ。剣の腕で出世した者など、いないのである。

「工藤権八《ごんぱち》が、結局一本も取れずに入門したんだそうだ。それを聞いて、俺はむらむらとしたぜ、秀治郎」

準之助は血が熱かった。二年前江戸にいたころ、喧嘩《けんか》を止めるのが秀治郎の役目だったと言ってもいいほどだ。

準之助と秀治郎は、一度も本気でやり合ったことはなかった。どちらの方が強いのかと藩内で噂されたことがあって、無理に決着をつけるのはやめよう、と二人で話合ったのである。

八人斬りとして、高遠藩内で語り草になっていることがある。郡方《ぐんかた》の検見《けみ》奉行が配下ぐるみで不正を行い、召捕りの主命が下った。しかし八人が頑強《がんきょう》な抵抗をし、三人四人と怪我人《けがにん》が出る始末だった。その時、捕り方をすべて退《さ》がらせ、準之助と秀治郎の二人で、八人を斬ったのである。四年前のことだ。

しかし主君の内藤頼寧《よりやす》は、気味の悪いものでも見るように、二人を見たのだった。

「稽古をして、その気になったら入門しろというのが、また気に食わん」

「自信があるのだろう、あまり血を熱くするな、準之助」

「退屈でな」

「登紀殿を娶《めと》ったばかりだというのにか。贅沢《ぜいたく》なやつだ」

城代の娘の登紀には、秀治郎も淡い思いを抱いたことがある。家格はそれほど変らないが、準之助の方がはるかに男ぶりがよく、二人の噂が出た時に秀治郎はあっさりと諦《あきら》めたのだった。

「とにかく、稽古に来るのは勝手だと言っているのだ。行ってみようではないか」

秀治郎も、依田重蔵のことは気になっていた。そのうち、ひとりで出かけてみようかと思っていたのである。

「明日だな。二人とも非番だ」

秀治郎が言うと、準之助が頷《うなず》いた。

外はまた、雪が降りはじめている。例年になく、雪の多い冬だった。空を見あげながら、秀治郎はふとさきほどの若者のことを思い出した。屍体のどこをどう見ても、霞の急所に打った痕《あと》があるだけだった。伝次の屍体を担いで現われた時は、気絶しているとしか思えなかった。

斬ると、返り血で着物が汚れる。その言い方には、妙な生々しさがあって、思い出すと不快になった。

準之助の方が誘いにきた。

行こうとは言ったものの、新妻の手前、非番の日には誘いにくく、秀治郎は迷っていたのである。家は、すぐ近くだった。三万三千石の城下である。大して広くもない。

道場には、三十人ほどがいた。確かに、繁盛《はんじょう》していると言ってもいい。二十人以上が藩士で、工藤権八の姿も見えた。

依田重蔵は、小男のうえに猫背《ねこぜ》だった。眼は細く、一点にむけられたまま動かない。神棚《かみだな》の下から、それですべてが見渡せているのだろう。

「三人掛りがはじまります。三人と言っても、先生がやめの声をかけられるまで、師範代の坂貫《さかぬき》殿は立っておられます」

工藤権八が、そばへ来て囁《ささや》くように言った。名物の荒稽古らしい。

道場が静かになり、防具をつけたひとりが中央に立った。ひとりが打ちかかって行く。かわし、面を取る。一本。依田重蔵の声が響いた瞬間に、次の者が横から打ちかかった。その連続だった。防具を付けた者が、ずらりと並んでいる。大して難しいことではなかった。どちらをむいていようと、打ちかかってくるのは一方向からなのだ。そちらへの防御を怠らなければいい。

八人目で、やめ、の声がかかった。次の三人掛りには、工藤権八が立った。準之助も秀治郎も、その腕はある程度認めている。二人と武術師範を除けば、藩内では一番強い。下士だが、卑屈なところのない闊達《かったつ》な性格だった。

権八は、六人から一本ずつ取った。

ほかに三人掛りに立てるほどの者はいないらしく、道場の真中がぽっかりと空いた。秀治郎は、のっそりと入ってきた若者の姿を見ていた。きのうの若者である。

「まて工藤。新入りがいる。ちょっとあしらってやれ」

面を取りかかった権八に、依田重蔵が声をかけた。依田も、入ってきた若者の姿を気にしたらしい。

「私は、稽古に来たのではありません。先生とお手合せに」

意外にしっかりした声で、若者が言った。つまり道場を破りに来た、と言ったわけである。道場がしんとした。

「まずは、その男とやってみろ」

依田の眼の底で、なにかが光ったような気がした。

「日向景一郎と言います。日向流」

方々から、失笑が洩《も》れた。

若者は竹刀を執ると、防具もつけずに出てきた。それを見て、権八がかっと頭に血を昇らせるのがわかった。

二人がむかい合う。権八が気合を発した。若者の構えは無造作だったが、秀治郎は不意に全身が粟立《あわだ》つのを感じた。

勝負は一瞬だった。踏みこんだ権八が、籠手《こて》を打たれて竹刀を落とした。軽く打ったように見えたが、それは竹刀で打つというより、真剣で斬るという感じで、籠手の上からでも充分な威力を持っていた。

秀治郎が驚いたのはそれだけではなく、籠手を打った竹刀が、一瞬突きの構えに入ったことだ。しかしさりげなく竹刀は正眼に戻り、それから下げられた。

坂貫という師範代が出てきた。

文句も言わず、若者は坂貫とむかい合った。さすがに、坂貫の構えには相手を威圧するような迫力がある。両者が、踏みこんだ。そう見えた瞬間、坂貫の躰《からだ》は羽目板にまで飛んでいた。自分で、竹刀にぶつかって行ったように見えた。眼に捉えられないほどの速さで、面垂れの下から竹刀の先が入り、直接坂貫ののどを突いたと見極めたのは、何人もいないだろう。悶絶《もんぜつ》した坂貫を、不思議そうに眺《なが》めている者もいる。

「たまげたな」

呟くように、準之助が言った。準之助も、竹刀の動きを見極めたようだ。

若者は、何事もなかったように立っている。立ち姿に、まったく隙がなかった。ただ、表情はどこか怯えたような感じである。もともと怯えたような表情をしている男か、と秀治郎は思った。

不意に、そばに座っている準之助の全身に、覇気《はき》が漲《みなぎ》ってくるのを感じた。

「よせ」

秀治郎は、小声で言った。われわれは門弟ではない、という意味をこめていた。ここで出ていくのは、筋合が違う。むしろ、若者と似た立場にいるのだ。

依田重蔵が、腰をあげた。素面《すめん》、素籠手《すごて》で相手をするつもりらしい。

両者が、正眼に構え合った。小男の依田が、構えをとるとさすがに大きく見える。しばらく、固着していた。若者の全身からも、ようやく気力が表面に滲《にじ》み出している。

久しぶりに、秀治郎は快い緊張に包まれた。勝負の帰趨《きすう》よりも、対峙《たいじ》そのものが秀治郎を惹《ひ》きつける。まるで自分も対峙の中にいるような気分なのだ。

どちらが先、ということもなかった。両者とも、きわまった潮合《しおあい》に逆らわなかっただけだ。竹刀。一度だけ、触れ合った。若者の竹刀が巻き落とされていた。次の瞬間、若者の躰はさらに踏みこんでいて、依田重蔵の躰が宙に浮かび、舞いあがった。猫のように、依田重蔵は宙で躰を丸め、両足で降り立った。

その時、若者は落とされた竹刀を拾いあげ、構えていた。

「それまで」

両者が再び対峙に入ろうとした瞬間に、秀治郎は声をかけた。張りつめかかっていた両者の気が、乱れた。

「いや、いい立合を見せていただいた」

依田重蔵は、そう言った秀治郎の方にちょっと眼をくれ、竹刀を下げた。若者の躰からも、緊張が抜けた。

若者は、技では依田に及んでいなかった。しかし、技を超えるなにかを持っている。依田が竹刀を巻き落とし、若者が依田を投げるということが、何度もくり返されるだろう。つまり、竹刀では勝負はつかないのだ。

「これほどの立合は、江戸でもそう見られるものではない」

誰も、言葉を挟《はさ》もうとはしなかった。八人斬りの秀治郎が言っているのだ。

一礼して、若者が出ていこうとした。

「待たれよ。別室で茶など差しあげたい。そこの御仁《ごじん》も御一緒に」

秀治郎は、自分も誘われたことに、ちょっと戸惑いを覚えた。稽古を続けよ、と依田がほかの者たちに言った。

別室に案内された。

遠慮がちに端座した若者には、どこかぼんやりした印象があった。

「松原秀治郎と申す。さきほどは、御無礼いたした」

「日向景一郎です」

慌《あわ》てたように、若者が頭を下げた。

「そうではないかと思っていた。八人斬りの松原秀治郎殿ではないかと。お名前は、工藤から聞かされています」

「私の隣にいたのが、小野寺準之助です」

「私を試しに来られたか。いや、光栄と言えば光栄ですな」

依田が、笑い声をあげた。門弟のひとりが、茶を運んできた。日向景一郎は、じっとうつむいたままだ。

「高遠藩は、武術が盛んですな。これほど門弟が集まるとは思ってもいなかった」

盛んなのは、防具をつけた武術である。藩の武術師範は、木刀の組太刀を主に教えていて、稽古はその気になった者がやるだけだ。工藤権八などが、一番熱心だった。

「ところで、日向将監先生の御身内ですか、景一郎殿は？」

「祖父を、御存知ですか？」

「知っている。日向流に、体術があったのかな？」

「いえ、我流です」

「そうか。だろうな。あの日向先生が、手から太刀を放されるとは思えん。御健勝であられるのか？」

「五カ月ほど前に、労咳《ろうがい》で亡《な》くなりました」

「一度、立合った。十年ほど前のことになるかな。どうしても、打ちこめなかった。巌《いわお》とむかい合っているような気分になったものだ。そうか、将監先生の孫に当たられるか。薬研堀にあった道場は？」

「四年半前に畳み、祖父と私は旅に出ました。江戸の近辺は何度も通りましたが、江戸へは一度も戻っておりません」

「修行をしているのか、景一郎殿？」

「いえ、人を捜しております。各地の道場に立ち寄り、噂でもと思っておりますが、祖父の名を御存知の方にさえ、はじめてお目にかかりました」

「誰を、捜しておられる？」

「日向森之助といいます。父です」

依田が頷いた。

秀治郎は、薬研堀の道場など、噂でも聞いたことがなかった。江戸の道場の噂は、準之助とともにずいぶん集めたものである。

「日向流というのは?」

「いま時めずらしい、実戦一辺倒の剣法ですよ。薬研堀の道場でも、素面、素籠手であった。組太刀の型稽古ではなくですよ」

「それは残念だったな。私が江戸にいたのは、二年前のことでしたのでね」

景一郎が、ちょっと怯えたような表情で一礼し、帰ろうとした。それを押しとどめ、依田は奥へ行くと、紙の包みを持ってきた。

「頂けません」

「ほう、なぜ?」

「私は、勝ったわけではありません。負けたとも思っておりませんが」

相変らず、なにかに怯えたような表情だった。

「門弟たちに、いい立合を見せることができた。その御礼ですよ」

「いいえ、受け取れません」

また頭を下げ、景一郎は逃げるように出て行った。

追う筋合でもない、と秀治郎は思った。出された茶に手をのばす。

「固辞するほどの額も入っておらぬのに」

「あの男は、いまそれほど金を必要としていないのかもしれません。きのう、三両稼《かせ》いだばかりですよ。例の、三人殺した伝次の屍体を担いで現われましてね」

「ほう。斬り口を見てみたいものだ」

「それが、無傷でしてね。霞の急所に当技を使ったものだろうと思います」

依田が、秀治郎を見つめてきた。

「返り血を浴びて、着ているものを汚したくなかった。なぜ斬らなかったのか問うと、そう答えましてね」

「なるほど」

依田が、腕を組んだ。虚仮威《こけおど》しで売る道場主ではなさそうだ。少なくとも、藩の武術師範よりは、ずっと腕が上だろう。

「血が嫌《きら》いなのだろうな、多分。それがどこからくるものかは、わかりませんが。私が竹刀を巻き落とした時、とっさに躰を寄せてきた。攻めのように見えて、あれはかわしでしょう。そして、竹刀を持つ相手だから、できることでもある。勝つ剣というより、負けない剣ですね。体術は、本能的なものだ。もっとも、すべて私の考えに過ぎませんが」

「ならば、真剣を執れば」

「必殺」

秀治郎も、腕を組んだ。まだ十七、八に見える若者である。

「真剣なら、巻き落とされるような立合もしますまい。守りを突きつめていけば、相手を殺すことになるのですよ」

「わかります、それは」

「日向将監殿は、堂々たる風格の剣客であったが、孫の方はちょっと違うようです」

これで話は終りだというように、依田が声をあげて笑った。

「門弟たちの相手をしてくださいませんか、松原殿」

腰をあげながら、依田が言った。

道場へ行くと、準之助の姿も消えていた。

「あの若者のあとを追って、小野寺様も出ていかれました」

権八がそばへ来て言う。師範代の坂貫は、のどに濡《ぬ》れた手拭《てぬぐ》いを当てて、羽目板に寄りかかっていた。

秀治郎は、竹刀を執った。

「三人掛りだ。どこからでも来い」

素面、素籠手。日向景一郎は、ずっとこれで稽古を積んできたのだろうか。権八が打ちかかってくる。突き飛ばした。すべて、突きで決めてやろう、と秀治郎は思った。

2

小屋へ戻ってきたのは、夕刻だった。

女は、火のそばでうずくまっていた。逃げられないようにしていたわけではない。伝次の賞金の三両も、今朝出際《でぎわ》に女に渡していた。

小屋の周囲は雪に包まれていて、時々枝から落ちる雪の音が聞えるだけだ。

景一郎は外に出ると、薪《まき》になりそうな枝を少し集めた。山中で、木はいくらでもある。できるだけ乾いていそうなものを選んで、薪にしていた。

この小屋に籠《こも》って、すでに二十日以上が過ぎている。

猪《いのしし》を一頭と、兎《うさぎ》を三羽仕とめた。猪は刀で倒した。兎は小柄《こづか》である。皮を剥《は》ぎ、肉は雪の中に埋めて、少しずつ焼いて食っている。信濃《しなの》は山深い。闘えるものが、いくらでもあった。雪を積もらせて撓《たわ》んだ木の枝。足を取る雪。時折現われる動物。それをすべて、敵と思い定めるのである。

撓んだ木の枝と、刀を構えて一刻《いっとき》ほどむかい合う。すると、その枝だけが、雪を飛ばしながら撥《は》ねあがるのだ。その瞬間に、幹から斬り落とす。気を溜《た》めて待つと、枝がいつ撥ねあがるか、見えてくるのだった。

陽のあるうちは、ほとんど雪の中を駈《か》け回っていた。最初に運びこんだ、米や味噌《みそ》がまだあった。ひと月は、山の中で暮そうと考えていたのだ。

大した理由はない。高遠まで、甲府を通ると江戸から五十五里と言われているが、その間に二度襲われた。身を隠した方がいいかもしれない、と思いはじめたのが理由と言えば理由だった。

襲ってきたのは、四人と二人だった。四人は、全員頭から断ち割った。脳漿《のうしょう》が飛び散るのにはやはり馴染《なじ》めなかったが、なぜか四人とも頭を割っていた。二度目に襲ってきた二人は、手練れだった。二人の動きの連携が見事で、転げ回りながらようやくひとりを倒し、もうひとりの腕を肘《ひじ》から斬り飛ばした。それが精一杯で、追うことなどできなかった。それに、腿《もも》に傷を受けていた。浅傷《あさで》だが、躰が斬られるというのがどういうことか、なんとなくわかったような気になった。

傷は、甲府の先の山の中で癒《いや》した。

なぜ襲われるのか、考えることに意味はなかった。このままでは、いつか斬られるだろうという思いだけが強くなった。街道の旅を続ければ、襲われる。

枝を抱えて小屋に入ると、景一郎は火を大きく燃えあがらせた。鍋《なべ》では、猪の肉がぐつぐつと煮えていて、いい匂《にお》いがしていた。女が、勝手に作ったものだ。伝次の長脇差《ながどす》を、庖丁《ほうちょう》代りにして、肉を細かく刻んだのだろう。

「ねえ、きのうみたいに、あたしを抱かないのかい？」

女は、二十七、八に見えた。名さえ知らなかった。景一郎は、鍋の中に米を少し入れた。味噌はすでに入れてあるようだ。

「遅かったじゃないのさ。戻ってこないんじゃないかと思ったよ」

女が、裾《すそ》を割って脚を開いた。炎が、奥の方まで照らし出している。

女が現われたのはきのうの朝で、伝次に引き立てられるように、雪の中を歩いていた。尋常ではない様子だったが、関り合いになるまいと、景一郎は小屋の中に入った。しかし伝次も、女を引き摺《ず》りながら小屋へやってきたのだ。

「ねえ、なにしてたのよ、あんた。なにしてたかだけ、言いなさいよ」

出かける時、声をかけたわけでもなかった。行きたければ、三両を持ってどこへでも行けるのだ。

伝次に賞金がかかっている、と教えたのは女だった。伝次の屍体を横にして、景一郎は一度女を抱いた。犯すという気持で挑《いど》みかかったが、女はむしろ進んで景一郎を受け入れた。二度目に抱こうとした時、屍体を城下に運んで、賞金を貰ってこいと言ったのだった。

城下までは、一里半ほどで、一刻で往復して三両を女に渡した。それから何度も、くり返し女の躰を抱き、眠ったのは明け方だった。

女体というものを知ったのは、祖父が死んでひとりになってからだ。宿場女郎が相手だった。それからは、機会があると女を買った。

「無口な男だね、ほんとに。そのくせ、屍体があったって平気であたしを抱けるんだから。あたしは、伝次の野郎の屍体のそばで抱かれるってのが、小気味よかったけどね」

「なぜ、出て行かない？」

女は、わずかの間に景一郎が知った、数人の女郎とはまるで違った。大きな声をあげ、躰をふるわせ、口を吸い合う時は、景一郎の唾《つば》を音をたてて飲んだ。

「なんだい。あたしを追い出そうってのかい？」

「帰るところが、あるだろう」

「あるもんかい。伝次の女なんだ。どうせあたしも罪人にされてるに決まってる」

「高札には、伝次の触書はあったが、おまえのものはなかった」

時々枝で火をいじりながら、景一郎は女の腿の奥を見ていた。

「罪人にされるよ、あたしは。役人なんて、罪人を作るためにいるようなもんじゃないか。あたしは、どうすればいいかここで考える。それまで、好きにあたしを抱くがいいさ。すごく力があって、男の殺し方はうまいようだけど、女の殺し方は知らない。それを、教えてあげるよ」

「男も女も、同じだ」

「どう同じなのよ」

「急所を打てば、死ぬ」

女が、声をあげて笑った。景一郎は、女の腿の奥を見続けていた。

「女はね、男とは違う死に方をするの。伝次は、あたしを殺したわさ。半端《はんぱ》な殺し方じゃなかったね。どんなことをされても、殺されていくうちに忘れていくの。そんなにいいものなんだよ、なんなひどいことをされても、女が死ぬというのは」

景一郎は、女の腿の奥を見続けた。女の脚がいきなり大きく開き、淡い毛の中に赤い口が開いて炎に照らされた。

「もっと、そばで見せろ」

「ほれ、その気になってきた。舐《な》めてごらんよ。女の殺し方を、あたしが教えてあげるからさ」

景一郎は上体を乗り出し、女の股《また》に顔を近づけた。女の手が景一郎の首に回ってきて、さらに引き寄せようとする。

「すぐに、女を殺せるようになるよ、あんた。伝次なんか較《くら》べものにならないような、女殺しにしてあげるから」

女の手が、景一郎の股間《こかん》にのびてきた。

景一郎は、その手を遮《さえぎ》り、女の躰にのしかかった。女が声を出しはじめる。その声が高くなろうとした時、景一郎は果てていた。

「これからだよ、あんた。女を殺すのは、これからなんだから」

言いながら、女は着物を脱ぎ捨てた。股間に吐息がかかった。景一郎のものは女にくわえられたが、萎《な》えたままだった。

「なによ、あんた。城下で、なにかしてきたの？」

「腹が減った」

景一郎は、女の躰を押しのけるようにして、上体を起こした。

「あたしがここにいるのに、なにも城下でほかの女を買ってくることはないだろう。気の多い男だね。一本槍《いっぽんやり》っててんだよ、あんたみたいなのをね。女を殺す時は、じっくり構えなくっちゃね。女を買って、何回やってきたか、あたしに言ってごらん」

きのう、伝次の屍体を担いで城下へ行った。それで、今日は耐え難くなったのだ。城下へ行きはしたが、女を買おうという気は起きなかった。考えもしなかったのだ。

足は、きのう見た道場にむいた。

「強かった」

「ふうん。強かったって、どういうことだい。巾着《きんちゃく》みたいによく締ったたってことかい？」

いままで出会った道場主の中で、あの依田重蔵という男は、一番強かった。これまで負けたことはあるが、それは竹刀勝負でだ。軽く胴を取られ、代りに全身の力で面を打つ。それでも、一瞬遅れれば負けとされた。竹刀を巻き落とされたのは、はじめてだ。その時、躰を寄せて体術のようなものを使ったのは、意識してではなかった。躰が、そんなふうに動いてしまったのだ。

あの男と、真剣で立合って、勝てるだろうか。数えれば、十人近い人間をこの五カ月の間に斬ったということになる。場数は踏んだ。自分でも、そう思う。それでも、依田重蔵は自分を圧倒してきた。

祖父と立合ったこともある、と後で聞いた。祖父を知っている人間に出会ったのははじめてで、その男が強かったということで、景一郎はどこかが救われていた。

父のことは知らない、と依田重蔵は言った。

「あんた、城下に何刻いたと思ってるの。その間、ひとりの女だけを抱き続けていたのかい？」

小屋へ戻るのが夕刻になったのは、小野寺準之助という男に、強引に誘われたからだった。かなりの手練れであることは、むかい合って喋《しゃべ》っていればわかった。わかったのはそれだけで、それ以上のことをわかろうと思えば、立合うしかなかった。

小野寺準之助は、自宅へ景一郎を案内した。大きな屋敷で、それにも景一郎は気圧《けお》された。下女がひとりと、小野寺の妻がいた。

小野寺は、景一郎の体術について知りたがった。伝次を打ち殺したのも、依田重蔵をとっさに投げたのも、体術だろうというのだ。

景一郎には体術を使ったつもりはなく、語ることもなにもなかった。料理を出した、小野寺の妻だけが、景一郎にとっては強い印象だった。

女を抱いている間も、頭の中には小野寺の妻の、あられもない姿があった、と景一郎は考えていた。

「え、どんな女を買ったのさ。あんたの精を抜いちまったのは、どんな女なんだい？」

「腹が減った」

「ふざけるんじゃないよ、あんた。いま大事なのは、じっくりとひとりの女を抱いてみることだよ。男ってやつは、どうしてこうも気を散らしてしまうのかね」

じっくりと、ひとりの女を抱いてみたい。しかし相手は、眼の前にいるような女ではない。小野寺の妻のような女。

「もう一度、よく見せろ」

景一郎は呟くように言った。小屋の中は土間で、筵《むしろ》が敷かれているだけだ。雪がかなり積っていて風を遮るので、小屋の中は暖かかった。城下とこの山中でも、かなり寒さが違い、雪の降り方も違う。

景一郎は、淡い、煙り立つような女の恥毛を指で触れた。陽は落ちていたが、雪明りでおまけに炎がある。赤く彩《いろど》られた女のそれは、まるで違うけもののように見えた。毛に触れ続けた。何人かの宿場女郎は、みんな濃い毛をしていた。女の毛は触れ続けていないと、ほんとうに煙のように消えてしまいそうな気がする。

景一郎のものが、再び怒張してきた。

「若いんだ、あんたは。若くて強いんだ」

女の躰が、絡《から》みついてくる。ひとつになった。女が、頭をのけ反らせて声をあげた。長い時間、景一郎は果てなかった。潮が満ちては引くように、女は大きくうねりながらのけ反ることを、何度もくり返した。女の腰が、いままでとは違った動き方をする。景一郎も、それに合わせて動いた。いつの間にか、女の手が景一郎の腰にあてがわれている。

終った時、火が小さくなっていた。熾《おき》があるので、鍋は充分に煮え続けている。景一郎は、枝を数本足して、また炎を大きくした。

「あたしは、一度死んだよ。わかっただろう。あんたが、殺したんだよ」

ひときわ高い声をあげ女がのけ反った時、眼がぐるりと回って白くなった。白眼を剝《む》いたまま、女はひとしきり躰をふるわせ続けていた。あれを死んだというなら、殺すことはそれほど難しくない、という気がした。自分の躰の下で、どんな女が死ぬかという方が、殺すことより大事だとも思った。

「食おう」

景一郎は言い、猪肉と米を煮こんだものを、椀《わん》に注いだ。女が、裸のまま外に出て、雪をひと抱え持ってくると、鍋の中に入れた。最初は鍋からはみ出していたが、雪はすぐに溶けて水になり、煮立ちはじめた。

椀がひとつしかなく、自分の分を腹に流しこむと、景一郎は椀だけ女に差し出した。女は少しだけ注いで、息を吹きかけながら啜《すす》りこんだ。

「強いねえ、あんた。ちょっと手をのばしただけで、伝次を叩き殺しちまうんだからね。はじめは薄気味悪かったけど、いやな男じゃないよ。最後は、淋《さみ》しそうにあたしを抱いてるもの」

景一郎は、じっと火を見つめていた。時々、板を葺《ふ》いた屋根から、雪が落ちる音がした。静けさの中で、その音にはまがまがしい感じがあって、雪が落ちるたびに女は躰をぴくりと動かした。

女は少し食べただけだが、景一郎は椀に三杯流しこんだ。足の指のさきまで、火照《ほて》ってきた。鍋の中には、まだたっぷりと残っている。女がやったように雪を足せば、明日もまた食えるだろう。

「あたしは、おせんというんだ。あんた、名前もないの？」

「景一郎。日向景一郎」

「ちゃんとした名前があるんだ。すごい刀も持ってるし、お侍なんだね」

壁にたてかけた来国行に、景一郎はちょっと眼をやった。よく斬れた。手の中で別の動物が、別の意志を持って跳躍するように、跳ね、なんの手応《てごた》えもなく相手の頭蓋《ずがい》に入っていったのだ。

斬りながら、刀とはこういうものだと、祖父に教えられているような気分になった。

「ねえ、景一郎。あたしを抱いて眠ってよ。あたしは、高遠の城下で、男にいいようにされながら生きていくのも、悪くないと思ってた。それが伝次のやつが現われてさ。ひとり占めにして、ほかの男に触らせようとしないの。それでも、あたしはよかったよ。伝次が人を殺して追われるようになるなんて、思ってもいなかったからね」

景一郎は、おせんを片腕に抱いて横になった。身の上話など、聞きたくもなかった。

「怕《こわ》いのよ、あたし。これから、どうすりゃいいのよ」

「城下へ戻れ」

「いやよ、罪人になるのは。なんにも悪いことはしてないのに。男の言いなりになってただけなのに」

おせんが城下でどういう扱いをされるのか、ほんとうのところ景一郎にもわからなかった。

「縄を打たれるのは、いやよ。怕いよ。あたしがまだ子供のころ、男を殺して死のうとした女が、晒《さら》しものにされてたよ。縛りあげられて、子供はみんな石を投げたよ」

おせんの躰が、ふるえていた。

「あたしを殺して、景一郎。あんたに殺されてる間は、怕いのを忘れていられるから」

おせんの手が、ふるえながら景一郎の肩を摑んだ。

3

餅屋《もちや》が一軒だけあった。一升分ほどの餅を買い、近くで豆腐と納豆も買った。それでかなりの荷物になった。酒も一升買った。

おせんが、不意に餅を食べたいと言いはじめたのである。獣肉と米を味噌で煮こんだもの。景一郎には苦にならなかったが、餅を食べたいと言った時、おせんがほとんど獣肉を口に入れられないことに気づいたのだ。

「おう、日向さんではないか」

声をかけられた。小野寺準之助と松原秀治郎だ。役目の途中らしく、若い武士を三人連れていた。景一郎は、軽く会釈《えしゃく》を返した。

「いろいろと抱えておるな。誰かに手伝わせようか」

小野寺と松原は、同じような仕草で覗きこんできた。伝次の屍体を運びこんだ時、吟味したのがこの二人だった。その時はいろいろ訊《き》かれたが、次に会った時は、小野寺が強引に自宅へ誘い、体術について訊いただけだ。その時も、伝次に使った当技のことではなく、依田重蔵を投げた技についてだった。

「どこかの旅籠《はたご》に泊っているのではなかったのか」

食べ物を抱えていることで、そう思ったのだろう。景一郎は黙って頷いた。

「ふだんは、大人しいのだな、景一郎さんは。また、俺の家にこないか。いまは、鯉《こい》がうまい。あれを輪切りにして、長く煮こむという料理があってな。妻に作らせよう」

景一郎は、登紀といった小野寺の妻のことを思い浮かべた。楚々《そそ》として、そのくせ景一郎をくらくらさせるほどの色気がある。

母があんなふうだった、となんとなく思った。懐剣をのどに突き立てるのを見たのは、十歳の時だ。あの時でさえ、母はどこか美しかった。美しいというより、神々《こうごう》しいような感じがして、景一郎は声さえもかけられなかったのだった。

「いいな。小野寺の妻女は、器量もだが、料理がうまい。どうやら酒も飲むようだし、一献《いっこん》傾けながら、剣の談義でもやらんか」

松原が、景一郎がぶらさげている徳利《とっくり》に触れて言った。迷惑といえば迷惑だが、二人とも悪気はない。むしろ、好意で誘ってくれているようでもある。

「いまは、ちょっと」

景一郎は、そう言っていた。

「そうか。残念だが、今日鯉があるわけでもない。しばらくは、城下に逗留《とうりゅう》するのか？」

「はあ」

「どこにいつまで逗留しているか言わんのも、道場破りの心得かな。われわれには、害意などというものはないのだが」

「それはもう」

「もういい、準之助。景一郎さんにも、やることがあるのだろう」

小野寺が、松原に言われて頷いた。

「まあ、次に会った時は、付き合って貰おう。この間は強引すぎて、景一郎さんは迷惑そうだったと、あとで妻に叱《しか》られた」

登紀に会えるなら行ってもいい、と束の間景一郎は思った。

「俺のことを、忘れるな、準之助」

松原が言う。二人の笑い声が響いた。

景一郎は、二人にむかってもう一度頭を下げた。二人よりも、従っていた三人の武士の方が、深々と頭を下げた。

ほっとして、景一郎は歩きはじめた。

城下を出たところから、足を速める。町を歩くには、景一郎は足が速すぎた。歩いているようにしか見えないのに、小走りの男より速いので、人の眼には異様に映ってしまうらしい。

足の運びも、祖父に教えられたものだった。祖父の躰が弱ってくるまで、景一郎はどう歩いても勝てず、しばしば走っていた。

城下をはずれると、雪が多くなる。誰も、雪を掻《か》こうとしないからだ。雪の中でも、景一郎の歩く速さはほとんど変らない。歩く、走る、跳ぶ。旅の間に、それをどうやるかたえず考えていた。下がやわらかな泥《どろ》ならば、水の中ならば、雪ならば。一歩踏みこんだ時には、それを考えるのが習慣になっていた。いまでは、考えるより先に足が動く。

途中から街道をはずれ、山道に入った。どこが道だかわかるのは、最初だけで、山に入るとほとんど道とはわからなくなる。踏跡も、景一郎のものがあるだけだ。

小屋の手前まで来た時、おせんが城下でどういう扱いをされているのか、調べて来なかったことが気になりはじめた。おせんは、ほんとうは食べ物よりも、そちらの方を知りたがっているのかもしれない。

いずれ、小野寺や松原ともっと親しくなることがあれば、訊けるかもしれなかった。いま訊くのは、おせんを手もとに留めていると、彼らに教えることになりかねない。

それより、景一郎はまだおせんを離したくないのだった。殺して、と言われるたびに、躰の底がうずく。そして、女を殺すというのがどういうことか、いくらかわかりはじめてきている。

城下から小屋までの一里半は、ほとんど登りだった。かなり急な斜面もあるが、景一郎の足どりが乱れることはなかった。雪を崩すことなく、斜面も進める。

小屋に近づいた時、一度だけ景一郎は足を止めた。

空気の匂いを嗅《か》ぐ。五感を張りつめさせる。叫び声が出そうになるのを、かろうじてこらえた。

歩きはじめる。景一郎がつける雪の中の足跡は浅いが、それがいっそう浅くなった。

小屋。ひと筋だけあがる煙。

抱えていたものをすべて入口に降ろして、景一郎は小屋へ入った。

おせんは、眠るようにして死んでいた。胸に血のしみがあるだけで、飛び散ってはいない。ゆっくりと刺し、死んでしばらくして抜けば、こうなるに違いない、と景一郎は思った。小屋の中には、別の誰かが侵入したという気配すらなかった。小屋の周囲にも足跡はなく、刃物さえ残っていれば、自害と考える者もいるだろう。

景一郎は、おせんの屍体《したい》を抱え、小屋の隅《すみ》へ運んだ。そこが、一番寒いところだからだ。もう、おせんを女として殺すことはできない。抱きあげてみて、よくわかった。ほんとうに死んでしまうと、男でも女でもなくなる。

外に置いた包みを、中に運びこんだ。

酒をひと口流しこんだ。祖父が死んでから、景一郎は時々酒を飲んだ。大して酔いはしないが、三合ほど飲むと躰が暖かくなってくる。

筵に腰を降ろした。薪《まき》を何本か火に入れる。炎がすぐに大きくなった。

この小屋が、なんのために使われているものか、考えたことはなかった。冬の間は、ほとんど使われることもないのだろう。ひと月近く、小屋のまわりで見かけた人間と言えば、伝次とおせんだけだった。

一刻ほどじっとしていた。それから景一郎は躰を起こし、外に出て雪の中に埋めた肉の塊を掘り出した。兎である。皮はすでに剝いであって、内臓も取り、切り分ければいいようになっている。肉は芯《しん》まで凍っていて、伝次の長脇差《ながどす》で切ると、肉ではない別のものを切っているような気分になった。このところ、伝次の残した長脇差が、庖丁の代りだった。

肉を切り分け、鍋の脂《あぶら》を捨てた。鍋の中は煮こごりになっていて、白い脂が表面で固まっている。毎日少しずつ肉や米や味噌を足しているので、空になってしまうことはないのだ。

脂を除くと、肉を入れ、雪を盛りあげた。すぐに溶けるが、一度で済ませるためには、それぐらいの量が必要だった。味噌を少しと豆腐も入れた。

小屋へ入り、直接炎が当たらないところに鍋をかけた。

火を少しいじって、腰を降ろす。

はじめて、兎を食った時のことを、景一郎は思い出した。祖父と旅に出てすぐのころだった。山中での野宿になった。景一郎が火を熾《おこ》していると、兎を一羽祖父がぶらさげて戻ってきたのだ。

眼の前で皮を剝ぎ、枝を通して火にかけた。脂がしたたり、そのたびにじゅうと音がして炎が大きくなった。焼けるまでに、ずいぶんと時間がかかったような気がしたが、空腹感はそれほど募らなかった。獣肉を焼いて食うのが、はじめてだったのだ。

焼きあがると、祖父は脇差《わきざし》でそれを二つに切り、景一郎にも食えと言った。ちょっとだけ塩をふって、祖父は食らいついた。炎に照らされて、口のまわりの脂がてらてらと光っていた。半分怖《おそ》れながら景一郎も口にしたが、それがうまかったのである。

あの時から、獣肉を焼いて食うことを、景一郎は覚えた。この小屋に籠るようになっても、獣肉さえあればいいと思っていたのだ。

鍋の中の雪が溶け、しばらくするといい匂いが漂いはじめた。景一郎は一度外へ出て、枯枝を何本か集めた。

風が吹きはじめている。天候が崩れるのかもしれなかった。小屋に入ると、枯枝をくべやすいように短く折った。太いところは、手刀で打つ。

おせんの屍体は色が変り、硬直していた。殺した者の、足跡はなかった。だから何人かもわからなかった。餅を食わせておけばよかった、と景一郎は思った。屍体を眺《なが》めながら、酒を一合ほど飲んだ。鍋は、くつくつと音をたてている。餅を、二つ焼いた。火のそばの石に載せていると、見事に脹《ふく》らんだ。ひとつをおせんのそばに供え、もうひとつは納豆をまぶして、景一郎が食った。鍋の肉も、少し食った。豆腐が入っているので、いままでといくらか味も見た目も違った。

筵に横たわる。朝までは、おせんの躰がそばにあり、景一郎は胸や内腿《うちもも》に触れながらそこに横たわっていた。そばにいない。横たわってみると、それが嘘《うそ》のような気がする。おせんとここで暮したのが何日だったのか、指を折ってみた。それから、眼を閉じる。眠った。眠っては眼醒《めざ》めることを、くり返した。風はいっそう強くなり、枝に積った雪の落ちる音が方々から聞えた。

景一郎が上体を起こしたのは、夜半だった。なにかが近づいてくる。そう感じたのだ。景一郎は、小さくなった火に薪を足し、もう一度鍋をかけた。くつくつと煮立ってくるまで、じっと待った。匂いが、小屋の中に満ちる。

いつまでも、小屋のそばには近づいてこなかった。景一郎は、鍋のものを椀に盛り、少しずつ食った。その間も、鍋は火のそばにかけていた。

腹が満ちると、景一郎はまた横になった。横たわったまま、のどに指を入れ、腹の中のものをかなり吐き出した。

それから、しばらく眼を閉じた。眠れはしなかった。

雪の落ちる音がした。しかし屋根だ。そう思った時、屋根が割れて、なにかが落ちてきた。横たわったまま、転がるようにして景一郎は小屋を飛び出した。その時は、刀を抜いていた。

外に二人。屋根から飛びこんできた男がひとり。

半端な剣気ではなかった。夜明け前だが、雪明りで男たちの表情さえ見てとれる。

「小屋の中に留っていたのは、見あげたものだ。送り出した者たちが、次々に斬られていくのもよくわかる」

景一郎は、来国行を上段から中段に構え直した。

おせんを殺した時は、どうやって小屋に近づいたのか。それはわかった。縄を使い、樹木の枝伝いに屋根まで来たに違いなかった。それならば、雪に足跡は残らない。

「女は、殺させて貰《もら》った。おまえの連れになったのが不運だったな、日向景一郎」

三人が、徐々に間合を詰めていた。風が強い。しかし、雪は降っていない。

「自分が死んだのも気づかずに、女は死んで行った。しかし、屍体のそばでよく獣肉が食らえたものだ」

喋っているのは、ひとりだった。その男から斬撃《ざんげき》を送ってくることは、まずないだろう。残りの二人のどちらかが、まず斬りこんでくる。

ひとりが動くのが見えた。その時、景一郎は雪の上を走っていた。刃風《はかぜ》が追ってくる。かわした。次の瞬間、横ざまに刀を払っていた。斬った。浅い。が、撥ねあげた刀を、袈裟《けさ》に振り降ろす充分な余裕があった。雪に、血が飛んだ。二人目。斬撃をかわして踏みこんだが、相手も踏みこんでいた。

躰がぶつかった。大きな男だった。ぶつかった衝撃を流すように、景一郎は雪の上を転がった。立った。相手はすぐそばにいた。もう一度、景一郎は踏みこんだ。躰がぶつかる。転がらず、ぶつかった瞬間に景一郎は横に跳んだ。刀が追ってきた。かわしながら、景一郎は突きを出した。浅く入ったが、男ののどからは、血が噴き出していた。その血に動転したように、男の躰に隙《すき》が出た。胴を払い、真向から斬り降ろし、突いた。

突いた刀を抜いた時、男は声もあげずうつぶせに倒れた。

「見事なものだな」

最後のひとりは、まだ抜いた刀を構えてもいなかった。

「ここで俺が斬《き》られるかどうか、五分五分というところだな。しかし、際限がないぞ。いつまでも、おまえは襲ってくる人間と闘わなければならん。いつまでもだ。このあたりで死んだ方が、楽だとは思わんか」

なぜ、いつまでも襲われる。言いかけたが、途中で言葉を呑《の》みこんだ。

そう言った。声は、風で吹き飛ばされてしまったようだ。

「獣肉」

「なにか言ったのか？」

「獣肉を煮る匂いに誘われて、さきに出てきた」

景一郎は、一度肩で息をした。

「俺の勝ちだ」

「確かに、誘い出されたのだろうな。送った者たちが、みんな倒された。それで策を弄《ろう》し過ぎたのかもしれん。まあ、これまでのところは、負けたよ。俺は、引き揚げる。これ以上は、無駄《むだ》な斬り合いというものだ」

退《さ》がろうとした男に、剣尖《けんせん》を突き立てた。男の動きが止まる。

「俺は、日向森之助を斬りたいだけだ」

一歩、景一郎は踏みこんだ。それに合わせるように、男が一歩退がった。

「日向森之助が生きているかぎり、おまえは襲われ続ける。おまえから、あの男を手繰《たぐ》っていくしかないのだ」

景一郎は、また一歩踏みこんだ。男が、ほんとうに引き揚げるとは思えなかった。誘い。多分、それだろう。

「やめにしないか。なあ、無駄に斬り合ったところで、仕方があるまい。俺も、藩命を受けているだけで、おまえに恨みはない」

どこの藩なのかも、景一郎は知らなかった。ただ、父が恨みを買って追われているわけではない、ということがわかっただけだ。どこかの藩の、藩命で追われている。

「獣肉」

景一郎は、もう一度言った。

「うまいぞ。おまえが俺を斬れば、それが食える」

「待てよ、おい。俺は引き揚げると言っているんだぞ。ここで斬り合っても、おまえとは五分にやり合える。それが無駄だから、引き揚げると言っているのだ。役目は、終ったようなものだ」

男が一歩退がり、景一郎は一歩進んだ。

その瞬間、男は踏みこんできていた。これまでの、のったりした動きとは、まるで別人のようだった。誘い。乗ってしまった。退がる男に、引っ張られたようなものだ。そんなことが、一度に頭をよぎった。ぶつかっていた。男の初太刀は、なんとかかわしたようだ。刀は頭上に振りあげていた。

瞬間に、いろいろなことがまた頭をよぎった。躰を離す時、刀が交錯するだろう。横に構えた男の方が、振りあげている自分よりずっと有利だ。考えながら、押した。男も押し返してくる。押し合う力がきわまった時、弾《はじ》かれるように躰を離すことになる。その時、どちらかが、いや多分自分の方が、ひと太刀浴びる。

男が、息を吐いた。固いものが、顔にぶつかってきたような気がした。

ふっと、景一郎は別な時の中に入ったような気がした。生と死が、不分明な時。気づいた時は、両手を開いていた。刀が頭上から落ちる。それが雪に刺さる前に、腰をひねりながら景一郎は男の霞《かすみ》の急所に、肘を打ちこんでいた。いくらかはずれたようだ。男は、一度膝《ひざ》を折りかかっただけだ。

退がろうとする男に、躰を寄せたままもう一度肘を打ちこんだ。それから、男の顔に額を叩《たた》きつける。男が膝を折った。

跳び退《すさ》り、景一郎は捨てた刀を拾いあげた。倒れた男が、立ちあがろうとしていた。しかし、雪に足をとられている。いや、足そのものが、利《き》かなくなっている。

景一郎の斬撃を、男は刀を翳《かざ》して受けようとした。とっさに景一郎は腰を沈め、刃筋を横にした。刀ごと、男の腕が吹き飛んでいた。男は、なくなった腕を構えるような恰《かっ》好《こう》で、まだ立っていた。

「刀を、捨てたのか」

呟《つぶや》き。全部は聞かなかった。頭頂から、景一郎は男の躰を断ち割った。

倒れた三人の方は、見なかった。

一度雪が降れば、三人の屍体も血の汚れも、みんな隠してしまう。

小屋へ入ると、景一郎は大きく息をついた。火に枝をくべる。鍋を、筵の上に置いた。破れた屋根から落ちてきている雪で、刀を拭《ぬぐ》った。丁寧に拭い、眼を近づけた。来国行は、斬れる。恐ろしいほどに、斬れる。刃こぼれひとつなかった。

刀を鞘《さや》に収めると、景一郎は鍋の中のものを掬《すく》っては口に入れた。多少冷えはじめているが、まだ熱い。腹の中が熱くなった。構わず、景一郎は食い続けた。

鍋一杯を食ってしまうと、景一郎は這《は》って外へ出、雪の中に続けざまに嘔吐《おうと》した。湯気がたちのぼる。そのむこうに、ようやく昇ってきた太陽が見えた。

4

二人につかまった。

高遠の城下をかすめて、街道に出ようとしていた時だ。城下に寄ったのは、おせんの妹の家に三両放りこむためだった。景一郎が聞いていたおせんの身寄りはその妹だけで、仲はよくなかったと言っていたが、仕方がなかった。伝次の賞金の三両は、自分のものではなくおせんのものだと思えたのだ。三両を包んだ紙には、おせんの笄《こうがい》も一緒に入れた。

「旅仕度だな、景一郎さん」

松原が言った。

「勝手な思いこみで済まんが、急ぐ旅とも思えん。ここで会ったのは縁だ。俺の家に寄ってくれ」

小野寺の言い方は、有無を言わせないものだった。今日は二人だけだ。

「お役目の途中ではないのですか、お二人とも？」

「いいのだ。もう済んで、年寄に報告するだけでいいのだ。それは、秀治郎がやってくれる」

「おい、待て、準之助。おまえは一番つまらぬところを、俺に押しつけようというのか？」

「そうなるな。しかし、登紀の手料理がついているぞ。景一郎さんに食わせたいが、おまえが報告を引き受けてくれるなら、加えてやってもいい」

「いやだと言ったら？」

「景一郎さんは、逃げちまうさ。見ろ、いまでも逃げたがっている。そして俺とおまえは、城中に報告に行く。つまり、やることは同じなのだ」

逃げ出す機会を、景一郎は摑《つか》めないまま、二人のやり取りを聞いていた。

結局、小野寺に連れられて行くことになった。なにがなんでも逃げようとしなかった自分が、景一郎は不思議だった。二人が、明るすぎたからかもしれない。

「迷惑なのは、わかっている。勘弁してくれ。こんな田舎で、俺たちは死ぬほど退屈なのだ。久しぶりに心がふるえた。気持としては、それを大事にしたい」

どこまでも、小野寺には屈託がなかった。景一郎の旅が、どういう旅なのか、歩きながら知りたがった。

「修行だとしたら、見あげたものだ。そんな修行が、仕官に役立つとは思えんしな。それとも、薬研堀の道場を再興するつもりか？」

「そんな、道場などと私は」

「景一郎さんなら、できそうだ。特に、体術を加えれば、江戸の町人には受けるだろう。依田重蔵殿も同じ意見だよ」

話しているうちに、小野寺の家に着いた。

登紀が迎えに出てくる。景一郎を見て、笑いかけてきた。背中のあたりが、熱くなった。

「さよや新助は？」

「二人とも出かけております。村の方へ使いに出しましたの。戻ってくるのは、夜になると思いますわ」

声も、美しかった。案内されるままに、景一郎は座敷に通った。雪の消えていない庭が、外には拡《ひろ》がっていた。

「酒だ、登紀。夕餉《ゆうげ》に景一郎さんを連れてきた。無理矢理来て貰ったのだ。腕を振《ふる》ってくれよ。それに、ついでに秀治郎も来る」

「いつも、突然なんですから、あなたは」

それでも、登紀は客を迎えて嬉《うれ》しそうにしていた。

小野寺が、体術の話をはじめた。剣に付随した技ではなく、体術そのもので剣に対抗できるのではないか、という話だった。江戸にしろこの城下にしろ、捕り方を勤める者は体術を身につければいい、と以前から考えていたようだ。ただ、体術だけの道場では、立ち行かないかもしれない。だから、藩の武術師範が、体術を覚えるべきだ、と熱心に言い続ける。登紀が、酒を運んできた。酒が入ると、小野寺はいっそう饒舌《じょうぜつ》になった。

「それほど体術を重く見られるなら、小野寺殿が藩の武術師範になられたらいかがです」

「それが難しいのだよ、景一郎さん。生まれた家などというものがあってな。俺も秀治郎も、やがては藩政を見なければならないんだ。こんな小藩でも、やらなければならんことが山ほどある」

武術師範をやるには、家格が高すぎる。そう言っているのだが、嫌味《いやみ》には聞えなかった。景一郎が羨《うらやま》しくなるほど、屈託がなかった。育ちがいいというのは、こういうことだろう。

「罪人を追って、斬ることがわが藩でも多い。体術で捕えられたら、死なせなくて済む。もっとも、伝次の例もあるが」

景一郎がうつむくと、小野寺は慌《あわ》てて話題を変えた。

居心地がいいのか悪いのか、自分でも判然としない状態の中に、景一郎はいた。料理の下拵《したごしら》えが終ったと言って、登紀も話に加わってきた。なにか訊かれても、景一郎はしどろもどろにしか答えられなかった。

「刀で、すぐに斬り合ったりしてはいけませんわ。殿方が刀を抜く時は、自らの死も賭《か》けなければなりません」

「だから、体術なのさ。景一郎さんは、誰に習ったわけでもないと言うのだが、立派に一流を立てられる技を持っている。もっとも、剣の方もなかなかの腕だが」

景一郎は、膝で組まれた登紀の指を見ていた。近すぎて、顔を見ることはできなかった。

「投技があり、当技がある。それに固技《かためわざ》が加われば、ほんとうに一流が立てられる。俺は、景一郎さんの投技と当技は見ているのだ」

「あら、当技はどちらで？」

景一郎は、耳朶《みみたぶ》まで熱くなるのを感じた。小野寺が、言葉を濁している。登紀は無邪気だった。

「わたくしに、当技を教えてください、景一郎殿。いつか主人に打ちこんでやりますわ」

「教えられたらできる、というものでもない。稽古《けいこ》なのだ。血の滲《にじ》む稽古があって、はじめて使えるものさ」

「それじゃ、見せてくださいな」

「ふむ」

小野寺が腕を組んだ。

「どうだね、景一郎さん。俺も、体術と立合ってみたい。竹刀《しない》で打ちかかる俺を、投げてみてはくれんか？」

小野寺が、景一郎の顔を覗《のぞ》きこんでいる。

「駄目《だめ》か、やはり。登紀、おまえもわかっているだろうが、景一郎さんはふだんはすこぶる大人しくてな。あまり、無理も言えん」

「いえ」

景一郎は顔をあげて言っていた。

「我流の体術でよろしければ」

「ほう、立合ってくれるか。夕めしの前に、ちょうどいい。庭には雪があるし、思いきり叩きつけてくれても構わぬぞ」

登紀が、はしゃいだように手を打った。

真剣でもいいと言いたかったが、なにも言わず景一郎は庭に降りた。

小野寺が、竹刀に何度か素振りをくれた。

なぜこうなったのか。むかい合ってから、はじめて景一郎はそう思った。小野寺は、全身に覇気《はき》を漲《みなぎ》らせている。

「手加減は、なされぬようにしてくださ い、小野寺殿。でなければ、体術の技も出せません」

「わかっている」

言うなり、小野寺は竹刀を構えた。

景一郎は、ただ立っていた。小野寺が踏みこんでくると、同じだけ退がり、間合を詰めさせなかった。それを、何度もくり返した。かすかな苛立《いらだ》ちを見せて、小野寺が打ちこんでくる。かわした。位置が入れ替っただけで、距離は詰らなかった。

小野寺が踏みこむ前に、景一郎が退がった。つられたように、小野寺が踏みこんでくる。その時、景一郎も踏みこみ、躰《からだ》を寄せていた。指さきに、襟《えり》を摑んだ感触があった。小野寺の躰が、宙を舞っている。さすがに、小野寺は足から着地し、その時はもう竹刀の構えをとっていた。

「なるほどな」

わざと手もとに飛びこませたのかもしれない、と景一郎は思った。投げられることで、小野寺は景一郎の技を吟味しようとしている。

景一郎の方から、踏みこんだ。竹刀。横に跳んでかわした。竹刀は、すぐに追ってきた。かわしきれず、景一郎は自分から雪の中に倒れこんだ。竹刀稽古は、腰の高さから下を打たない。竹刀を執った小野寺は、瞬間、その感覚に支配されたようだった。竹刀の下を潜《くぐ》るように、景一郎は小野寺の足もとまで転がり、跳ね起きた時は左手で小野寺の襟を摑んでいた。右手。どこかを摑めば、投げられる。しかし、摑んだ左手を引いていた。投げられることにすべてを備えかけた小野寺の霞の急所に、景一郎は掌底を打っていた。

なにかが、ずれるような感じがあった。伝次の時と同じだった。白眼を剝いた小野寺が、棒のように倒れるのを、景一郎はぼんやりと見ていた。

「あなた」

声があがった。景一郎はふり返った。

「殺せるのだ。体術でも、人を殺せる」

言って、景一郎は雪を蹴《け》った。縁に跳びあがる。登紀が息を呑んだ。脇差で、景一郎は登紀の帯を断ち切っていた。登紀が、景一郎に挑《いど》みかかってくる。脾腹《つきかげ》を、景一郎は軽く打った。膝から崩れかかった登紀の躰を抱きとめ、着物を剝《は》ぎ取った。

なにをしているのだ、俺は。登紀の裸体を見降ろし、景一郎はぼんやりと考えた。躰は動いていて、着物を脱ぎ捨てていた。

おせんの躰とは、まるで違った。燃え盛るような恥毛を見て、眩暈《めまい》がしたような気がした。そこに右手をのばした。左手は、淡い色の乳首に触れた。また、眩暈がした。下腹が、痛いほどに張りつめている。獣肉を食べすぎたのだ。ぼんやり、そう思った。頭の動きは緩慢だった。

景一郎は、かすかに浮き出した登紀の肋骨《ろっこつ》の縁に手をかけ、軽く活を入れた。眼を開いた登紀の顔が、すぐそばにあった。登紀が呻《うめ》きをあげて身をよじる。押さえつけた。見開いた眼で、登紀は景一郎を見つめている。押し入った。呻きが、大きくなり、不意に長く尾を曳《ひ》く叫びに変った。

叫び声を聞いた時、景一郎は思いもかけない快感に襲われて、背中を反らし、全身をふるわせた。果てていた。しかし萎《な》えてはいなかった。

登紀の顔が歪《ゆが》んでいる。

殺してやるよ。景一郎は呟いた。何度も、何度も殺してやる。

不意に、庭に強い気配があった。

「けだものかっ、うぬは」

唸《うな》るような声だった。松原秀治郎。

景一郎は、素っ裸のまま、来国行を抜き放った。

「けだものに、なりたいのだ、俺は」

自分の声ではないような気がした。

松原が抜刀するのを眼の端で捉《とら》えながら、景一郎は雪の中に跳んだ。

むかい合う。すぐに、固着した。ともに正眼である。

松原の構えは端正で、景一郎はかすかな気遅れを感じた。それも、すぐに消えた。

松原の躰が、次第に大きく見えてきた。景一郎は、それにじっと耐えた。全身から、汗が噴き出してくる。しかし、押されてはいない。松原の額にも、汗の粒が浮いている。

勝負、というものははじめから頭になかった。いままでの対峙《たいじ》とは、すべてが違う。恐怖もなく、死ぬこともなかった。

不意に、闇《やみ》にむかって来国行を構えていた、祖父の姿が浮かんだ。それと重なり合おうとする。しかし、重なることはできない。むかい合っているのは闇ではなく、松原秀治郎という男なのだ。

眼に汗が入った。閉じなかった。松原の姿は、見えているようで見えていない。あるいはその逆かもしれない。眼を開けていることもなかった。ただ、閉じられないだけなのだ。

ほとんど同時に、肩で息をした。それでも、なにひとつとして動きはしなかった。

耐え難いような重さだ。なにが、重いのか。刀か。それとも空気か。不意に、なにかが毀《こわ》れた。固着していたすべての、どこかが毀れた。それを、景一郎は自分とは遠いものとして感じた。心気は乱れていない。乱したのは、松原の方だった。張りつめていたものが、割れた。

踏みこんでいた。位置が入れ替った。しばらく経《た》ってから、擦《す》れ違った風を感じたような気がした。

腕から、血が溢《あふ》れ出している。それだけだった。腕はついている。斬り飛ばされてはいない。痛みもない。

松原の脇腹《わきばら》のあたりに、雲のようなものが湧《わ》き出してきた。しばらくして、それが血のしみであることに景一郎は気づいた。

位置が入れ替り、お互いに血を流していることを除けば、最初とまったく変らない正眼の対峙だった。

膝が折れる。景一郎はそう思った。傷のせいではない。重さに耐えきれないのだ。松原の袴《はかま》から、雪に血が滴《したた》っていた。袴の半分が、すでに血に染っている。

松原が、瞬《まばた》きをした。いや、ちょっと眼を閉じているのだ。閉じているのが、少しずつ長くなった。眼を閉じ、眠ったような表情で、松原がゆっくりと倒れていった。刀は正眼に構えたままだ。

景一郎は膝を折り、雪の中に倒れこんだ。大きく息をつくと、呼吸の荒さは収まらなくなった。躰の下で雪が溶けていく。それがはっきりとわかった。

立ちあがった時は、憔悴《しょうすい》しきっていた。

景一郎は縁に這いあがり、登紀の腰巻を取ると、裂いて腕の傷に巻きつけた。

松原の心気が乱れたのは、登紀が命を断ったからだ。景一郎は、それで心気を乱さなかった。それが傷の深浅の差になったが、腕の差ではなかった。

負けていても、不思議ではなかったのだ。登紀を犯す前だったら、負けていたかもしれない。犯すことで、登紀はむしろ遠くなった。

腕の傷を、片手と歯でしっかりと縛りあげると、景一郎は脱ぎ捨てた着物を身につけた。懐剣で首を断って、登紀は死んでいた。見える位置にいなかった。それが、景一郎の命を長らえさせた。眼に入っていれば、母の姿を思い出して、心気が乱れただろう。

獣肉を食いすぎたのだ。小野寺家の門を出て、景一郎はもう一度そう思った。

晴れているが、風だけは強い日だった。陽の光が眩《まぶ》しかった。ちょっと歩いただけで、息がかすかに乱れはじめている。

血を失ったからだ、と景一郎は自分に言い聞かせた。血ではない、もっと別なものを失ったという思いが、くり返し襲ってきたからだ。

街道に出た。人の姿は多かった。

第三章　わに

1

冬の海に、好きで出たがる者がいるわけがなかった。

海水《みず》が冷たいだけでなく、荒れている。静かだと思っていても、急に荒れはじめ、櫓《ろ》も使えなくなって流された者が何人もいた。

運のいい者は、能登《のと》のどこかに流れつく。能登が駄目《だめ》な場合は佐渡《さど》で、さらにその先に出羽《でわ》の飛島《とびしま》がある。それから先に流されて、生きていた者はいなかった。

この冬には、二人流された。生きていれば、夏には戻ってくるだろう。

海からは、ようやく冬の色が消えはじめていた。山の方には雪が残っているが、海辺にはどこを捜してももうない。冬の間は吹き続ける、北西の風もやむ日が多かった。七兵衛《しちべえ》は、このところ若い者を避けることが多かった。隣村との喧嘩沙汰《けんかざた》に、もっと強い態度で臨めと突きあげられるのだ。

強い態度で臨もうにも、相手には藩の代官所が付いていた。

この間までの代官は、冬の間は税を取り立てようとはしなかった。もっともそれは七兵衛の村だけで、鼻薬が効いていたのだ。

新しい代官は、七兵衛の村を隅《すみ》から隅まで調べた。袖《そで》の下も受け取ろうとしない。そして冬の間も細々ながら漁労をしていると決めつけられ、税を取られたのである。

隣村から、代官所に密告したのだと、誰もが信じていた。代官所の手入れはそれだけ的を射たもので、隣村からの密告でなかったとしたらこの村からである。

この村も隣村も、冬の漁労はやっていた。鰯《いわし》も鯵《あじ》も鰤《ぶり》も獲《と》れる。烏賊《いか》や蛸《たこ》も獲れる。そしてなにより、蟹《かに》が獲れる。鳥取の城下まで運べば、いい値になるのだ。ただ冬の漁については、これまでの代官は黙認していて、税も申し訳程度のものだった。それも払いたくなくて、七兵衛は鼻薬を効かせてきたのである。

なにかあると隣村を槍玉《やりだま》にあげるのは、別に理由があった。沖に、手の岩足の岩と呼ばれる岩礁《がんしょう》があって、そこはいい漁場だった。七兵衛と隣村の惣右衛門《そうえもん》が話合って、両方の村がぶつからないようにしているのだが、相手の方が漁獲が多い、とたえず不満がくすぶっている。そしてつまらぬことで、村の娘をからかったとか、網を破ったとか、子供を泣かしたとか、そういうことで喧嘩が起きてしまうのだった。

この冬は、若い者が二人流された。この上、喧嘩で怪我人《けがにん》などは出したくないのである。隣村への強硬なかけ合いを、七兵衛は控えていた。その方が、代官の心証もよくするに違いないのだ。

七兵衛の屋敷は、海からちょっと奥まったところにある。海のそばは、風が強くて気持よく暮せないのだ。しおたれると言うが、着ているものも、家も、女たちまでしおたれてくる。

七兵衛の家には、鳥取の城下から連れてきた娘と、大山《だいせん》のむこう側の山の村から連れてきた娘の二人がいた。奉公の下女ではなく、妾《めかけ》である。屋敷の中の離れに住まわせていた。気に入っていた。鳥取の娘は、城下育ちらしい品があったし、山の村の娘は、漁師の村には見られない肌《はだ》の白さを持っていた。

女房は七兵衛が三十八の年に死んで、後妻は貰《もら》っていない。

「旦那《だんな》様、また修造《しゅうぞう》らが参っておりますが」

番頭の与助《よすけ》だった。一緒に隣村へ行ってくれ、とまた飽きずに言いにきたのだろう。修造を中心とする男たちは、手の岩足の岩を漁場にしているのだ。およそ四十人というところか。ほかにも自分だけの漁場を持っている者が、三十人ほどいた。その三十人は、人に自分の漁場を知られることだけを、ひたすら恐れている。

「うまいことを言って、追い返せ。いずれ、俺は惣右衛門と話をするが、いまはまずい」

代官は、ほぼ二年で交代していた。あと一年我慢をすれば、新しい代官が来る。鼻薬の効かない者が、それほど多いわけはない、と七兵衛は思っていた。

「もう、手の岩足の岩に出ようとしている、と言っておるんですがのう」

「出れば見える。そんなことを、惣右衛門がやらせるわけはあるまい」

手の岩足の岩は、鮑《あわび》の宝庫だった。栄螺《さざえ》も雲丹《うに》も海鼠《なまこ》も採れる。俵物と言って、干した魚介を俵に詰めたものは、大坂からも買いに来る。それは七兵衛が売ることになっていた。手の岩足の岩の縄張《なわば》りは、七兵衛の懐《ふところ》にも響いてくるのである。

「修造は、すぐに興奮する。そのくせ、ひとりで談判に行く度胸はない。手の岩足の岩がいいところだろう」

ほんとうに腕のいい漁師は、手の岩足の岩で学んで、それから自分だけの漁場を捜す。海は広いのである。信じられないところに、信じられないような漁場があるらしい。そのことは、七兵衛にさえ教えようとしなかった。

与助はまだ、縁から動こうとしなかった。ちょっとやそっとの言い方では、修造は納得しないということなのだろう。

「酒でも、持たせてやれ。いま騒ぎを起こしてはいかんとな」

ようやく、与助が腰をあげる気配があった。

七兵衛は障子を開け、庭に眼をやった。桃の花が開いている。三、四日前から、庭は香りでいっぱいだった。

俺も、五十か。桃を眺めながら、なんとなく七兵衛は考えた。三十までは、三、四艘《そう》の舟を率いて、自分で漁をやった。それが一番多く採れたからである。七兵衛より長く海に潜っていられる者は、村にはいなかったのだ。惣右衛門といい勝負だと言われたが、お互いにやり合わないうちに歳《とし》をとった。

七兵衛は、煙草盆《たばこぼん》を引き寄せ、煙管《きせる》に火を吸いつけた。門の方の気配に、ちょっと耳を傾ける。修造は、酒を持たされて大人しく帰ったようだ。

行ってみようか、と七兵衛は思った。

この冬、紛れこんできた若い者が、ひとりいた。いつの間にか浜に住みつき、漁をはじめたのである。安蔵《やすぞう》の小屋にいて、櫓の使い方をまず習った。潜り方などは、自分で覚えたようだ。安蔵は六十二で、もうとうに潜らなくなっていた。櫓を使わせれば村一番だが、老いは隠せなくなっている。七兵衛などが、怒鳴られながらいろいろなことを教えられたのだった。

なぜか、あの若い者が気になった。場合によっては、自分のところの若い者にしてもいい、と七兵衛は思っている。ただし、侍だった。

侍に、なにができる。はじめは、そう思った。刀を抜いてはじめて侍で、海の上では刀など役に立たないのだ。

しかし驚くべきことに、若者は十日ほどで櫓が使えるようになった。それも見事な使いっぷりで、若者の漕《こ》ぐ舟は波を断ち割るようにして進んで行く。力も、勘もあったのだろう。駄目な者は、何年やってももうまくはならないのだ。その技の差は、舟の速さより、荒れた冬の海で一番よく出る。鏡のような海で速く漕ぐのは難しくないが、舳先《へさき》が波を断ち割る時の要領は、生まれつきと思えることが多かった。

灰を叩《たた》き落とすと、七兵衛は腰をあげた。

修造には会わず、勝手に出かけようとする七兵衛を見送りながら、与助は不服そうな顔をしていた。修造のことだから、与助にはかなりひどいことを言ったに違いなかった。七兵衛と面とむかった時は、さすがに言葉には気をつけているようだ。

与助を見ないようにして、七兵衛は浜の方へ歩いて行った。夕刻までには、まだいくらか間がある。以前は、夕刻には必ず浜へ出て、翌日の海がどうなるか見たものだが、ここ数年それもしなくなった。

安蔵の家は見張台のそばで、小屋はその前にあった。小屋が、海からの風をいくらか遮《さえぎ》っているという恰好《かっこう》だった。

若者は、浜に引きあげた舟のそばに寝ていた。舟と添寝するという感じで、なにをしているのか漁師ならばわかる。

「安蔵は、いないのか？」

七兵衛が声をかけると、若者は立ちあがり、ちょっと頭を下げた。若者は、舟底を金具で削っていたのである。それを怠ると、舟底に貝や海草が付き、動きがひどく悪くなる。

「日向さんとか言ったね」

七兵衛は、日向景一郎という若者の名前をはっきり憶《おぼ》えていたが、思い出したように装った。安蔵の下で漁をしているとはいえ、侍には違いないのだ。

「冬の海に、潜ったことがあるのかね？」

「安蔵さんに、教えて貰いました」

「そうじゃなく、安蔵に会う前に潜ったことがあるかと訊《き》いているのだ」

「ありません」

「安蔵のところからの俵物が増えてる。安蔵は潜らないはずだが、あれを採ったのはみんなあんたか？」

実際、冬の間に俵物などはほとんど出ない。海水《みず》がいくらか温《ぬる》みはじめたので、漁師たちはようやく俵物の材料を採りはじめたというところだ。

「どこで採ってる？」

七兵衛は、思わず訊いてはならないことを訊いた。漁師の漁場は、漁師だけのものなのだ。親から子に伝えたりする。七兵衛の漁場は、誰も知らない。二十年も前に、伜《せがれ》は海で死んだのだ。

「いや、漁場じゃなくて、あんたがそこまで舟を漕いで行けたのかと思ってね。冬の荒れようは、半端《はんぱ》じゃない」

若者はうつむいていた。無口なようだ。それはいやな感じではなかった。修造のように、喋《しゃべ》りまくっても海ではからっきしという漁師が増えた。安蔵も、無口である。

「一度、俺を乗せてくれんか。漁場へ行ってみたい。安蔵の漁場じゃないよ。俺の漁場がどうなってるのか、見ておきたくなった。俺はこれでも、昔はいい腕だと言われたものでね」

困ったような表情で、若者はうつむいたままだった。

「荒れた日を選んで、海に出たりしたもんだ。そういう日は、ほかのやつらは出てこないからな。漁場が知られなくて済む。いつもは手下を連れて、三、四艘で漁をしていたが、俺だけの漁場というのも、あったんだよ」

「はあ」

「あんたは、よそ者だ。この土地から出ていくまで、俺の漁場のことを黙っていてくれりゃいいんだ」

なにか自分が必要以上に喋りすぎているような気がして、七兵衛は咳払《せきばら》いをした。

「それとも、この土地に住もうって気でもあるのかい？」

「ありません」

それだけはきっぱりと、若者は言った。

「そうかい。なら、あんたの櫓の腕でも見せて貰おう。俺の漁場で仕事したっていいんだぜ。いずれ出て行くってんなら」

七兵衛は、沖の方に眼をやった。いまは穏やかだが、いつまでも保《も》たないという気がする。

安蔵が、浜に出てきた。

「修造が騒いどるんだがな、どう思う？」

そちらの方にほんとうの用事があったのだというように、七兵衛は二、三歩近づいて言った。若者は、また舟と添寝をはじめている。

「放っておきゃいい。手の岩足の岩は共同の漁場で、多く採った者は運がいいってだけの話だ」

「また、三年前のようなことになると、俺も困るしな。今度の代官は、鼻薬が効かねえ」

「旦那らしくもねえことを、言うじゃねえか」

三年前、隣村と大喧嘩になり、死人がひとり出た。七兵衛が先頭に立って、漁師をひとり打ち殺してしまったのだ。代官所は、五分《ごぶ》の疵《きず》ということで、両方の村から俵物を一俵ずつ出させた。それが罰だった。鼻薬もなにも関係なく、喧嘩は五分の疵で、両成敗なのだ。死人が何人出てもそうだろう。

「ところで安蔵、この冬で、おまえはどれぐらい儲《もう》けた？」

「そりゃ、旦那が知ってるだろう」

「あの若いのにも、払ってやらにゃならねえだろう。あんたが、あれだけのものを採ったとは思えねえしな」

「払うもなにも」

安蔵の眼が小狡《こず》るく光り、赤く潮灼《しおや》けした顔の皺《しわ》が深くなった。

「飯だけでいいんだ。米の飯だけでな」

「どういうことだ？」

「米の飯をあてがっときゃ、自分で突いてきた魚で食ってるよ。旦那、びっくりするなよ。あいつは鮫《わに》を突いてくるんだ」

「釣《つ》るんじゃなく、突くのか？」

「それも刀でな。短い方の刀だ」

安蔵が両手を拡《ひろ》げた。それぐらいの鮫《わに》なら、漁師は見ただけで逃げ出す。足の一本をなくしたなどという話はざらにあり、運がいいこととして語られているのだ。大抵は、襲われたら死ぬ。屍体《したい》さえ、あがりはしないのだった。

「舟の上から、突くのか?」

鮫《わに》が、それほど舟に寄ってくるとは思えなかった。安蔵が首を振る。

「まさか、潜って突くわけじゃあるまい」

「潜って突いたのを、俺は一遍見たよ。そのあとも、躰《からだ》よりでかいのを担《かつ》いできやがったし」

鮫《わに》の肉は臭いので、漁師は口にしない。ただその臭さが肉を長持ちさせるらしく、山の中まで生で運んでも刺身で食えるのだ。鮫《わに》を食うのは、山の人間だった。

七兵衛は、若者の方をふり返った。まだ舟に添寝して、底を削っている。

「あいつがいじるようになって、俺の舟は具合がよくなった。よく波を切るんだ。旦那に、あいつの櫓の使い方を見せてやりてえな」

「見張台から、あいつが漕いでいくのを見たことがある」

「この辺で、あいつにかなう漁師はいいねえ。いや、俺はあいつよりよく櫓を使うやつを知らねえよ」

「そんなにか」

安蔵は、七兵衛が子供のころ、誰もかなう者がいない漁師だと言われていた。沖で鯨《くじら》があがった時、海に飛びこんで一番銛《もり》を打ったのが安蔵だった。鯨の安と呼ばれていた時期もある。

「だけど、ちょっと心配してんだよ、俺は」

安蔵が見張台の方へ歩きはじめたので、七兵衛も付いていった。

「無理なこと無理なことって、むかっていきやがる。いまのあいつは、鰤をあげたりなんてことはやりたくねえんだ。深く、長く潜る。それだけよ。俺がどうしても潜れなかったところまで潜って、鮑を採ってきやがる」

潜れるところまで潜り続ける。そういうやつは死ぬのだ。安蔵はそれを心配している。浮きあがる力も残っていない深さまで、潜る。そういう漁師がいないわけではない。潜って死ぬ漁師の大半がそうだった。

「縄でも付けときゃどうなんだ」

「いやがるんだな、それも。あいつはこのところひとりで沖へ出るしな」

「冬の間、毎日潜ったんか？」

「舟を出した日はな。途中で荒れてほかの舟が戻って来た時も、あいつは潜ってた」

冬の間も舟は出すが、大抵は一本釣りで、潜る者などいない。海に落ちて、寒さで死ぬ者さえいるのだ。手の岩足の岩で潜りがはじまったのも、梅が満開になってからだった。

「ずっと、小屋にいるのか？」

「時々、どこかへ行くよ。そん時は、腰に刀差してな。夜になる前に、戻ってくる」

「銭は持ってるのか？」

「知らねえ」

「あんた、あれだけ儲けて、一文も渡しとらんのか？」

「くれと言わねえんだよ。言ったら、いくらかやらなきゃなるまいと思ってるが、言わねえ。飯をやったら、済まなそうに頭を下げやがる。あとは自分で突いてきた鮫《わに》さ」

「俺の漁場がある」

七兵衛は、安蔵を見て言った。

「もう十何年も、誰も手をつけてねえ漁場だ。あいつを連れていくぜ」

安蔵は不服そうな表情をしたが、なにも言わなかった。あの若者がこの村で働けるのは、七兵衛が黙認しているからである。

「一遍だけだ。俺は、あいつの腕が見てみたい」

見張台から、七兵衛に挨拶《あいさつ》する声が聞えた。それにむかって、七兵衛は一度だけ手を振った。

「長生きはするもんだな、安蔵」

「確かにな。だけど、あいつのことは、あまり考えねえようにしてる。あいつは、死ぬよ。このままじゃ、死ぬ。死ぬとわかってるやつのことを考えて、つらい思いはしたくねえんだ。あいつはあそこにいるようで、ほんとはいやしねえのさ」

安蔵が言っていることが、七兵衛にもいくらかわかった。しかし七兵衛が話したかぎりでは、死の匂《にお》いなどなかった。

「一年もあいつが働いてくれりゃ、あんたは楽隠居じゃねえか、安蔵」

「そううまくはいかねえってのが、この歳になりゃわかるのさ」

安蔵が、見張台の梯子《はしご》に手をかけた。

2

鳥取の城下まで、五里というところだった。

道は歩かず、砂の上を行く。村を出て一里ほどで海岸線は砂になり、それはどこまでも続いているのだった。村の近辺は、舟をあげられる浜があるぐらいで、岩や崖《がけ》が多かった。

砂の上の五里は、道の七、八里はありそうな感じだった。それを、景一郎は一刻《いっとき》ほどで歩いてしまう。

城下は、海岸から離れたところに拡がっていて、かなり大きい。池田藩三十二万石の城下だった。

祖父が死んでから、半年以上が経《た》っていた。景一郎は、十九歳になっている。長い旅をしてきた、という気はない。江戸から百八十里といわれる鳥取が、遠いとも思わない。祖父とは、四年も旅をしていたのだ。

月に一度城下へ行くのは、道場破りのためではなかった。毎月二十日、日向流を名乗る男が、ある道場へやってくる。道場主は、なにがしかを包んで渡す。そういうことが、もう一年続いているという噂《うわさ》を耳にしたのだ。因幡《いなば》へ入る前、但馬仙石藩《たじませんごく》、出石《いずし》の城下でだった。

景一郎はそこで、小さな道場を訪《おとな》った。出てきた道場主が、日向流を名乗った景一郎を、その男と間違えたのだ。

景一郎は手合せはせず、その男の噂だけを聞いた。鳥取随一の道場を、素面《すめん》、素籠手《すごて》で破り、それ以来月に一度稽古《けいこ》と称して訪れてくる。その男が、どこから来るか、誰も知らないという噂だった。

鳥取に入ると、すぐにその道場を訪ねた。他流試合は断られた。ただ、毎月二十日に師範代が来て、その時は他流試合を受けるという。

三度、景一郎はその道場を訪い、待ち続けたが、男は現われなかった。

四度目である。

景一郎が訪いを入れると、顔見知りになった門弟のひとりが、道場の隅《すみ》へ導いてくれた。

「もう三月《みつき》も姿を見せられぬ。今月あたりは来られると思うのだがな」

景一郎と同年配の門弟は、あまり邪険にはしなかった。

壮大な道場である。いつ来ても、百人ほどの門弟が稽古をしている。ただ、これはという腕の者はいなかった。

先月は、他流試合所望の武士が二人いたが、今月は景一郎ひとりだった。

「見えられたぞ」

一刻ほども待ち続けた時、門弟がそばへ来て耳打ちをした。道場に入ってきた男を、景一郎は見た。

父ではなかった。

八歳の時に父は出奔していたが、容姿の記憶はしっかり残っている。それに、男はまだ若く、三十にもなっていないように見えた。

「しばらく顔を見せないと、また道場破りが現われるようになったか」

男の、大きな声が聞えてきた。

やめの声がかかり、門弟たちが羽目板を背にして並んで座った。

「まだ若いな。当道場の他流試合は素面、素籠手、しかも木太刀を使うが、それでよいか？」

道場の視線が、景一郎に集まった。

「構いません」

うつむいて、景一郎は言った。

「木太刀で打ち合えば、死ぬこともあるが」

「覚悟はできております」

「屍体は、城下の寺に投げこむことになる。それでよいのだな」

偉丈夫だった。声にも他を圧する迫力がある。

「別に、寺でなくとも。海にでも棄《す》てていただければ」

かすかなざわめきが起きた。景一郎は膝《ひざ》を立て、その時はじめて男と視線を合わせた。

門弟のひとりが木刀を差し出してくる。それを執り、握りだけ確かめて、景一郎は道場の中央へ歩いた。

「流派は？」

「一刀流」

失笑が起きた。直心影《じきしんかげ》流と言うのさえ、はばかられた。この男は、父の居所を知っているかもしれない。

「一刀流。名はなしか。海に棄てろと言うぐらいだから、名はいらんな」

男が二歩前へ出てきた。景一郎は礼をし、木刀を上段に構えた。男は正眼である。なかなかの腕だった。景一郎は、一度足を踏み鳴らした。正眼の木刀が、わずかに動く。間違いなく、日向流の受けだ。

男が踏み出してくる。打ちこみが来た。軽く後ろへ跳んで、景一郎はかわした。押されただけに見えただろう。しかし、男は一撃で決めようという気迫を、打ちこみにこめていた。

男の表情が、ちょっと動いた。かわされたのが、よほど意外だったのだろう。景一郎は上段のままである。

景一郎の方から、踏みこんだ。間合に入る前に打ち降ろす。男の木刀。景一郎はさらに踏みこみ、下から木刀を撥《は》ねあげると、男と擦《す》れ違った。擦れ違いざまに、水月《すいげつ》に肘《ひじ》を浅く打ちこんでいた。

むき合う。男の顔が紅潮している。

「参りました」

木刀を下げて、景一郎は言った。

「他流試合で負けて、参ったで済むと思うのか」

声は景一郎の背後からだった。道場主だろう。

「い、いや」

ようやく、男は息を吸えたようだ。

「この若い人は、よく闘った。引き分けにしてもよいぐらいだ」

木刀を撥ねあげた力。水月を肘で打った早業。男は、景一郎の力がわかったのだろう。

偶然だとは思えなかったはずだ。

「勉強をさせていただきました」

景一郎は、一度頭を下げた。

道場を出ても、誰も追ってはこなかった。景一郎はしばらく歩き、道場の玄関が見えるところまで引き返した。家と家の間に躰をひそめて、じっと待った。

半刻ほどして、男が出てきた。

かなりの距離をとって、景一郎は付いていった。男は城下を抜け、山の方へ歩いて行く。人通りがなくなったところで、景一郎は足を速めた。

男が立ち止まる。ゆっくりとふり返った。

「現われると思ってたよ」

男が、力なく笑った。

「俺が負けたのかもしれないもんな。ただで帰るとは思えなかった。道場破りを追っ払うと、三両ということになってるが、しばらく休んでいたので、二両に値切られた。一両ずつの取り分でどうだね？」

「そんな用件で、付いてきたのではありません」

「ほんとに、二両だよ。誤魔化《ごまか》しちゃいない。あの道場主が、これほど渋ちんだとは思ってなかった」

「日向流ですね？」

男の表情が、困惑から訝《いぶか》しむものに変った。

「いまの道場に入門したということになっていて、師範代だよ」

「あなたが遣った剣は、日向流でしょうと訊いています」

「我流さ。適当に名前をつけただけだ」

「日向流だ。間違いなく、日向流の受けだった」

「知ってるのか、日向流を？」

景一郎は、頷《うなず》いた。

「へえっ、ほんとだったのか」

「誰に、教えられたものですか？」

「素浪人さ。しばらく城下に住んでた。その男が、いなくなる前に、教えた剣法は日向流だと言ったんだよ。ほんとうなのかどうか、ずっと疑問に思っていたんだが、日向流というのはあるんだな」

「その人のことを、教えてくれませんか？」

「俺は、強くなりたくてね。道場剣法なんかじゃなく、ほんとうに強くなりたかった。なぜ強くなりたかったか、説明するのは面倒だがね。高久という人が強いというのを、ある道場で見たんだ。それで、剣を教えてくれと頼んだ」

「高久？」

「高久喜重郎という人だった」

青梅青林寺の、芳円の俗名である。つまり父に間違いはなく、事情があって、芳円の俗名を使っていたのだろう。

「素面、素籠手の、ひどい稽古をさせられたよ。もっともそれで、木刀でむかい合っても怕《こわ》くはなくなったが」

「いつごろの話ですか、それは？」

「一年ちょっと前さ。習ったのは、ほんの三月ほどだ。三月で強くなれるというのは、よくわかった。教え方は悪くなかったんだろうな。習っている時は、あまりに傲慢《ごうまん》で勝手で、何度もやめちまおうと思ったが」

「一年も前に、いなくなったんですか？」

「あの男を、捜してるのかね？」

「捜しています」

「仇討《あだうち》でもするという顔だな。あの男なら、そんなこともありそうだって気がするが。最後の日も、すごかった。人があんなふうに斬《き》られるのを、俺ははじめて見たね」

「襲われたんですね？」

「五人もいた。いま思い出しても、ぞっとするね。次々に斬っていったよ。どんなふうに刀が動いたかも、俺には見えなかった。とにかく、人間が二つに割られちまうという感じなんだ。棒じゃないんだから、人間の躰は曲がるだろう。腰も曲がるし、首も脚も曲がる。それが、薪《まき》を割るみたいに二つになるんだ。あんなふうに人間が斬れるなんて、俺はいまだに信じられない」

「五人とも、斬ったんですか？」

「四人を。本人がそう言ってた。ひとり逃げたって。俺にゃわからなかった。屍体《したい》が、四つどころかいっぱいあるような気がしてな。なにしろ、ひとりの人間が二つか三つになってるんだ。この城下を出て行ったのは、その日の明け方だったよ」

「その時、教えた剣は日向流だった、と言ったんですね」

「ひとり逃げたから、また襲ってくるとも言ってた。俺はまだ、腰を抜かしてたのに、あの男は道で誰かと擦れ違ったみたいな言い方をした」

はじめて、父の足跡を見つけた。

一年前といえば、常陸《ひたち》にいた。祖父の病は重くなり、旅はそれほど進まなかった。それから半年近くかけて、下総《しもうさ》から武蔵《むさし》へ入ったのだ。

その前は陸奥《むつ》一帯を回っていた。東を捜して祖父と旅をしている間、父は西国にいたということになる。

「どこへ行ったか、わかりませんか?」

「九州だろう、多分」

「どうして、そう思われます?」

「佐賀藩がどうの、と言ってたことがある。それから、示現流《じげん》を見たことがあるか、と一度訊かれた」

示現流は薩摩《さつま》。とすると、やはり九州へむかっているはずだ。しかし、一年前の話だった。

「旅に倦《う》んだ、とも言っていたな。俺が思い出せるのは、これぐらいだよ」

「旅に倦んだ?」

「だからどうするのか、とは訊かなかったがね。こんなものでいいかな。稽古をつけて貰うことと、食い物と酒を運ぶこと。俺がやったのは、それだけだ。もっとも二度、女をあてがったが。翌朝行ってみると、女は半分死んだようになってたな」

「どこの女ですか?」

「もういやしない。どこの誰とも知れない女に、銭を握らせただけさ。旅の途中だったんだろうと思う」

景一郎は、頭の中で聞いたことを整理した。できるかぎりのものを、この城下で摑《つか》んでおきたい。

「その、高久喜重郎は、どこに住んでいたんですか？」

「住んでたなんてもんじゃないな。俺がいまいる小屋さ。俺が食い物を運ぶようになったら、ほとんどそこから動かなかった」

「一緒に、行っていいですか？」

「構わないが、女がいるよ。俺の女だ」

景一郎は、頷いた。仕方がないというように首を振りながら、男が歩きはじめた。

「仇討かね？」

「まあ、似たようなものです」

「ひとりで？」

「ええ」

「そいつは、無理だ。あの男をひとりで斬ろうなんて、無理に決まってる」

斬れ、と祖父が言い遺《のこ》したことは、芳円から聞かされている。しかし景一郎は、まず会おうと思っていた。会ってから、斬るべきであれば、斬る。

父を斬らないかぎり、自分の生きる場所はない。そうも言われたが、思いつめてはいなかった。ただ、襲ってくる人間はいる。父がいなくなれば、襲ってくる者もいなくなる、と思うことはあった。

「あそこだよ」

男が指さした。

朽ちかけた小屋だが、人が住んでいる気配は確かにあった。ひと条《すじ》、煙もあがっている。女が出てきた。若い女で、小屋には似つかわしくないほど、身綺麗《みぎれい》だった。

「あの女を養うために、俺は道場破りをはじめた。およそ、自分には似つかわしくないことだとは思ったがね」

女は、景一郎を無視して、男に近づいてきた。出した掌《て》に、男が小判を二枚載せる。玩具《がんぐ》でも貰った子供のように、女がはしゃいだ声をあげた。

「小屋の中には、あの男を思い出させるものは、なにもない。あの男が削ってくれた木刀が一本あるだけだが、見てみるかね」

「ぜひ」

男が中へ入っていって、木刀を持ってきた。先の方が汚れ、ちょっと焦《こ》げている。火《ひ》搔《か》きにでも使っていたようだ。

手に執った。枇杷《びわ》の木だった。

「持っていってもいいぞ。これで、あの男のことが、すべて忘れられる」

「忘れたいのですか?」

「ああ。もう沢山だね。俺はそこそこの腕にはなったし」

「私と、立合いましょう。真剣で」

「なぜ?」

「ほんとうに忘れたいのなら、日向流を消してしまわなければ」

男が、覗《のぞ》きこむようにして、景一郎を見ていた。

「木刀では、確かに腕が立つ。しかし、俺は人を斬ったことがあるのだ。甘くはないぜ」

「日向流を、この世から消してしまいたいのですよ」

ふと思ったことを、景一郎は言った。

「本気かい?」

「できれば、立合ってください。殺したりはしませんよ」

腕を斬り落とせばいい。景一郎はそう思っていた。なぜ日向流をこの世から消してしまいたいと思ったのか、自分でもよくわからなかった。

「困ったなあ。俺の差料《さしりよう》は、竹光でね」

男が、柄《つか》を軽く掌《てのひら》で叩いた。次の瞬間、抜き撃ちがきていた。景一郎は、上体だけを反らしてよけた。持っていた木刀を、そのまま打ちこむ。男の頭蓋《ずがい》が砕けた。掌の感触でそれがわかったのではなく、額の真中までめりこんだ木刀を見てわかったのだった。

出血はしていなかった。男の顔が、奇妙なかたちに歪《ゆが》んでいる。女が近づいてきて、それを覗きこんだ。女は、笑い声をあげた。顔を空にむけて、笑い続けている。白いのどがひくひくと動き、まるで別の動物のように景一郎には見えた。

「あたしの、男」

間のびした言い方だった。眼に悲しみの色はない。次のあたしの男。言いながら景一郎に近づいてくる。掌を差し出された。景一郎は懐に手を突っこみ、小判を二枚その掌に置いた。女が、はしゃいだ声をあげた。男から小判を受け取った時と同じだった。

女の笑い声を背に、景一郎は歩きはじめた。手には木刀がある。一度見つめ、刀の脇《わき》に差した。歩くのに、それほど邪魔にはならなかった。

3

村が、異様にざわついていた。

女たちが心細そうな顔をし、子供だけが通りではしゃぎ回っている。遠くでは、男たちの声が聞えた。

景一郎は、浜の方へ歩いて行った。

男たちが、手に手に棒を持って殺気立っていた。先頭に立っているのは、七兵衛だ。

「とにかく惣右衛門、修造を放せ。話はそれからだ」

七兵衛が叫ぶと、男たちも口々に同じことを言った。

遠くに、男たちがひと塊になっていた。隣村の漁師たちだが、修造というこの村の漁師が、血まみれの顔で引き立てられていた。

景一郎は、小屋へ入った。

筵《むしろ》の上に横になり、木刀を宙に翳《かざ》してぼんやりと眺《なが》めた。

父が、削ったもの。思っても、実感はなにもなかった。ただ、見事な木刀ではある。峰に当たる部分が、見事に湾曲して、削ったというより斬ったという感じだ。

いささか、重い。しかし振りやすい。重さが、そのまま打ちこみの力になる。

つまり、木刀を見ただけで、削った人間の尋常ではない強さを想像できる。

九州か、と景一郎は思った。それほど遠くもない。しかし一年前だ。

外の騒ぎが大きくなった。安蔵がいきなり入ってくると、小屋の中を見回し、景一郎が持った木刀を摑んだ。

「ぶち殺してくれるぞ、やつら。俺の舟を足蹴《あしげ》にしてやがる。修造が半殺しにされるのは仕方ねえとしても、なんで俺の舟が足蹴にされなきゃならねえ」

景一郎は腰をあげ、安蔵について出て行った。たまたま、安蔵の舟が手頃なところに引きあげられていたということだろう。四、五人が丸太で滅多打ちにしている。安蔵が木刀を振りかざして喚《わめ》き声をあげた。舟に駈《か》け寄っていく。丸太を叩きつけていたひとりの背を、木刀で打った。次の瞬間、安蔵は丸太で弾《はじ》き飛ばされ、砂の上に大の字に倒れていた。

景一郎は安蔵に近づき、木刀をとると砂に突き刺した。安蔵の顔が、見る間に腫《は》れてきた。抱き起こしても、呻《うめ》きをあげるだけだ。

「てめえっ、惣右衛門、てめえのとこの若い者《もん》は、年寄りを打ち倒したり、舟を毀《こわ》したりすることしか知らねえのか。漁師の恥だ。俺が、てめえを同じようにしてやる」

七兵衛が喚いているが、出てこようとしないのは、隣村の方がずっと人数が多いからだろう。

「俺の舟は」

安蔵が、呟《つぶや》くように言った。口の中にも血が溢《あふ》れていた。丸太で散々叩かれて、舟は艫《とも》のところが毀れていた。安蔵は、血と一緒に涙を流していた。

「こんな舟が、なんだってんだよ」

叫んだ若者が、また丸太を叩きつけようとする。景一郎は、手をのばして、丸太が舟に当たる寸前に摑んだ。若者が丸太を引こうとするが、景一郎は放さなかった。若者の顔が紅潮してくる。丸太を放した。若者はもんどりうって倒れた。

「てめえっ、この野郎」

立ちあがった若者が、丸太を振りあげる。景一郎は、安蔵の躰を砂に横たえると、ゆっくりと立ちあがった。

丸太が打ちつけられてくる。

景一郎はそれを、胸のあたりで受けた。ほかの四、五人も、景一郎に打ちかかってきた。その全部を、景一郎は躰のどこかで受けた。急所は、全部はずした。打たれる瞬間に、そこに気を籠《こ》める。当たった棒は、撥《は》ね返されていく。自分の躰に打ちこまれてくる五本の棒が、景一郎にはゆっくりしたものに見えていた。

打ちかかっていた男たちが、呼吸を乱しはじめた。気味の悪そうな表情が、浮かびはじめていた。どう打ちかかろうと、景一郎の躰が棒を撥ね返してしまうのだ。
二、三歩景一郎が前に出ると、男たちはわっと叫んで腰を引いた。
「構うこたあねえ。突き殺しちまえ」

惣右衛門と呼ばれていた男が、叫んで竹槍《たけやり》を突き出してきた。後ろに跳んで、景一郎はそれをかわした。竹槍を撥ね返すのは無理だろう。

十本ほどの竹槍が、景一郎にむかってきた。景一郎は、砂に突き立てた木刀を執った。踏み出す。右左と木刀を振っていく。四歩動いた時、竹槍はすべて手もとのところで折っていた。簓《ささら》のようになって折れ、手もとからぶらさがった恰好《かっこう》になっている。なにが起きたのか、男たちにはわからなかったようだ。手にひびくものは、ほとんどなかっただろう。

「なんだ、これは」

惣右衛門が叫び、折られていない竹槍を摑むと、また景一郎に突きつけてきた。軽く、景一郎は片手で木刀を振った。竹が、惣右衛門の手もとまで、縦に割れた。

自分たちの竹槍が、木刀で折られたり割られたりしていることに、男たちはようやく気づいたようだった。

景一郎が一歩近づくと、惣右衛門が腰を抜かした。

「俺の舟」

景一郎は木刀を腰に差し、倒れたままの安蔵を抱きあげた。小屋へ運ぶ。

筵に横たえても、安蔵はまだ呟き続けていた。顔の血を、景一郎は水で洗ってやった。

外は静まり返っていて、波の音が聞えるだけだ。

「俺の舟が」

安蔵が、躰を起こそうとした。

「私が直しますよ、安蔵さん。板が傷《いた》んでいるところもあったから、ちょうどいい」

「おまえが、直す?」

「大丈夫です。ずっと底を削っていたから、どうなっているかわかってます」

「舟ってえのはな、この世と地獄の境目なんだ。漁師は、そこに乗っかってるのよ」

「わかります」

「漁師が、舟を毀しちゃなんねえよ。地獄との境目を毀しちゃなんねえ」

安蔵が、喋りながら口から血を流した。歯が何本か混じっている。傷は口の中で、それより深いところにはなかった。

小屋に、七兵衛が入ってきた。

「あんまり具合がよくねえな、安蔵は。俺の家へ運ばせよう。女手もあることだし、そっちの方がいいだろう」

景一郎は頷いた。命に関るほどではない。

戸板を持って、二、三人が入ってきた。安蔵の躰を持ちあげ、運び出していく。

七兵衛だけが残った。

「あんた、躰はなんともないのかね？」

「どうしてですか？」

「あれだけ打たれたんだ。怪我《けが》のひとつもしてるだろうと思って」

打たれたわけではない。打つというのは、もっと別のことだ。

「だけど、腰を抜かした惣右衛門が、みんなに担がれて逃げちまったんだよな」

離れたところから見ていた七兵衛には、なにが起きたのかまったくわからなかったのだろう。まだ、不思議そうな眼で、景一郎の全身を眺め回している。

「舟を、直したいんですが」

景一郎は言った。

「道具を貸していただけませんか。それから板を少しと」

「そんなこと、ほかの者にやらせる」

「いいえ、私がやってみたいんです。荒れた海で漕《こ》いでいる間に、いろいろわかったこともありますから」

「なにが？」

「波を、もっとよく切るように」

「そんなの、いまの舟で充分じゃないのかい。まあ、いい。道具と板は、あとで届けさせるよ」

舳先《へさき》が波を切るのは、人を斬るのと同じだった。波は生きていて、意志のようなものも持っている。その意志をこちらにむけてくる前に、波に切りこめばいいのだ。

「どんなふうに直すのか、見せて貰おうじゃねえか。手に余ったら、俺に相談しなよ。いくらでも教えてやる」

景一郎は頷いた。実際のところ、板をどんなふうに嵌《は》めこめばいいかは、よくわからない。水漏れを防ぐやり方もあるはずだ。

「修造の野郎も、しようがねえことをやったもんだ。手の岩足の岩で、夜中に鮑《あわび》を採ろうとして、捕まりやがった。むこうにすりゃ、盗っ人《ぬすっと》だわな。あれぐらいの怪我で済んで、よかったってとこだ。しばらくは、漁にも出られねえだろうが」

手の岩足の岩というのは、浜からでもなんとか見える沖の岩礁《がんしょう》だった。隣村との共同になっていると安蔵は言っていた。自分の漁場を持っている者には、どうでもいいところだという言い方だった。

「人間というのは、肚《はら》の中にどれほど息を溜《た》められるんでしょうか？」

「そりゃ、どれだけ潜っていられるかってことかい？」

「ぎりぎりまで潜って、気が遠くなるまで海の中にいたら、どうなります」

「そりゃ、あんた、死ぬよ。眼の前に鮑があったら、ついつい無理をしちまう。それで、気を失って浮いてくるやつがよくいる。浮いてくりゃいいが、浮いてこなきゃ死ぬね」

「そういうものですか」

「そりゃあんた、当たり前じゃねえか。人の二倍も三倍も潜っていられるってやつがいたが、海の中じゃなにもしねえ。ゆっくりと手を動かしてるだけだ。そんなんじゃ、潜ったところで意味はねえしな」

七兵衛が、腰をあげた。

「握り飯を運ばせよう。道具は、明日でいいかね。板は、うちの蔵にいくらでもある」

景一郎は頭を下げた。

七兵衛が出ていくと、景一郎はしばらく波の音を聞いていた。波の音にも緩急がある。隙《すき》を見せた、と思える瞬間もある。

もう一度、景一郎は枇杷の木の木刀を執った。

どうということはない。ただの木刀なのだ。ほかの木刀と、どこがどういうふうに違うのか。思ってみたが、握っただけで景一郎の掌には気が漲《みなぎ》ってくるのだった。

4

板の嵌めこみ方を教えてやっただけで、景一郎は器用に舟底を直しはじめた。

舟底の板を一度全部取り払い、龍骨《りゅうこつ》を新しく一本入れた。それだと、舟底が尖《とが》った恰好《かっこう》になる。どうにもならなくなったら、新しいのを一艘《そう》造ればいい、と七兵衛は思った。景一郎がやっていることがどうなるのか、見てみたい気もあった。

安蔵は、顔を腫れあがらせていたが、立つことはできるようになり、二日目に景一郎の様子を見に出てきた。

「底のかたちを変える気だぜ、ありゃ」

「俺の舟だ。やりてえようにやりゃいい。俺たちはよ、旦那《だんな》、親父《おやじ》から舟の造り方を習った。親父はそのまた親父から習った。ずっと変ってねえ。それがいいことなのかどうかって、俺は思ったりしてね」

前歯が三本ほど欠けてしまったので、安蔵は息が洩《も》れる音とともに喋《しゃべ》っていた。

「親父から習うのの、どこが悪いんだ？」

「どこってこたあねえがね。俺はあいつに、櫓《ろ》の使い方を教えたよ。教えた通りにやりやがるが、波を越える時だけ、違うんだ。舟がおかしくならねえように、櫓を入れてじっと待ってるだろう。ところがあいつは、そこで二回ばかり水を掻きやがるんだ。それが半端《はんぱ》な掻き方じゃねえ。舟がぐんと進んで、波を断ち割っちまうんだよ」

「ふうん」

「実は、俺は自分でやってみた。うまくいかねえんだな。あんなにすごい掻き方ができねえ。それで、なにをやるにも黙って見てようと思ったら、俺より深く潜るようになっちまった」

安蔵が腕を組んだ。時化《しけ》た海でも見るような仕草だった。

七兵衛は、安蔵を置いて浜を歩きはじめた。隣村からは、なにも言ってこない。いずれ来るだろうとは思うが、その時はあれほど殺気立ってもいないはずだ。修造が大怪我をした。その事実だけで済むはずだ。

しかし惣右衛門は、なぜあの時に腰を抜かして逃げたのか。自分の足で立つことができず、担がれて逃げていったのだ。怪我をしているとも思えない。していれば、いまごろは代官所に訴えて役人が来ているはずだ。

一体、景一郎は惣右衛門になにをしたのか。考えると、次第に気味が悪くなってくる。

晴れていたが、風が強くなりはじめていた。

しばらく荒れそうだ、と七兵衛は思った。空と海の読み方だけは、誰にも負けない。親父に教えられたものだが、それに自分で気づいたことを、いくつも足した。たとえば、浜に打ちあげられている海草の種類を見て、どんな海になるか予測することを、親父は教えてくれなかった。鳥の舞い方で風を見ることも、教えてくれなかった。親父が教えてくれたことに、自分で気づいたことをいくつか足して、舟はずっと沖まで行けるようになったのだ。

村の端まで歩いて、七兵衛はまた景一郎のそばに戻ってきた。

「安蔵は？」

「さっきまで、いたみたいですが」

立ちあがって、景一郎が言った。

「なにを訊いても、安蔵さんは教えてくれない」

「ほう、なんかわからんことでもあるのか、景一郎さん？」

「板をきっちりつめたんですがね。それでも、これじゃ水が漏るような気がする」

「そんなことか」

七兵衛は笑った。景一郎の疑問は、漁師なら誰でも知っていることだった。馬鹿馬鹿《ばか》しくて、安蔵は教えなかったのかもしれない。

こんなことも知らない、というのが七兵衛をどこかで安心させた。

「板はな、生きてるんだよ、景一郎さん」

「はあ」

「この板は、俺のとこの蔵で何年も眠ってたもんだ。いいか、まず木が切り出される。すぐに板にゃしねえんだ。一年ばかり置いておく。なぜかわかるか？」

「さあ」

「木の中の水を抜くのさ。乾かすんだ。そうしなけりゃ、板にした時に反ったりしちまうんだよ。一年経って板にする。それからまた蔵に入れておく。使うのは、古い板からだ」

景一郎が、わかってるかどうか考えるよりさきに、七兵衛は喋り続けていた。

「何年も置いておいた板は、乾ききってる。そういうのを使って、舟を造っていく」

「なるほど。わかりました」

「どうわかったってんだい？」

「乾ききった木で舟を造る。人間のやることだから、多少隙間ができたりもするんでしょう。それを海に浮かべる。板は濡《ぬ》れて水を吸い、脹《ふく》れる。それで、隙間は締る」

「そういうことだ。すげえもんだよ。こんなに脹れるのかと思うぐらい、水を吸うと脹れる。だからものぐさな野郎は、適当に造っちまう。それでも水は漏れねえからな。ただ、波には弱いな。波に強い舟は、板と板がぎゅっと締め合ってんだよ」

七兵衛は、舟底に顔を近づけた。隙間は、ほとんどないと言ってよかった。

「充分だ。これで濡れりゃ、ぎゅっと締る」

景一郎が頷いた。舟はほとんど出来あがっていて、あとは櫓床の細工をすればいいだけだった。

「底のかたちを、変えたね」

「波を、よく切るように」

「荒れてても、大丈夫かね？」

景一郎は、ちょっと笑っただけだった。わからない、ということなのだろうと七兵衛は思った。

「明日は、乗れるな。俺の漁場を、教えてやろう。この舟で行くぞ」

「沖ですか？」

「ずっと沖さ。夜明けに出よう。ちょっと荒れてるぐらいじゃ、行く。どうだ？」

「わかりました」

言って、景一郎は櫓床の細工にかかった。そこは、すでにできているものを、ただ据《す》えつければいいようになっている。

「最後に、松脂《まつやに》を薄く塗って焼いておくんだ」

「なぜです」

「そのままだと、腐りやすいし、虫が食う。あんた、底を削っていつもきれいにしていたが、ありゃ速く走るためにそうする。それはいいが、舟を長持ちさせる方法も知らないことにゃな」

景一郎が頷いた。

大したことは知りはしない、と七兵衛は思った。当たり前だ。侍が、すぐに漁師になれるわけがない。

村の人間に声をかけながら、七兵衛は屋敷に帰った。二人いる女のどちらを抱こうか考え、山の娘の方にした。海へ出る前の晩は、必ず女を抱く。月のものがあっても、抱くのである。三十を過ぎたころからの、習慣だった。

「与助、明日は早出だ」

「おや、海へ出られるんですか」

与助の口調は、からかうようだった。七兵衛は、煙管《きせる》をくわえてしばらく庭を見ていた。やっぱり、町娘の方にしようか、と考えた。どちらでもよくて、考えることに意味があるのだ。

暗いうちに、眼が醒《さ》めた。

綿入れを羽織って、七兵衛は外へ出た。

思った通り、海は荒れていた。舟を出している者など、誰もいない。

景一郎が出てきた。褌《ふんどし》の腰に、脇差《わきざし》だけぶちこんでいる。そして、大刀のように木刀を持っていた。寒くないのか、と声をかけようとして、途中でやめた。景一郎は、真冬でも平気で潜っていた、と安蔵が言ったことを思い出したからだ。

「鈍いね」

そう言ってみたが、景一郎は表情を動かさなかった。

「乗ってください」

舟を指さして言う。二人がかりで、ようやく押し出せる。それを乗れというのは、やはりなにも知らないのだ。人間が乗った舟は、それだけ重くなる。面白がって、七兵衛は舟に乗り、腰を降ろした。景一郎が押す。大して力を入れているようには見えないのに、舟は動き、水に浮いた。

波で激しく上下する舟に乗りこんでくると、景一郎は艫に立った。

不意に、圧倒してくるものを七兵衛は感じた。それがなにかはわからない。綿入れの襟《えり》を掻き合わせたいような思いだけが、襲いかかってくるのだ。

景一郎が、櫓を使う。舟が進む速さに、七兵衛は気を呑《の》まれた。波が来る。舳先がぶつかるその瞬間に、ぐんと舟は速くなる。安蔵が言っていたように、二回ほど水を掻いているのだ。それで、舳先は波の中に切りこんでいく。決してぶつかるのではなく、波を断ち切るという感じなのだ。

「漁場の方向を、教えてください」

「しばらく、このまま沖へむかえ。そこで、陸《おか》の目印を教える」

波の切り方が、尋常ではなかった。櫓の力が強いのだ。それでも景一郎は、歩くような顔で漕いでいた。腕と腿《もも》に大きな傷がある。刀の傷だろうか、と七兵衛は思った。

「漁師にならんか、侍などやめて」

言っていた。ずっと気持になにかひっかかっていた。これだったのだと、言ってからはじめて気づいた。

「冬の間に、あれだけのものが採れたんだ。これからはいくらでも採れる」

「私は、行かなければならないところがあるんです」

「行って、また戻ってくりゃいい」

「そうですね」

行ったら、決して戻ってくることはないだろう、と七兵衛は思った。無理にいろと言うこともできない。安蔵のところで働かせて、安蔵が死んだら自分が引き取って。駄目《だめ》だと思っても、七兵衛は考え続けた。

舟が速い。昔、二梃《にちょう》櫓《ろ》をつけて走ったことがあるが、それより速い。その上、波をものともしていない。

七兵衛は、景一郎の動きに合わせて、手を動かしてみた。波に切りこむ時に、二度水を掻くことができるかどうか。

どう動かしてみても、一度しか掻けない。それも水の重さのない、宙で動かしてだ。なんなのだ、この男は。七兵衛は、声に出して呟いていた。景一郎に聞えたかどうかわからなかった。

5

七兵衛の言った通りに漕ぐと、ほかよりも一層荒れた海域に出た。その付近だけが、波が不規則だった。

「底に、岩があるのだ。ずっと岩がある。だからいつもおかしな波が立つ。下は鮑の宝庫だぞ。殻《から》に昆布《こんぶ》なんかを生やしたでかいやつが、採りきれないほどにいる」

「波が荒らくて、難しいですね」

「ここじゃ、艫から波を食わないようにするんだよ、景一郎さん。舟は、艫から波を食うのが一番恐ろしい」

それは、はじめに安蔵に教えられたことでもあった。こういう波だと、多数の敵が同時に襲ってくるようなものだった。しばらく、景一郎はめまぐるしく舟を動かした。飛沫《しぶき》で全身が濡れたが、舟はほとんど傾きもしなかった。上に持ちあげられては、落ちることをくり返す。波に舳先が立っていると、そういう揺れ方をする。それも安蔵に教えられたことだった。

「うまいね、景一郎さん。俺は、あんたを養子にして、後を継がせたくなったよ。侍をやってるより、ずっといいよ。俵物は、高い値がつくんだ」

自分の生き方について、景一郎は深く考えたことはなかった。ものを考えはじめる歳《とし》頃《ごろ》には、すでに祖父との旅がはじまっていたのだ。

「おう、あれを見ろ、景一郎さん」

七兵衛が指さした。黒い板のようなものが、水を切っている。鮫《わに》だった。それも、これまで景一郎が見てきたものより、ずっと大きい。

「群れてはいないが、このあたりは大物の鮫《わに》もいてな。潜るのには度胸がいる。躰《からだ》よりでかいのが、すっと近づいてきたりするんじゃ。侍の刀より怕《こわ》いぞ」

「群れてはいないんですか？」

「ひとりでうろつきたがる鮫《わに》もおってな。そういうのが、一番怕い。気性が荒いんじゃ」

鮫《わに》は、同じところを回っているようだった。舟がそばにいることなど、無視している。

「大きいな、景一郎さん。あんたより大きな鮫《わに》だ。人間なんて、ひと呑みにしちまうだろうな」

「櫓を、代っていただけますか？」

「おう。俺も、ここじゃあんたよりうまく櫓を使える。力じゃないからな。俺は、海の底をよく知ってるんだ。毎日のように潜っていたところだからな」

七兵衛が艫へ来たので、櫓を代った。

「海の底と潮の流れを知っとれば、波は読める。漁師の腕がどんなものか、よく見ておればいいわ。ほれ、この下には岩が突き出ておるんで、こんな波が来る」

七兵衛の櫓の扱いは、絶妙だった。年季というやつを感じさせる。

「しばらく、待っててください、七兵衛さん」

「待つって、どういうことだ？」

「鮫《わに》が食いたいんです」

「おい、なに言ってる。あの鮫《わに》を突こうってんじゃあるまいな」

「すぐ、戻りますよ」

鮫《わに》を食いたい。それはほんとうだった。ひどく匂《にお》う肉だが、生で食うとうまかった。

「待て、待つんだ」

「あの鮫《わに》、うまそうだ」

景一郎は、木刀を舟板に置いた。脇差は鞘《さや》を払ってくわえる。

「まさか、本気じゃあるまいな」

鮫《わに》の肉は腐らない、とも安蔵が言っていた。だから、いつまでも生で食える。

「本気じゃあるまいな、景一郎さん」

七兵衛が、同じことをくり返した。景一郎は、七兵衛の方を見た。なぜ止められるのか、よくわからなかった。鮫《わに》が食いたい。それだけなのだ。食いたければ、殺すしかない。

「待て、やめろ」

声を背中に聞きながら、景一郎は舟べりから飛びこんだ。

水の中に入ると、不意に静けさが全身を包んだ。音が小さくなる。だからかもしれないが、水の中には波もないのだ。流れだけがある。

鮫《わに》は、躰をぐっと湾曲させて、景一郎の方へ頭をむけた。

鮫《わに》の皮は厚く粗い。それに擦《こす》られると、人間の肉は削り取られてしまう。鮫《わに》が腹を減らしている時は、胸鰭《むなびれ》を縮め、立てている。それでもすぐに食らいつかず、まず鼻のさきで、相手がなにか触って確かめる。二回目に、食らいついてくるのだ。

全部、安蔵が教えてくれたことだった。

これまで数頭の鮫《わに》を突いたが、安蔵が言ったことは間違いではなかった。

鮫《わに》が、近づいてくる。胸鰭を内側に縮め、立てていた。景一郎は、一度海面に顔を出し、大きく息を吸った。

潜る。鮫《わに》。ぬうっと鼻さきが大きくなった。景一郎の腕のあたりに、鼻先が触れた。景一郎は、胸鰭の手前にある、鰓《えら》のところに手を入れた。そこはほんとうは鰓ではなく、息を抜く穴なのだ、と教えてくれたのも安蔵だった。そこの中は、皮ほど厚くはなく、手も傷つけない。

鮫《わに》が、ぐいと躰を曲げた。自分の尾を咬《か》むように、口を近づける。腹に貼《は》りつき、景一郎は鮫《わに》の動きに逆らわず全身を漂わせた。同時に、右手で脇差を逆手に持って、鮫《わに》の白い腹に突き立てた。鮫《わに》の全身が跳ねる。景一郎は、脇差で鮫《わに》の腹を斬り下げた。それから抜く。顎《あご》の下に、もう一度脇差を突き立てる。視界が、赤くなった。

全身が押し潰《つぶ》されそうな気がする。岩と岩の間の深みに、鮫《わに》は潜ろうとしていた。めまい。耳が鳴った。息も続かなくなっている。景一郎はゆっくりと海老《えび》のように背を丸め、鮫《わに》の腹の斬り口に足を突っこんだ。蹴《け》るようにして、鮫《わに》のはらわたを掻き出す。息。もがきたいのを、抑えた。鰓のところに手を入れて摑んだまま、じっとしていた。死ぬのかな。そう思ったが、ここで暴れてみても仕方がなかった。はらわたを掻き出したのに、鮫《わに》はまだ生きていて、のたうつようにゆったりと躰をくねらせている。少しずつ、上へあがっているのだ。いままでの鮫《わに》も、死ぬ直前には、海面にあがってきた。

意識が途切れた。それからまた戻った。まだ水の中だった。景一郎は、指一本動かさなかった。不意に、顔が海面に出た。溜めていた息を吐き、吸った。一度でやめた。二度目の呼吸は、しばらくしてからだ。それで、考える力が戻ってきた。舟。波の間で見え隠れしている。七兵衛は、櫓は使わず座りこんでいた。

景一郎は、雄叫《おたけ》びをあげた。七兵衛が、弾かれたように立ちあがり、こちらを見た。横波も構わずに、櫓を漕いでいる。

鮫《わに》を、先に舟に載せた。七兵衛が顔を真赤にして引っ張りあげ、景一郎は片手で舷《げん》を摑んで、もう一方の手で押しあげたのだ。

「死んだと思った。海が真赤になった時、食われちまったと思ったよ」

はらわたを全部出しているのに、鮫《わに》はまだ生きていて、時々躰を動かした。顎には脇差が刺さったままで、それが鮫《わに》の口を封じてしまっている。

脇差を抜き、黙って景一郎は櫓を漕ぎはじめた。海はさらに荒れはじめる気配で、波と波に挟《はさ》まれると、谷底にいるような気分になった。七兵衛は波を恐れている様子はなく、むしろ鮫《わに》の大きさに呆《あき》れているようだった。はらわたを出しても、まだ生きていることに驚いているのかもしれない。

漕ぎ続けた。雲が厚く、陽がどのあたりにあるのかよくわからない。

波が、少しずつ変ってきた。陸地《くがち》に近づいたからだろう、と景一郎は思った。方向は、時々七兵衛が指図してくる。

「役人がきてやがる」

村が見えるところまで来ると、七兵衛が言った。確かに、武士の姿が五人ほど浜に見える。

「代官が、自分で来やがった。惣右衛門の野郎もいるな。景一郎さん、こりゃあんたになにかしに来たんだ。逃げるなら、いまのうちかもしれねえぞ」

「逃げるって？」

「ほかのところへ、漕いで行っちまうのよ。この時化《しけ》だ。誰も舟は出せやしねえ。どうせ、惣右衛門があることないこと代官に吹きこんだに決まってるからな」

「私の刀も、着るものも、小屋ですよ」

安蔵の家のすぐ前に、井戸もある。水を浴びて塩も落としたかった。

砂浜にむかう。波に乗ったところで、櫓を素早く動かした。かなり浅いところまで行ってから、底が砂を噛《か》んだ。

「おまえに訊《き》きたいことがある」

武士が五人、波打際《なみうちぎわ》に立った。景一郎は木刀を腰に差し、鮫《わに》を担《かつ》ぎあげて舟から降りた。浜にあがり、鮫《わに》の躰を砂の上に放り出す。村人たちは、遠巻きにしているだけだ。安蔵がそばへきて鮫《わに》を覗きこみ、唸《うな》り声をあげた。

「訊きたいことがある」

「私の刀を、返してください」

小屋に置いていた刀を、侍のひとりが持っていた。

「そうはいかん。これは来国行と見た。おまえのような者が持つ刀ではない」

黙って、景一郎は刀を持った武士に近づいた。代官自身らしい。若い武士が二人遮《さえぎ》った。

「刀を、返してください」

「何者だ、おまえは。おかしな術を使うそうだな。代官所へ来い」

「返せ、私の刀を」

「捕えろ。逆らったら斬り捨ててよい」

二人の武士が、景一郎に飛びかかってきた。右肘と左肩で弾き飛ばした。砂に尻餅《しりもち》をついた二人が、逆上して抜刀した。ほかの二人も抜刀し、代官は数歩退《さ》がった。鮫《わに》の躰のそばでうずくまっている、安蔵の姿が見えた。よせ、と七兵衛が言っている。

景一郎は、木刀を執ると、中段に構えた。固着は、束《つか》の間《ま》だった。ひとりが斬りこんでくる。景一郎は、ゆっくりと木刀を振った。胴を薙《な》いだ返しで、頭蓋に打ちこむ。四人とも同じで、最初のひとりが砂に倒れる前に、四人目の頭蓋を打っていた。

代官が、眼を見開いた。四人とも、頭蓋は鼻のあたりまで潰れているはずだ。

景一郎の来国行を、代官が抜き放った。跳んでいた。木刀ではなかった。代官の両腕が飛び、次に首が千切れ飛んだ。父が削った木刀は、木刀ではない。

景一郎は、来国行を鞘に収め、安蔵の家の前まで行くと、井戸に桶《おけ》を落として水を汲《く》み、頭から被《かぶ》った。桶に二杯で、ほぼ塩は落ちたようだ。

小屋へ入って着物を着こみ、草鞋《わらじ》を履いた。

村人は、浜で凍りついていた。千切れ飛んだ代官の首もそのままだった。

「舟底は、尖らせた方がいいと思います」

景一郎は、鮫《わに》を抱くようにしている安蔵に言った。

「そうかい」

「その方が、波にも揉《も》まれません」

「俺は、鮫《わに》の歯が欲しいな。俺の歯は、惣右衛門のとこの若い者に折られちまった。鮫《わに》の歯は、次から次に生えてくるんだよ」

「知りませんでした。私は、鮫《わに》の肉が好きなんですよ」

「安上がりな野郎さ、おまえは」

景一郎は、しゃがみこんで、脇差を鮫《わに》の躰に入れた。安蔵が指をさす。そこがうまいと教えてくれているのだろう。

ひと抱えほどの鮫《わに》の肉を切り取った。

小屋へ戻り、縄《なわ》を持ってきて、その肉を縛りあげた。そうすれば、ぶらさげて歩ける。

木刀のさきに縄を結びつけた。

「十日は保《も》つぜ。それ以上は駄目だ」

「そんなに、保ちますか?」

「俺が餓鬼の時分だが、飢饉《ききん》の時に、鮫《わに》の肉だけで冬を越したことがあった。雪の中に埋めておいたら、ひと冬は保ったな」

景一郎は、安蔵に一礼した。

七兵衛にも礼を言おうと思ったが、砂に座りこんで口を開けていた。七兵衛の頭を、安蔵がどやしつけた。

「旅に、出るのかね?」

金縛りから解き放たれたように、七兵衛が言った。

「はい」

「俺の漁場、誰にも喋るんじゃねえぞ」

「わかっています」

一礼して、景一郎は浜を歩きはじめた。

第四章　蓬莱島《ほうらい》

1

久しぶりに、主計《かずえ》は木太刀を執った。

伝八郎《でんはちろう》の表情が、緊張したものになった。いい眼をしている。主計を憎みきっている眼だった。こういう眼を見ると、主計の伝八郎に対する愛《いとお》しさはいやでも高まってくる。

「来い」

短く言った。伝八郎が、ためらいもなく真剣を抜いた。

むかい合う。身内に滾《たぎ》る憎悪《ぞうお》を、伝八郎はしっかり抑えこんでいた。

いつこの刀が自分を斬《き》ることになるのか。しばしば、主計はそれを考えた。考えるたびに、抗《あらが》い難いような快感に襲われる。血が飛び、それが伝八郎の全身にふりかかる。肌《はだ》にしみこみ、決して落ちることのないしみを作る。それを見ながら、死んでいくのだ。遠くない日に、そうなるだろう。教えるだけのものを、主計はすでに教えていた。道場破りも、伝八郎に任せっきりで、主計が出ていくこともなくなっているのだ。

木刀の先に、主計は伝八郎の剣先を見ていた。三年前とは、別人だった。剣先に、主計を圧倒してくるような力が見える。それすらも内に秘めるようになった時、伝八郎の刀は主計を両断するはずだ。

伝八郎が、かすかに息を吐いた。すべてが張りつめはじめた。主計は待った。誘いをかけたところで、乗ってきはしないだろう。待つしかなかった。

伝八郎の額に、汗が噴き出している。それでも、息は乱していなかった。自分の息が先に乱れそうなのを、主計は感じていた。それを隠すように、主計は一歩踏みこんだ。間合に入るのを避けたのは、伝八郎の方だった。その瞬間を、主計は狙《ねら》っていた。伝八郎が一歩退《さ》がった時、さらに二歩踏みこんでいた。伝八郎の気が乱れた。位置が入れ替った時、伝八郎の手に刀はなかった。伝八郎は、膝《ひざ》をつき肩をふるわせている。

毎日、山を歩く。主計は木太刀を放り出し、山の方にむかって歩きはじめた。ここへ来てからはそうだった。海辺にいる時は、浜を歩く。

若いころと較《くら》べて、足腰は衰えていた。それは主計が感じているだけで、伝八郎はまだ主計の健脚を驚嘆の眼で見つめている。

衰えるというのがどういうことなのか、ようやく主計にもわかりはじめていた。弱くなることではない。面倒になることだ。歩くのが面倒になる。木太刀を振るのが面倒になる。生きるのが、面倒になる。

主計は、六十二になっていた。

寺へ戻ってくると、夕餉《ゆうげ》の仕度はできていた。旅籠《はたご》に泊ることは、あまりない。寺の方が安上がりだからである。銭は、伝八郎が道場破りで稼《かせ》いでくる。旅籠に泊っても、まだ銭は残るほどだったが、寺に泊るというのは長い間の習慣だった。

「気が足りぬな、まだ」

伝八郎が差し出す飯を受け取り、主計は言った。伝八郎はうつむいている。

「明日は、城下へ降りて魚を買ってこい。このところ、山菜ばかりではないか」

「はい、必ず」

「江馬《えま》道場に、ひとりで行くな。おまえには荷が重すぎるところだ」

「それほどの手練《てだ》れが、揃《そろ》っているのですか？」

「いや、強いのはひとりだけだ。清水とかいう男だそうだ」

強い者がひとりいれば、道場破りは負ける。ほかの何人を打ち倒してもだ。

伝八郎の腕は、かなりのものだった。特に真剣で立合わせたら、伝八郎を凌《しの》ぐ者は滅多にいないだろう。この三年の間、教えたのは真剣の立合だけである。

防具をつけた道場の剣法なら強い。そういう者が多くなった。うまいのである。離れ際《ぎわ》に、軽く籠手《こて》を取ったりする。そんなものは真剣の立合にはなんの役にも立たないが、道場では勝ちとされた。

夕餉を済ませると、主計は縁に出て夜空を見あげた。おぼろ月である。人の愚かさを、嗤《わら》っているような月だ、と主計は思った。寺には、まったく人気《ひとけ》がない。住持は、朝からどこかへ出かけている。

「伝八郎、庭へ出ろ」

縁に腰を降ろしたまま、主計は言った。

伝八郎が、裸足《はだし》でゆっくりと庭へ降りていく。刀は差していた。相手は二人である。気配は消していた。消しているとわかる程度の、消し方である。

闇《やみ》の中で伝八郎は、気も放たず、ただ立ち尽していた。二つの影が近づいてくる。すでに、気配を消すことはやめていた。

二つの影が、同時に伝八郎に襲いかかった。伝八郎の躰《からだ》が舞い、主計の方にむくと、正眼に構えて静止した。惚《ほ》れ惚《ぼ》れするような美しさである。伝八郎には、正眼がよく似合った。二つの影は、そのまま気配を乱し、山門の方へ駈《か》け去った。

「なぜ、斬らなかった?」

静かに刀を鞘《さや》に収める伝八郎に、主計は言った。

「斬りました」

「手と脚に傷を負わせただけでは、斬ったとは言わぬぞ」

「あの程度なら、境内が血で汚れることもあるまいと思いましたので。それに、襲われなければならない理由が、私たちにはありません」

「われらになくても、むこうには襲う理由があるのかもしれん」

「三度目です」

襲われたというほどではないが、確かに二度いまのようなことがあった。

「日向流を名乗りはじめてからだろう、と私は思うのですが」

主計には、学んだ流派があった。その流派を捨てたのは、もう二十年前になる。人を斬った。四十一歳の時に、主計ははじめて人を斬り、学んだ流派が大して役にも立たないことを知った。もっとも、そのころ主計は破門されかねない状況でもあったのだ。流派を名乗って、道場破りをやる。果し合いをやる。しかし、真剣は一度も使わなかった。果し合いも、木太刀を使ったのである。

人を斬ったのは、次に果し合いをやったら破門だと言い渡されていた時だった。果し合いではなく、ただの喧嘩《けんか》だった。同じ藩の朋輩《ほうばい》を斬った。道場の竹刀《しない》剣法など役に立たぬ、と主計が言ったのが発端だった。

剣について、語ろうとしたのではない。主計は、その朋輩が好きだったのである。自分のものにするためには、斬るしかないと思い定めた。衆目の前で相手に刀を抜かせ、斬り捨てた。理は主計にあるとされたが、同時に敵持《かたきも》ちにもなった。弘前《ひろさき》でのことである。

それからは、好きになった相手を斬ることをくり返してきた。思いが遂げられなければ斬るというだけではなく、思いを遂げた相手も、別れる時には斬った。

二十年流れ歩いて、何人斬ったか憶《おぼ》えていない。好きではない相手も、無論斬ってきた。そちらの方が、数が多かったかもしれない。好きな相手と、そうではない相手とでは、斬り方も違った。好きな相手は、いつも少しずつ斬っていった。腕を斬り、脚を斬り、腹や胸を浅く斬る。出血の中で、のたうちながら死ぬのを眺《なが》めたのである。好きでもない相手は、一刀で両断した。

「日向殿が大きな恨みを買っていて、それを先生が引き受けておられるのではありませんか？」

「そんなことは、どうでもいい」

主計が言うと、伝八郎は縁の前に立ってうなだれた。

「斬りつけられたら、両断する。そういう剣しか、わしは教えなかったはずだ」

伝八郎の顔を、行燈《あんどん》の明りが照らし出していた。翳《かげ》りが深くなって、端正な顔がいっそう際立っている。

「何流を名乗ろうと、わしの剣はわしの剣だ。手や脚を浅く斬るなどということは、許さぬ。抜いたら、必ず相手を両断せよ」

「はい」

「もうよい。わしが日向森之助とは別人であることが、もうあの連中にもわかったであろう」

そこそこの腕だったが、伝八郎の敵ではなかった。それだけでよかった。遠くない日に、伝八郎は自分より腕をあげるだろう、と主計は思った。その時は、思う存分伝八郎にこの躰を斬らせることができる。

「血が、飛んでおるな」

言って、主計は伝八郎の手をとった。血など飛んではいなかった。伝八郎の顔を見つめたまま、主計はその指を一本ずつ舐《な》めはじめた。

2

江馬道場は、城下の南端にあり、堂々とした構えだった。

いままで破ってきた道場とは、造りからして格が違う。もっとも、大きな道場はあった。看板を見あげただけで、たやすく破れることが伝八郎にはわかった。江馬道場には、それがない。静かだが、気に満ちたたたずまいがあるのだ。

他流の稽古《けいこ》も歓迎する、と看板の脇《わき》に小さな札が出ている。これは道場破りを受け入れるということでもあり、入門のために試しの稽古をも許すということだった。道場破りなら、多分素面《すめん》、素籠手《すごて》だろう。

伝八郎は、ためらわず訪《おとな》いを入れた。

現われた門弟が、防具はあるのかと訊《き》いてきた。

「貸していただけないのでしょうか」

言うと、門弟が頷《うなず》いた。これで、道場破りではなく、試し稽古として扱われることになる。

磨きあげられた板の端に、伝八郎は座った。およそ四十名ほどが、並んで座っている。それが門弟で、伝八郎がいる側に座っている三名は、試し稽古に来た者のようだ。

同じ歳頃《としごろ》の男が、ひとりいた。防具はつけていない。素面、素籠手でやるつもりのようだった。それほど強そうには見えず、むしろどこかに弱々しい表情すらあった。

ひとりが、防具をつけて出ていった。流派と名を名乗った。五人を相手にかなり激しくやり合い、三本取って二本取られた。戻ってきた時、男は激しく息をしていた。

次に、伝八郎が呼ばれた。

「日向流、仁科《にしな》伝八郎」

ひとり目の、面をとった。二人目は、なかなか勝負がつかなかった。竹刀は当たるのだが、寸前でかわして、まともなところへ入らない。いくら面を打っても、肩に当たってしまうという具合なのだ。典型的な道場剣法だった。打たれながら、疲れさせようというのだろう。退がりながら、籠手をとるのはたやすかった。伝八郎は、あくまで面にこだわるふりをした。

ようやく面をとった。すぐに三人目が出てきた。籠手から入ってきて、面。真剣ならば、およそできはしないことだろう。三度目に、伝八郎は面に軽く触らせてやった。横一文字に両断できると見切ってからだ。

四人目と五人目は、退がりながら軽く籠手をとった。面を被《かぶ》っているのが、うっとうしくなってきたのだ。息は乱れていなかったが、汗はかいていた。それが、面にしみこんだ他人の汗と入り混じり、異様な臭気を放つのだった。

この道場の試し稽古は、五人ということになっているようだ。

素面、素籠手の男が立ちあがった。

道場の中に走った緊張感が、男が名乗った一刀流という流派名で崩れ、失笑が起きた。名も、妙なものだった。

伝八郎は、男が立ちあがった時から、躰の芯《しん》がふるえるのを感じていた。

男は、弱々しい表情のまま、素面、素籠手で立ち、構えた。打ちかかった相手が、なにかにぶつかったように、羽目板まで飛んで悶絶《もんぜつ》した。

面垂れの下からのどを突いた、と見てとったのは、多分伝八郎だけだろう。

二人目は、なにが起きたのかわからないまま、むかい合ったようだ。勢いだけで打ちこみ、また羽目板まで飛ばされた。

「木刀でよいか？」

上座《かみざ》から、声がかかった。男は、黙って頷いた。

出てきたのは、小柄《こがら》な男だった。三十は超えているだろう。

「清水善右衛門《ぜんえもん》」

名乗ると、男は静かに木刀を構えた。

主計が、強いと言っていた男だ。もっとも、主計の言うことは当てにならない。時々そういうことを言って、伝八郎を混乱させようとする。

伝八郎が、ほんとうに強いと思っているのは、主計ひとりだった。主計に勝てさえすれば、とずっと思い続けている。勝てるまでは、なにをされても耐えているしかない、とも思っている。この三年、女の代りもしてきた。主計を倒さないかぎり、男にはなれないのだ。

主計の強さには、どこか邪悪なものがあった。邪悪さがなにか、とはっきりは言えない。ただ、立合っていると、心のどこかが重くなってくる。邪悪さがそうさせるのだ、と伝八郎は思っていた。

主計に感じるような邪悪さが、素面、素籠手の男にはあった。それに対して、清水の構えの見事さは、まさしく正統な剣の強さだった。

二人の対峙《たいじ》は、固着したまま動かない。

道場の中に、試し稽古とはまるで違う、固い空気が漂っていた。真剣の果し合いにも似ている、と伝八郎は感じた。

主計が言うように、清水が強いとは思えなかった。ただ、勝負は終るまでわからない。それぐらいのことは、伝八郎も知っていた。

男の木刀が、わずかに動いた。誘い。清水は乗らない。自分ならどうするか、と伝八郎は考えはじめていた。やはり、誘ってみるしかないのか。

男の方がずっと強い。それは見えた。しかし、男は勝てないかもしれない。勝てないが、負けもしない。男の剣は、真剣の立合のために鍛えあげられたものだと思えた。清水の剣は、道場のものだ。

清水が、はじめて動いた。確信を持ったように、一歩踏み出したのだ。男は動かなかった。

見えない手に押さえられたように、清水もそれ以上は踏み出さなかった。あと半歩で間合。二人とも、ぎりぎりの崖際《がけぎわ》で踏み留っている。

男の全身に、気が満ちた。躰が、大きく脹《ふく》れあがったように見えた。背中に、つんと冷たいものが走るのを、伝八郎は感じた。男が打ちこむ。清水は受けようとするが受けきれず、頭蓋《ずがい》を砕かれる。次に起きることが、伝八郎には見えるようだった。

清水の息遣いが、見ていてはっきりとわかるほど荒くなった。男も、顎《あご》の先から汗を滴《したた》らせている。

風。とっさに、伝八郎は風だけをかわそうとした。二人の位置が、入れ替っていた。正眼に構え合ったままである。

擦《す》れ違う間になにが起きたか、見てとったのは伝八郎だけだろう。男の木刀は踏み出されると同時に、小さく動いた。清水はそれを、潜《くぐ》るようにしてかわした。だから、肉を打つ音も、木刀の触れ合う音もしなかった。いや、そうだったのか。動きは確かにそうだが、男の木刀は、かわす清水を追うことができたのではないか。

「これぐらいで、よいかな」

一歩退がり、清水が言った。

「恐れ入りました」

男が言い、木刀を下げた。対峙する二人は、どこかで伝八郎よりもはっきりと勝負を見たようだった。

「別室で、粗茶など差しあげたいが」

「稽古をさせていただけただけで、充分です。いい稽古を、させていただきました」

「そうですか。それにしても、すさまじい剣を遣われる。一刀流と言われたが、どの一刀流なのかな?」

「我流です」

「そうなのか」

「教えてくれた人は、いましたが」

清水の息は、さすがにもう乱れてはいなかった。男が、はにかんだように一礼した。

「これからも、道場に来て、稽古をつけてくださらぬか。みんな防具に馴《な》れすぎている。素面、素籠手では、どう闘えばいいかもわからないのです」

男が、またはにかんだように一礼した。

なにがあったのだ、と伝八郎は思った。自分にはわからない、なにかが二人の間にあったのか。男の態度は、まるで負けたもののようにも見える。

防具をつけた者たちが出てきて、また稽古がはじまった。清水が、出ていこうとした男をつかまえて、なにか話をしている。それを脇に見て、伝八郎は道場を出た。

城下に、人は多かった。物も豊かだ。

伝八郎は、鰆《さわら》の切り身を二つ買った。寺ではいやな顔をするかもしれない。これまでも、獣肉を煮て、立退《たちの》くように言われたことがある。そういうことに、主計はまったく無頓着《むとんちゃく》だった。

城下のはずれにさしかかった時、伝八郎は足を止めた。

あの男が、立っていたのだ。尾行《つけ》られたのだろうか。街道からははずれたところで、山中に寺だけがある。それからさらに山へ入っていくと、いくつか村があるようだが、この道を通る人の姿は稀《まれ》だった。

「どうも」

男は、やはりはにかんだようで、どこか弱々しかった。伝八郎は、なんとなくという感じで頭を下げた。

「仁科殿は、日向流と名乗られましたね？」

「確かに」

「道場に合った剣を遣われる。見ていて、それがよくわかりました。真剣ならば、五人ともひと太刀だったでしょう。それを隠して、うまくあしらっておられた」

「まさか、そんなことを」

言いながら、この男は見るところは見ていたのだ、と伝八郎は思った。立合を望まれるのかもしれない。ここでなら、当然真剣ということになるだろう。

「清水善右衛門との勝負は、ほんとうのところどうだったのです？」

「どうなのでしょう。木刀では勝負は決まらない、と私は思いました」

「ほんとうに、そうかな」

「そんなことは、どうでもいいのです。所詮《しょせん》、道場の板の上でのことですから。それより、あなたは日向流を名乗られたが、遣われたのは日向流ではなかった」

「ほう。あなたは、日向流を御存知ですか？」

「日向景一郎と言います」

「日向？」

「日向流は、祖父が興《おこ》した流派です。すでに亡《な》くなっておりますが」

「そういう流派が、あったのですか？」

「あなたは、そう名乗られた。益田《ますだ》でも、津和野でも、日向流が道場を破っている。そして、この萩《はぎ》でもです」

「確かに、益田や津和野の城下で、日向流を名乗って道場を破りました。なんとなく名乗っただけのことでしてね」

「信じられませんね。なぜ、日向流と名乗ったのです」

「あなたは、一刀流と名乗った。それと同じようなものです」

「我流と言われますか？」

「いや、師はあります」

日向景一郎の表情が、はっきりとそれとわかるほど動いた。

「名は？」

「あなたに、それを言う必要はない」

「お願いしているのですが」

「言いたくない、と言ったら？」

日向森之助の縁者だろう。日向森之助が、どれほどの手練れだったのか、伝八郎は知らない。この三年で、主計が認めた唯一《ゆいいつ》の剣客だった。認めたどころか、主計は日向流とまで名乗っている。

「あなたは、二人分の魚を買われた。そしてこの道を行かれる。この先に、あなたの師がおられることは、間違いありますまい。教えられなくとも、私はこの道を歩いていけばいいのです」

言われてみれば、その通りだった。尾行られた自分が、未熟だったということになる。

伝八郎は、一歩退《さ》がった。日向景一郎とむかい合う恰好《かっこう》になった。日向景一郎は、身構えもしなかった。

負ける、とは思わなかった。悪くても、相討だろう。

「私は、九州へ行こうとしていました。ところが、途中で何度も日向流の名を聞くことになった。そして、今日です。私にも、訊く権利はあると思うのですが」

「日向流を名乗っているのは、私の師の気まぐれでしょう。名乗りはじめたのも、益田の城下からで、それまでは流派などないと申しておりました」

「困りましたね」

「私もですよ。ここで日向殿と、斬り合いなどしたくはない。しかし、日向流になんの意味もないのです。それは、私の遣う剣を見ればわかることでしょう」

「だから、訊いているのです。なぜ日向流を名乗るのかとね」

「訊いておきましょう。実は、私自身も日向流と名乗らなければならないことが、釈然とはしていません。私の師は変り者でしてね。あなたが直接訊いても、答えますまい」

「ほんとうに、訊いてくれますか？」

「訊くのと、ちゃんとした答があるのとは、別のことですよ。それでも、あなたが訊くより、私が訊いた方がいい」

　相変らず、日向景一郎はなんの気配も発しなかった。抜き撃ちで斬れる。そう思えたが、それをさせないなにかもある。

「明日か明後日、私は師とともに江馬道場を訪うことになるでしょう。そこでは、師の太刀筋を見ることができるかもしれません。清水善右衛門殿と、直接立合おうと考えているようですから。それができなくても、少なくとも私の太刀筋は見れます」

「そうですか」

日向景一郎は、表情を変えなかった。

「ひとつだけ、ここで訊いておきたい。仁科殿は、日向森之助を御存知ですか？」

「知っています。話をしたことも、あります」

「どういう男です？」

「なぜ？」

「私の、父に当たる人です」

縁者どころか、父子《おやこ》ということだった。ただ、伝八郎には、日向森之助という男のはっきりした印象はなかった。主計と、一度話しこんでいた。それだけしか知りはしないのだ。

「二度、会いました。言葉は、それほど交わしていません。そういえば、年齢を訊かれました。私はいま二十一ですがね」

「私は、十九です」

「同じ年齢、というふうに日向森之助殿には見えたのかもしれませんね。息子を思い出して、私の年齢を訊いた。多分、そういうところだったのでしょう」

「剣は、遣えたのですか？」

「それは、わかりません。師とも私とも、立合ったわけではありませんし」

「日向流をなぜ名乗るのかも、あなたの先生に訊けばわかるのですね」

「さあ。ただ、訊くのは江馬道場が済んでからの方がいいと思います」

「わかりました」

日向景一郎が、丁寧に頭を下げた。

「大貫《おおぬき》主計。それが私の師の名ですよ」

日向景一郎の表情は、やはり動かなかった。もう一度、頭を下げただけだ。

伝八郎は、歩きはじめた。しばらく、背中に痺《しび》れるような感覚があった。

3

萩城下から二里ほどの、小さな村に景一郎はいた。ほとんどが漁師の村で、そこでなら景一郎は働くことができたのだ。はじめは馬鹿《ばか》にしていた漁師たちも、景一郎の櫓《ろ》の捌《さば》きを見て、自分たちの舟にも乗せていいと考えたようだ。

春になり、海は穏やかで、景一郎にはもの足りなかった。空に雲が垂れこめ、牙《きば》を剝《む》くように海が白波立つ季節は過ぎてしまったようだ。

景一郎が世話になっているのは、定二郎《さだじろう》という老人の小屋だった。はじめに櫓を使わせてくれたのが、この老人だった。祖父に育てられたようなものなので、老人の扱い方は身についてしまっているのかもしれない。

小屋にいると、前の晩に漁師がやってきて、明日乗れと言う。それで舟を漕《こ》がせて貰《もら》えるのだ。大漁の時など、かなりの心付けをはずんでもくれる。魚が獲《と》れなければ、景一郎もなにも貰えない。

この村に来て、十日が過ぎていた。九州へむかう途上である。益田でも、津和野でも、日向流という名を耳にした。それを手繰《たぐ》っていて、時を食ってしまったのである。

もう、五月になっていた。

益田も津和野も、仁科伝八郎とその師が、日向流と名乗っていたらしい。それはきのうわかったことだった。仁科伝八郎が、江馬道場で日向流と名乗った時は、防具をつけてなにを言うか、と思った。日向流は、いかなる時も素面、素籠手である。

仁科伝八郎が、江馬道場の腕を探りに来たらしいということは、その稽古ぶりを見てすぐにわかった。相手をした門弟たちとは、二段も三段も違う腕で、わざわざ防具をつける必要もないと景一郎には見えたのである。

景一郎は、日向流を名乗らなかった。それを名乗ることで父が近づいてくるのではなく、むしろ遠ざかるような気がしたからである。どこの道場でも、一刀流とだけ名乗って失笑を買っている。

萩、江馬道場の清水善右衛門の名は、益田でも津和野でも耳にした。実際に立合ってみると、噂《うわさ》にもほんとうのものがあると実感できた。木刀の勝負だったので、激しい打ち合いにはならなかったが、その分、気で押し合うことになったのだった。押しきられるかもしれない、と何度か頭をよぎった。それでも、打ち倒されるとは思わなかった。押しきられたところから、反撃もできるのである。剣は、動きだった。押しきったとしても、打つまで勝敗は決まらない。打ちこむには、動かなければならない。そこに、隙《すき》は見つけ出せる。だから景一郎は、気の押し合いになった時は、無理はしないのである。

真剣になれば、闘い方は自《おの》ずから変ってくる。

景一郎は、朝、萩城下へむかった。

一日、江馬道場の付近で待っていたが、仁科伝八郎は姿を見せなかった。

夜、小屋へ戻ると定二郎が待っていた。

「頼みてえことがあってよ、景一」

景一郎は、黙って筵《むしろ》に腰を降ろした。小屋に置いてはくれているが、定二郎は都合よく景一郎を使っている。ほかの漁師の舟を漕ぐ時も、漁師からいくらか取っていて、その一部を景一郎に払うことをしていない。

「おまえの櫓の腕は、村じゅうみんな買ってる。そいつを生かして貰いてえ」

「誰の舟を漕ぐんですか？」

「誰のでもねえ。捨てちまってもいい舟さ」

「どういうことです？」

「今夜、沖に船が来る。千石積みのでけえやつだ。荷を降ろさなきゃならねえ。今年は、この村が降ろさなきゃならねえんだ」

「それを、降ろしてこいと？」

「まあな。追ってくる舟がいる。乗ってるのは、それを横盗《よこど》りしようってやつらさ。そいつらを、振りきって逃げてくれりゃいいんだ」

見当はついた。多分、抜荷《ぬけに》だろう。とすると、追ってくるのは、盗賊ではなく役人に違いなかった。つまり、景一郎を囮《おとり》にでも使おうという気なのだろう。

ただ、役人と言っても、藩の役人とはかぎらなかった。藩ぐるみで抜荷をやっているとすれば、それを暴《あば》こうという幕府の役人が追ってくるはずだ。

漁師たちの舟が、幅が狭く、長さがある、いわゆる速い舟であることに、景一郎は気づいていた。櫓も長く、搔《か》く力を強くしてある。時には、二人で漕ぐこともあるに違いなかった。

「その荷は、どうするんですか？」

「荷だけは、守って貰わなくちゃならねえ。どこかの浜に荷を降ろしたら、舟は流しちまってもいいんだ」

「わかりました」

「やってくれるのかい？」

「一両、いただきますよ。それから、舟は定二郎さんので、あなたも一緒に乗って貰います。逃げろと言ったところで、どこへ逃げればいいか、私にはわかりません。この村の浜にでも乗り揚げてきたら、それこそ迷惑でしょう。定二郎さんが、方向を言ってくれる。それならば、私も漕ぐだけでいいし」

「俺に一緒にこいと言うんだな、おめえ」

「それから、一両はさきに」

「泥棒《どろぼう》みてえなことを、言うじゃねえか」

「そちらは、私の命を盗もうとしているんでしょう。私は、たった一両くれと言っているだけです」

　鳥取を出たころから、懐《ふところ》が淋《さみ》しくなっていた。女に銭を使い過ぎたのである。そして、道場破りが思ったほどの銭にならなかった。ここで一両手に入れば、懐はだいぶ楽になる。

「一両は、払ってもいい」

「あなたも、乗るんですよ。それだったら、漕ぎましょう。海に落ちてそのまま沈んでしまうのでは、せっかくの一両も無駄《むだ》になります」

　景一郎が追跡の舟をひきつけている間に、村の舟が出て荷を降ろす。景一郎の舟が沈んだころには、荷はすべて降ろされ、千石船も姿を消している。そういうことならば、定二郎ぐらい、道連れにすべきだった。

「おめえの条件ってのが、一両と俺だってわけだな」

「心配しなくても、私は逃げきってみせますよ、定二郎さん」

「待てよ。村の長《おさ》に話してくる。俺の一存じゃ決められねえことだ」

「いいですよ。夜中に出るんでしょう。私は、それまでここで待ちます」

舌打ちをして、定二郎が出ていった。闇の中で、表情は見えなかった。

景一郎は、筵に横たわった。

父と会ったことがある、と言った仁科伝八郎のことを思い出していた。日向流を名乗るからには、師の大貫主計という男は、伝八郎よりもさらに深く、父と関係を持っているのかもしれない。

伝八郎の竹刀捌きを見ていると、その師の腕がどれほどのものかも、見当はつく。滅多にめぐり会えないような手練れなのだろう。

しばらく、うとうととした。

「起きな、景一」

定二郎の声がした。外に出ると、村長《むらおさ》も一緒に立っていた。定二郎には、決死の気配がある。つまり、一緒に行くということだ。

「定爺《さだじい》には、無理はさせるなよ、景一」

「一両は？」

村長が、小判を一枚放ってきた。闇の中で、それは違うもののような光を放った。

「危《やば》くなったら、定爺だけ逃がせ。定爺は、一両どころか一文も貰っちゃいねえ」

「荷は、守るのですね？」

「そうしてくれ」

頷き、景一郎は小袖《こそで》も袴《はかま》も脱いだ。

「行きましょうか、定二郎さん」

「あっさりした野郎だな。気が抜けちまうじゃねえかよ」

景一郎は、刀と木刀と衣類を、縄《なわ》でひとつに縛った。そのまま、浜へ歩いていく。人影はなかったが、何人もの人間が遠くから見ているのはわかった。

静かな夜だった。月もない。定二郎を乗せた舟を海に押し出し、飛び乗ると、景一郎は櫓を使いはじめた。

村の火は、すぐに見えなくなった。

覚悟を決めたのか、定二郎は舳先《へさき》の方に眼を据《す》えて、腕組みしている。

「どこで、櫓を覚えた？」

「鳥取です」

「いつ?」

「ついこの間です」

「侍だろう、おめえは?」

「侍は、いつも刀を振っていますからね。力はあるのですよ」

「おめえが、とんでもなく力があるってことは、はじめに櫓を漕がせた時からわかっていたさ。うまく騙《だま》してこの仕事に使おうと俺もはじめは考えていたが、ほんとのことを言うことにした」

「その方が、よかったですよ。仕事なら、私はやります。仕事でなければ、やりません」

「逃げてえな」

「なぜ?」

「死ぬかもしれねえんだぞ。やつら、二梃櫓《にちようろ》だ。おまえがいくら速く漕げても、必ず追いつかれる。斬られるぜ」

「定二郎さんは、それがわかっていても出てきたんですか?」

「順番ってやつがあるからよ。死ぬかもしれねえとこに、村の若い衆はやれねえ。俺なんざ、生きてても役に立たなくなってる」

「時々、こんな荷を運ぶんですか?」

「五年か六年に一遍だ。この前の時は、みんなうまくいった」

「今度も、うまくいきますよ」

「うまくいってねえから、俺たちが出てんのさ。わからねえのか？」

わかっていた。しかし、荷を守れば、それはうまくいったということだ。

「それにしても、藩じゃ漁師に抜荷をやらせるんですか？」

「わかってんのかい。全部わかってて、たった一両で命を売ったのかい？」

「売り渡したわけではありませんよ」

「そうだな。確かに、死ぬと決まったわけじゃねえ」

沖には、わずかにうねりがあった。それでも、冬の海と較べたら、湖のようなものだった。

定二郎は、時々方向を指図した。夜でも、なにかで方向を読む。それだけは、景一郎にも難しいことだった。

「見ろよ」

一刻《いっとき》ほど漕ぎ続け、沖の島を回った時、定二郎が言った。闇の中に、かすかだが明りが見える。半里ほど先だろうか。

「あの灯にむかって、漕げばいいんだ」

黙って、景一郎は櫓に力をこめた。いままでとはまるで違う速さで、舟が進みはじめる。見る間に、灯は近づいてきた。定二郎が舳先まで這《は》い、拍子木を打った。船からも、同じ音が返ってきた。

荷の降ろし方は、鮮やかなものだった。千石船の舷側《げんそく》に縄でぶらさげられていて、舟を横腹につけると、そのまま降りてきた。それほど重いものではない。人間二人分の荷を載せたぐらいだろう。

「いいんですか、これだけで？」

「あまり積むと、舟が重くなる。すぐに追いつかれたんじゃ、なんにもならねえんだ」

船とは、ひと言の言葉も交わされなかった。

櫓を使いはじめると、船の灯はすぐに消えた。島まで漕いで、それからはずっと東を定二郎は指し続けた。

小舟が、三艘《そう》追ってきていた。闇の中でもなんとかそれが見極められると思ったら、月が出ているのだった。

「きれいですね」

「暢気《のんき》なことを、言うんじゃねえ。気を抜くと追いつかれるぞ」

確かに、追ってくる舟は速かった。徐々にだが、差を詰められているような感じがある。景一郎は、舟の真中に積まれた荷を、艫《とも》の方へ引き寄せた。これで、人間四人がかたまって艫の方に載っているというかたちになる。艫が沈み、舳先があがっていた方が、舟は速いのだ。

「味なことをするじゃねえか、景一」

「これでも、いつかは追いつかれます」

「そのころにゃ、明るくなってら。それにしても、おめえの力は大したもんだ。冬の海に一緒に出てみてえと思わせるような櫓捌きだ。村の若い衆にも、おまえほど櫓を使えるやつはいねえよ」

櫓を、深く海水に入れる。大きく掻く。どこか、刀を扱う時の、手の内の絞りに似ていた。最後に、ぐいと絞る。それで、櫓はずっと力を増すのだ。

一刻ほど、漕ぎ続けた。景一郎の全身から、汗が噴き出している。昼間なら、湯気があがっているのが見えるかもしれない。

「もう、萩の御城下を、一里以上過ぎたはずだ。ここまで逃げられるなんて、俺は考えちゃいなかったよ」

「だけど、また差を詰められてますよ。一艘に、五人ずつ乗っているな。それが三艘で、十五人もいます」

「そんなもんだろうよ」

「明るくなりますね」

「逃げられるだけ、逃げるんだ、景一」

「わかってますよ。あと一刻は、逃げ続けられるでしょう」

大して疲れてはいなかった。その気になれば、逃げきることもできるかもしれない。あまり、萩の城下から離れたくない、と景一郎は思っているだけだった。

「しかし、おまえの漕ぎ方はすげえなあ。そんな漁師は、いままで見たこともねえぞ」

「力がある、というだけです。自慢にはなりません」

「なるさ。それだけ力がありゃな」

後ろの三艘は、さらに近づいてきた。舳先に立っている男の表情も、見えるほどだった。

「力を、残しておけ、景一。そろそろ、どこかへ乗り揚げるんだ」

「浜があります。村はないようだし、人もいない」

「いいだろう。あそこだ」

定二郎が、座り直して言った。景一郎は、大きく舟のむきを変えた。

「浜にあがったら、おまえはすぐに逃げな、景一。それから、命を売っ払うような真似《まね》はもうやめるんだ」

「定二郎さんは？」

「俺はもう、生きた。好き勝手もやった。荷は俺が守るからよ。人を死なせて、てめえらだけ助かろうと思っている野郎どものために、なにも二人死ぬことはねえ」

浜が近づいてきた。岩礁《がんしょう》のようなものはない。三艘も、並んで追いかけてきていた。

「定二郎さん。ちょっとおかしい。沖に、島のようなものが見える」

島のない海域を走っていたはずだった。島は、かすかに揺れ動いているようにも見える。陽の光が眩《まぶ》しく、その中で島は確かに揺れていた。

「蓬莱島《ほうらいじま》だ、ありゃ。あそこに漕ぎ着こうとして、どんどん沖へ行って、帰って来なかった漁師がいる。島のように見えるが、あそこにゃなんにもねえのよ」

蜃気楼《しんきろう》だろう、と景一郎は思った。見るのははじめてだが、祖父に聞いたことはあった。剣の誘いにたとえて、祖父はそれを語ったのだった。

「それにしても、景一。おまえ、落ち着き過ぎだぜ。走るのに自信があるんだろうが、追ってくるのはなんせ十五人だ」

景一郎は、大きく櫓を動かした。一度引き寄せる間に、二度手首の返しを入れる。すると舟は、ずっと速くなるのだ。

「すげえ」

定二郎が唸《うな》った。浜の一点を目指して、景一郎はさらに漕ぎ続けた。舟底が砂を噛《か》む音がし、濡《ぬ》れた砂の上をしばらく滑って、舟は停まった。

景一郎は、荷を担《かつ》ぎあげた。

「なにやってる、景一。早いとこ逃げろ」

「仕事ですから」

荷を砂浜に降ろすと、景一郎はひとまとめにした衣類や刀を持ってきた。三艘が、次々に砂に乗り揚げてくる。定二郎が、腰を抜かしたように、砂にへたりこんだ。それでも、荷にかけた縄を片手でしっかり握っている。

「捕えろ」

声がした。五名ほどが、浜の上の方へ回った。武士ではない。盗賊でも役人でもない。見事に連携のとれた動きをした。

「なんのために」

「抜荷の証拠と証人だ。大人しくしていれば、死ななくて済むぞ」

「これが、抜荷ですか」

景一郎は、荷にかかった縄を、脇差《わきざし》で切った。俵物が四つ。中身は干魚や干し鮑《あわび》ばかりだった。

「囮《おとり》か、おまえたち。ならば、捕えるだけ無駄というものだな。死ね」

縄が飛んできた、一本は景一郎の首に、もう一本が左腕にかかった。飛んできた縄は、十本はあった。脇差で、縄を切ろうとすると、右手にも飛んできた。全身の力で、景一郎は右手を引き、三本の縄をほとんど同時に斬《き》った。三人がもんどりうつのが見えた時、景一郎は縄を投げかけている男に、脇差を投げ返した。連携が乱れた。刀を抜いて景一郎は跳躍し、ほとんど同時に二人を斬り倒した。

武士の剣ではなかった。跳躍をくり返して眩惑《げんわく》しながら、刀は低く遣ってくる。景一郎も、低く構えをとった。構えるのは一瞬で、次の瞬間には、走った。ぶつかってくる相手を、頭蓋から斬り降ろす。

恍惚《こうこつ》とした時が、景一郎を包みこんだ。気づいた時、立っている相手は二人になっていた。身を翻《ひるが》えして、駈け去っていく。

定二郎が、腰を抜かしたまま放心していた。

景一郎は海に入り、血を浴びた躰を洗った。それから、荷を舟に積みこむ。

「仕事はしましたよ、定二郎さん」

定二郎は、見開いた眼を景一郎にむけた。なにも言おうとしない。怯《おび》えたようでもなかった。

「ひとりでのんびりと漕いで、村へ帰ればいいんです」

「村へ？」

定二郎の声は、しわがれていて低く、漁師らしくなかった。

「村じゃ、みんなびっくりしますよ」

景一郎は、沖に眼をやった。蓬萊島は消えていた。

4

三人ばかりに稽古をつけ、景一郎は道場の隅《すみ》に腰を降ろした。清水善右衛門が、稽古をつけに来てくれと言ったという理由をつけて、堂々と江馬道場を訪ねたのだ。清水は、丁重に景一郎を扱った。素面《すめん》、素籠手《すごて》で景一郎が門弟に稽古をつけた時は、ほかの者はみんな退がらせていた。竹刀を巻き落とすか軽く突くか。いずれにしろ、景一郎は一度も相手に打ちこませなかった。

活気に溢《あふ》れた道場だった。景一郎が道場の隅に座ると、すぐに四組が出て稽古をはじめた。

仁科伝八郎が姿を見せたのは、しばらく経《た》ってからだった。老人をひとり伴っている。そう見えたのは最初だけで、伝八郎の方が供だということは、すぐにわかった。意外に、老齢の師だった。死んだ祖父と、それほど変らないかもしれない。鼻が潰《つぶ》れているようで、口の上には深い刃傷があり、それにしみだらけで醜悪な面貌《めんぼう》だった。端正な顔立ちの伝八郎と並んでいると、異様な感じがするほどだ。

「血が匂《にお》うのう、ここは」

老人が言うのが聞えた。大貫主計。名からも、連想はできない態度だ。

浜で十人余を斬り、そのまま城下まで歩いてきて、道場を訪《おとな》ったのだ。血が匂っているとすれば自分だろう、と景一郎は思った。

大貫主計は、時々咳《せき》をし、痰《たん》を吐くようにのどを鳴らした。そのたびに、道場の空気が掻き回される。どれほどの腕なのか、景一郎には見当がつかなかった。

「試し稽古が所望か？」

誰かが声をかけた。伝八郎の顔は知られていて、それほどの腕とも思われていないはずだ。

「稽古に来たわけではない」

言ったのは、伝八郎だった。道場の中が静かになった。

「道場主は？」

大貫主計の声だが、唇《くちびる》はほとんど動いていないように見えた。

上座に腰を降ろしていた、総髪の男が立ちあがった。江馬玄心斎《げんしんさい》というのが、この男なのだろう。それほどできるとも、景一郎には思えなかった。清水が湛《たた》えている覇気《はき》の方が、はるかに強烈だった。

「試合を望んでいるのは、どちらだ？」

「わしの方だ。この通りの老齢で、長い試合はできぬ。道場主殿が立合ってくれぬか」

「他流との試合には、まず師範代を出す。そういう決まりだ」

「決まりならば、それでよいぞ。わしは素面、素籠手だが、木太刀を遣わせて貰う。師範代が防具をつけようと、いっこうに構わぬ」

「師範代にも、木刀を遣わせよう。しかし、よいのか？」

「なにが？」

「老齢で、命が惜しくないというのはわかるが、木刀ならばほんとうに死ぬぞ」

「なにを言うかと思えば、埒《らち》もないことを。剣に生きようと思う人間は、まず一度死ぬのだ。それから、別の生を求める。死んでもいいかなど、女子供に対する脅し文句にしかならぬな」

「ならば、立合ってみるがいい」

道場主は、激高しかかる自分を、なんとか抑えこもうとしているようだった。

景一郎は、清水の方へ眼をやった。端座した清水の表情は、はっとするほど固かった。景一郎には、大貫主計の腕がまだ見えてこないが、清水はただならぬものを感じているのかもしれない。

老人らしいゆっくりとした仕草で、大貫主計が腰をあげた。伝八郎が差し出した木刀を執ったが、素振りさえくれようとしない。

清水が、道場の中央に出てきて、一礼した。大貫主計は、礼さえも返そうとしない。

「日向流、大貫主計。よいかな、師範代殿」

小馬鹿にしたような言い方だった。さすがに、清水は表情ひとつ動かさなかった。同時に、木刀が正眼にあげられた。その瞬間、景一郎の全身が鳥肌立った。おぞましいほどの気を、大貫主計が放ちはじめている。清水の正眼には、攻めよりも受けの色が強かった。

固着したまま、二人とも動かなかった。いまにも転びそうだった老人が、尋常の腕ではないことが、ようやく居並ぶ者たちにもわかりはじめたようだ。

対峙は、それほど長くは続かなかった。

受けるべき清水が、さきに動きはじめた。重さに耐えきれなくなったように、木刀を上段にあげた。そのまま、間合を詰めていく。

二人の木刀が交錯した瞬間を、景一郎ははっきりと見た。清水の木刀は、大貫主計の躰を通り抜けるように振り降ろされ、大貫主計の木刀は、清水の額を打って頭上に舞いあがった。鳥の啼声《なきごえ》のような気合が、しばらくして聞えたような気がした。

清水は、振り降ろした木刀を正眼に構え直した。呼吸にしてひとつかふたつの間、清水は立っていた。そして、正眼に構えたまま横に倒れた。清水が眼を閉じた瞬間も、景一郎は見逃さなかった。勝つことを、いや生きることを諦《あきら》めたように、清水は静かに眼を閉じたのだ。

自分が死んでいくことがわかったのだろう、と景一郎は思った。掌《てのひら》が、汗で濡れていた。大貫主計の躰を、通り抜けてしまった清水の木刀。まるで、大貫主計の躰がそこにないようだった。

束《つか》の間《ま》凍りついたようになった道場が、騒がしくなった。清水が、木刀を握ったまま戸板に載せられていく。なにをやっても無駄だということが、景一郎にはわかっていた。それにしても清水の顔は眠ったように静かで、打たれた額にも傷ひとつ見えない。

道場主が慌《あわ》てはじめているのを横眼で見ながら、景一郎は腰をあげた。

道場の外で、半刻ほど待った。

何事もなかったように、大貫主計が出てきた。伝八郎が、固い表情のまま付いてきている。しばらく、景一郎は二人の後ろを歩いた。伝八郎がふり返った時に、声をかけた。それでも、大貫主計は立ち止まらない。歩きながら、伝八郎だけが何度もふり返った。

城下をはずれたところで、景一郎は二人の前へ出た。

「日向森之助の一子、景一郎と申します」

大貫主計は立ち止まらず、視線だけを景一郎にむけてきた。

「父を、御存知だろうと思いますが」

歩きながら、景一郎は言った。老人の歩き方だが、意外に速い。

「なぜ、そう思う?」

「日向流を、名乗っておられました」

「あってなきが如《ごと》き流派だ。名乗るのには恰好ではないか」

「それでも、父を御存知のはずです」

「知っているよ。わしが立合を避けようと思った、数少ない男のひとりだ。稀《まれ》に見る手《て》練《だ》れと言っていいであろうな。こちらから、立合を避けた。それで日向流を名乗ってみる気になった。理屈が合うかどうかはわからんが、そういうことだ」

「あってなきが如き流派を、恐れられたということですね」

大貫主計が、じろりと景一郎に眼をくれた。

「日向流を名乗られる理由は、別にあるはずです」

「それを知って、どうする?」

「私は、父を捜さなければなりません」

「なぜ?」

「わかりません。ただ、父を捜し出さなければ、なにもはじまらないところにいます」

「はじまっておる。おまえはいやに血の匂いをさせている。それはもう、はじまっているということだ」

「それならば、なぜはじまったか知らねばなりません」

「うるさい男だ。森之助は、九州へ行った」

「九州の、どこですか?」

九州へ行ったらしいという見当はついているのだ。九州のどのあたりかがわかれば、すぐにも見つけ出せるだろう。

「九州としか、わしは知らん」

「知っているはずだ」

「仕方がないのう。伝八郎、この男を斬り捨ててこい。わしは、先に寺へ帰る」

伝八郎が、びっくりしたように立ち止まった。それ以上、大貫主計はなにも言おうとしない。景一郎も、ついていくのを諦めた。

伝八郎が残っている。

「私を、斬ってこいと言われましたね、あなたの先生は」

「本気で、言われた」

「父を捜せば、斬られてしまうのですか?」

「日向殿の父上は、若いころから先生とは知り合いだそうだ。先生は、日向森之助だけは、ものにできなかったわけさ」

「なるほど」

「いまも、日向森之助に心を寄せてはおられるようだ。しかし、長い歳月の間に、その思いはもう澄みきったものになってしまっている。日向流を名乗られたのは、そうした方がいいと思われたからだよ。それが日向森之助のためになると」

「それを、仁科殿は、いつ聞かれた？」

「昨夜、床の中で」

景一郎は、横をむいた。大貫主計と伝八郎が絡《から》み合っている姿は、どうしても想像できなかった。

「これでいいかな。私はちゃんと訊《き》き、そういう答が返ってきた」

「私と、立合うのですか？」

「先生が、そう言われたのでね。この先に、恰好の場所がある」

大貫主計の姿は、もう見えなかった。景一郎は、黙って歩きはじめた。

「あれが、私の師ですよ、日向殿」

「憎んでおられる？」

「ずっと、そう思っていました。ひと晩じゅう、躰を舐《な》め回されるのです。憎んでいる、と自分に思いこませなければ、耐えられなかった。そして、そこから脱け出せるのは、先生をこの手で斬った時だともね」

伝八郎が、道をはずれた。景一郎はそれについていった。

「しかし、憎しみだけではないのかもしれない。愛憎と言っていいのかもしれない」

「わかりません、私には」

「床の中で話を聞きながら、私は日向森之助に嫉妬《しっと》したのですよ。自分でも信じられなかったが、そうだったのです。三年の間、憎み続けてきたはずだったのに」

「やはり、わかりませんね」

「わかって貰おうとは思わない。わかるはずもない。先生は、もう死にたがっておられる。それも感じました。私に斬られて、死にたがっておられると。私は、憎悪《ぞうお》ではなく、ほとんど愛のようなもので、先生を斬れる腕になりたいと思いました」

愛という言葉が、薄気味の悪いもののように聞えた。

「私に、いろいろと言う必要はないことでしょう」

「言っておきたかった。あなたは、もうすぐ死にますからね。私にとっては、日向景一郎ではなく、日向森之助だ」

なだらかな丘陵のところへ出た。

伝八郎が、下緒《さげお》を解き、襷《たすき》にかけた。男と男でも、男と女の心情と似たものになるのだろうか、と景一郎はぼんやりと考えていた。女を知ったばかりだ。惚《ほ》れたことはない。自分にはわからないところに、伝八郎は多分いるのだろう。

「もういい。言うだけのことは、言った。私は強くならなければならない。先生を斬るためにね。日向森之助ならば、相手にとって不足はない」

「女だな、まるで」

「そうだ、業《ごう》が深すぎるのだ、私も先生も」

「こんなことも、あるのか」

伝八郎が、鞘《さや》を払った。

二歩退がり、景一郎も抜刀した。

見つめ合う。伝八郎は、どこか悲しげだった。それでも、覇気は満ち溢れている。なにかを考える余裕が、景一郎にはなくなった。

お互いに、間合を詰めていく。しかし、間合に入りきれはしない。あと半歩。そこで固着した。

潮合《しおあい》を待った。待つほどのことはなく、すぐにそれは訪れてきた。気を放ちながら景一郎は踏みこみ、伝八郎は横に走った。互いの刀は、宙を斬っただけである。

景一郎も、走りはじめた。互いの呼吸が合ったところで、停まり、また固着した。

誘い。伝八郎の剣先が、かすかに動く。景一郎は、猛《たけ》りはじめる気を鎮《しず》めた。じっと、伝八郎の剣先だけを見つめる。

何度も潮合が来たが、固着は破れなかった。汗が、頰を流れ、顎《あご》の先から滴《したた》り落ちていく。伝八郎の姿が、剣先に隠れてしまったような気がした。

次に来る潮合を待たず、景一郎は無造作に踏み出した。気合。景一郎は、刀が巻き落とされるのを感じた。その時、地を蹴《け》って躰を伝八郎に寄せていた。掌底《しょうてい》で、伝八郎の霞《かすみ》の急所を打つ。

伝八郎が、膝《ひざ》を折った。眼が白く反転している。景一郎は刀を拾いあげ、伝八郎が倒れる前に横に振った。

まるで別なもののように、伝八郎の首だけが宙に飛んだ。それが地に落ちる前に、景一郎は刀を鞘に収めていた。

「竹刀《しない》を巻き落とせば、道場では確かに勝ちだ」

呟《つぶや》いた。いくら言葉をかけても、伝八郎の躰に、首はついていなかった。

5

萩城下に戻り、女を買った。一両持っていたのだ。

何度もくり返し挑《いど》んでくる景一郎に、女が悲鳴をあげはじめた。横《よこ》っ面《つら》を張られ、頬に爪《つめ》を立てられても、景一郎はやめなかった。

死んだように動かなくなった女を見降ろし、景一郎は眼を閉じた。こんなことをいくら続けても、猛り立ったものが鎮まるはずがないのはわかっていた。

大貫主計を、斬るしかないのだ。自分ではどうしようもないこの思いは、大貫主計を斬った時、はじめて鎮まるだろう。

すぐに寺へ駈《か》けていかなかったのは、拭《ぬぐ》っても拭っても、清水善右衛門を打った大貫主計の、木刀の動きが浮かんでくるからだった。いや、正確には、大貫主計を打とうとした、清水の木刀の動きだ。

まるで影を打つように、木刀は大貫主計の躰を通り抜けたように見えた。清水は、瞬間、勝ったと思ったかもしれない。大貫主計の木刀は、清水の木刀よりも遅れて振り降ろされたのだ。

清水の打ちこみをかわし、存分の余裕を持って、打ち返したのだろうか。そうだとしても、景一郎にはそれが見えなかった。

清水は、受けようとしていたはずだ。なぜ、さきに動いたのか。なにかに誘われたのか。それとも怯えたのか。

考えても、わかるわけはなかった。

そばに寝ている女の胸に、景一郎は手をのばした。

「まさか、まだやろうってんじゃあるまいね、あんた」

「一両、払ったはずだ」

「一両分は、とっくにやっちまったよ。それがわかんないのかい？」

「朝まで一両という約束だった」

「人間とした約束だよ。けだものとした約束じゃない」

胸の手を、景一郎は女の首に持っていった。動こうとする女を、そのまま片手で押さえつけた。

「助けてよ。死ぬよ、このまんまじゃ。あたしは生きるために身を売ってるんで、死ぬために売ってるんじゃないよ」

全部を言う前に、景一郎は女にのしかかっていた。女が泣きはじめる。顔に皺《しわ》を刻んだ女が、赤子のように泣いていた。

景一郎は、腰を動かし続けた。女の躰がぶるぶるとふるえ、動かなくなり、それからまたふるえることをくり返した。いつまでも、景一郎は果てなかった。女のふるえが、次第に弱いものになっていく。女の頬を張ったが、かすかに呻《うめ》くだけだ。

「くそっ」

叫んで景一郎は跳ね起き、刀と木刀を摑《つか》んで駈けはじめた。

城下を駈け抜け、あっという間に寺の前まで走った。深夜である。そこではじめて、景一郎は大きく息をした。

山門を潜《くぐ》り、境内に入っていく。

「来たか」

大貫主計が、闇《やみ》の中に立っていた。

「伝八郎を、斬ったのだな」

「日向流を、この世から消してしまいたい。なぜかわからぬが、俺はそうしたいのだ」

「すればよい。わしを斬れば、ひとつは消せる」

「ひとつ？」

「森之助を斬らぬかぎり、日向流はいつまでも残る。いや、最後は自分を斬らぬかぎりはな」

低い声で、大貫主計は笑ったようだった。

「つまらぬ業を抱えこんでおるな、お互いに。わしは、そろそろ死にたいものだと思っていたが、なかなかそうはなれなかった。伝八郎には、才気はあったが、剣の天稟《てんぴん》はなかったようだ。伝八郎に斬られて死のうと考えたわしは、まだ未熟だな」

「代りに、俺が斬ってやる」

「ならば、なぜすぐに来なかった。どこかでふるえておったか」

「俺は」

「臆病者《おくびようもの》だ。ゆえに、生き延びている。それも終りだが」

「蓬萊島だ」

景一郎は叫んでいた。

「おまえは、蓬萊島のようなものだ。それでも、俺は勝つ」

「ほう。では抜け。わしは眠い。伝八郎を待ち過ぎたのでな」

景一郎は、鞘ごと刀を抜いた。それを脇《わき》へ置き、木刀を構える。

「木太刀か。わしも、木太刀で相手をしようと思っていた」

闇の中で、大貫主計の姿がゆっくりと動いた。木刀が突き出されている。木刀だけが、宙に浮いているような気がした。

一歩退《さ》がり、景一郎は正眼に構えた。

「この木刀は、親父《おやじ》が削ったものだ。日向森之助が、削ったものだ」

なにを言っているのか、自分でもよくわからなかった。

不意に、景一郎の全身を気が打ってきた。膝を折りそうなほど、重い気だった。大貫主計の、業念のすべてが自分にむけられている。そう感じた。

下段に木刀を構えた大貫主計の姿が、闇の中にはっきりと見えた。打ちこめる。そう思った。思っただけで、動きかかる躰を、景一郎は必死に抑えた。

蓬萊島なのだ。打ちこんでも、大貫主計はそこにいはしないのだ。

待つしかなかった。じっと耐えて待てば、蓬萊島ではないなにかが、必ず見えてくると思うしかなかった。

大貫主計から、動いてこようとはしない。景一郎は、渾身《こんしん》の気を放ち続けながら、打ちこもうとする自分と闘っていた。正眼に構えた木刀が、時々意志に反して動いた。大貫主計は、ただ立っているだけだ。

息が乱れはじめた。立っているだけで、信じられないほどの消耗に襲われた。このまま打ちこめば勝てる。消耗し尽す前に、打ちこむべきだ。そういう囁《ささや》きが、何度も聞えた。

動かなかった。

蓬莱島、と何度も自分に言い聞かせた。

気づくと、夜が明けていた。大貫主計は、下段に構えたままじっとしていた。木刀の先からは、わずかな気が放たれ続けている。鳥が一羽、落ちてきた。しばらく地面でもがき、それから飛び去っていった。鳥の飛《ひ》翔《しょう》に合わせて、景一郎も地を蹴りそうになった。上段に構え直しただけで、なんとかしのぎきった。

蓬莱島。また、そう思った。

頭の中が、白くなった。もう、何刻《どき》こうやってむかい合っているのか。疲労だけが激しかった。

大貫主計から送られてくる気が、時々途絶えるようになった。打ちこむのは、いましかない。そのたびごとに、景一郎はそう思った。次には蓬莱島という言葉が浮かんでくる。

耐えきれない。そう思った。蓬莱島が、蓬莱島でなくなっている。そうとしか思えなくなった。額を、触れるようにして打たれた清水は、死んだ。それを思い浮かべた。

闇が斬れぬ。祖父がそう言っていた。尿を洩《も》らした。伝八郎の首を斬り飛ばした。いろいろなことが、頭をよぎった。そして白くなり、時が経ち、またいろいろなものが頭をよぎりはじめる。

蓬萊島がなんなのかさえわからず、その言葉だけに景一郎はしがみついていた。

大貫主計の躰が、はじめてちょっとだけ動いた。深い皺の奥にある眼が、一度閉じられた。景一郎は、渾身の気をふり搾《しぼ》った。足の親指で、地面を摑んでいた。

大貫主計の眼が、閉じたり開いたりしはじめる。

不意に、張りつめていた気が乱れた。

大貫主計が、木刀を杖《つえ》のように地につき、それからゆっくりと仰むけに倒れた。

なにが起きたのか、景一郎にはわからなかった。

「よく耐えたぞ、伝八郎」

「俺は」

「わしの躰の中で、なにかが切れている。いまも、切れていく。それがわかる。早く、わしを斬れ、伝八郎」

「伝八郎は、俺が斬った」

「伝八郎ではない？」

「俺は、日向景一郎だ」

「そうか。森之助の木太刀を持っていたな。日向景一郎か」

「伝八郎は、俺が斬った」

「なぜ、打ちこまぬ、景一郎？」

「蓬萊島だからだ」

「幻ということか」

「打てば消える。清水との立合を見て、そう思った」

大貫主計には、明らかに異常が起きていた。皺だらけの目蓋《まぶた》がふるえ、眼はなにかを睨《にら》むように上をむいている。

ようやく、景一郎は構えを解いた。立っていられなくなり、尻《しり》から地に落ちた。全身から、血が引いていくようだった。

「よく、耐え抜いた、伝八郎」

自分は日向景一郎だと言う気力も、残ってはいなかった。呟くような大貫主計の言葉を、景一郎はじっと聞いていた。

「おまえはいつか、わしを斬ることになっていたのだ。悔んではならぬぞ。わしを斬らせるために、剣を仕込んできたのだ」

尻餅《しりもち》をついただけでなく、景一郎は仰むけに倒れていた。木刀だけは、両手で握りしめている。指を開こうとしたが、なかなか開かなかった。

「憎しみなど、些細《ささい》なものであろう、伝八郎。わしが死ねば、消えてしまう。およそ人の生ほどの、ささやかなものなのだ」

何刻も対峙《たいじ》した相手を、仁科伝八郎だと大貫主計は思いこんでいるようだった。

景一郎は空を見つめ、太陽に眼を灼《や》かれてきつく閉じた。

大貫主計の声は、もう聞えなくなっている。

ようやく、手から木刀が放れた。景一郎は、ゆっくりと上体だけを起こした。

大貫主計は、眼も口も開いたまま、仰むけで死んでいた。

斬ったわけではなかった。だから勝ったとも思わなかった。ただ、負けはしなかった。

耐え抜いて、そして生き延びた。

しばらく、立ちあがることができなかった。

自分はなにと闘ったのだ、と景一郎は思った。

陽が、中天にさしかかっている。ようやく立ちあがり、景一郎は刀と木刀を一緒に抱えて歩きはじめた。

第五章　皿の日

1

海が荒れていた。

もう初夏の陽射《ひざ》しが眩しく、海も穏やかな季節に入っているはずだった。玄界灘《げんかいなだ》は気紛《きまぐ》れな海なのだろう、と景一郎は思った。

黒田藩領に、ひと月以上いた。領内の道場の、ほとんどすべてを破ったと言っていい。どこでも日向流を名乗ってみたが、それに対する反応は返ってこなかった。

絶対に負けた、と思い知らせる。それも対峙している二人にだけ、はっきりとわかる。景一郎は、そういう勝ち方を覚えた。打ち据《うす》えるのがたやすい相手でも、そうした。いや、たやすいからこそ、それもできたのだ。力が拮抗《きっこう》していれば、手加減もできなくなる。

日向流を名乗ったのは、父の足跡を見つけられるかもしれないと思ったからだが、九州に渡ってからは、日向流の名は一度も耳にしていない。

唐津城下だった。

景一郎は、城下の港のそばにある寺に、宿をとっていた。旅籠《はたご》に泊ることは、あまりない。城下以外にも、小さな漁村は点々とあり、働きながらどこかの漁師の家に泊めて貰《もら》うことも、方法としては考えられた。ただ、九州に入ってからは、それはやっていない。城下かそのそばにいた方が、父の噂《うわさ》を早く知ることができるとも考えたのだ。

唐津藩は、黒田、鍋島《なべしま》という、外様《とざま》の大藩二つに挟《はさ》まれていた。しかしそれで萎縮《いしゅく》しているという感じはない。むしろ活気があった。魚介が豊富なせいだろう。焼物もあるらしい。

景一郎が借りているのは、境内の隅《すみ》にある庵《いおり》で、朽ちかけたところは自分で補修した。柱を一本立て直し、屋根に木の皮を葺《ふ》いたのである。蜘蛛《くも》の巣もひどかったが、景一郎が暮すようになると、蜘蛛は姿を消した。

本堂や庫裡《くり》には築山《つきやま》を越えていくようになっていて、築山からは墓も見渡せた。

景一郎が真剣を振るのは、夜明け前の一刻《いっとき》ほどで、それが終ったころ朝の勤行《ごんぎょう》が築山を越えて聴えてくるのだった。

井戸の水で汗を洗う。そのころ勤行は終って、景一郎は庫裡へ朝食に出かけていく。住持と納所坊主《なつしよぼうず》二人の、静かな朝食だった。粥《かゆ》と漬物《つけもの》だけの、質素な食事である。

景一郎が、どこから来てなにをしようとしているのか、住持は一切訊《き》こうとしなかった。老僧と言うにはまだ若く、どこか青梅青林寺の芳円を思い起こさせた。芳円は、何日かに一度本堂を博奕《ばくち》場として開放していたが、この寺にそういう俗気はなかった。

「念仏を唱えなさい。絶望した時、心が乱れてどうにもならない時、自分がひとりきりだと思った時、一度だけ念仏を唱えなさい」

住持は、二度同じことを景一郎に言った。それ以外、説教らしいことは一切口にしない。納所たちはその教えを守っているらしく、なにかあると必ず念仏を唱えていた。

午後になると、景一郎が必ずやることがひとつある。築山の雑草を毟《むし》るのである。築山を、きれいにしようという気があるわけではない。墓参りに来る娘がいる。それが誰の墓かも知らぬまま、景一郎は娘の姿に魅せられてしまったのだ。

十七か八というところだろう。貧しくはないが、豊かでもない。墓も、それに見合った慎《つつま》しやかなものだった。

その娘の姿を見ると、どうにもならないような気分になる。血が、頭に昇ってきてしまうのだ。こういう経験は、はじめてだった。

女を、知らないわけではない。魅《ひ》きつけられ、力ずくで犯してしまった女もいる。しかし、その娘を見ると、そんなこともすべて忘れる。声さえ、かけられないのである。景一郎は、いつものように築山の斜面にとりついた。雑草を抜く。あまり手速くはやらない。雑草が、なくなってしまいそうなのだ。もともとは納所たちの仕事らしく、一度礼を言われて戸惑ったこともある。

娘が姿を見せた。奉公人という感じではない、と景一郎は思った。それ以上のことを考える前に、頭に血が昇ってきてしまう。

娘は、手桶《ておけ》の水を墓にかけ、線香を立てると、しばらく手を合わせている。長くはない。それで、すべてが終りである。

築山の雑草を抜いている景一郎に、気づく時もあれば気づかない時もあった。一度頭を下げられ、どぎまぎしながら会釈《えしゃく》を返した。言葉を交わしたことはない。娘の姿が見えなくなると、景一郎はすぐに庵に戻った。築山にいる意味はないのだ。床板に敷いた筵《むしろ》の上で、何度か転げ回る。

どんなふうに声をかけても、なにをしても、娘から嫌《きら》われてしまうという気がする。近づけないのだ。娘のことが頭にある間、父を捜して旅をしていることすら、忘れてしまっていた。

心の中を駈け回る思いと闘おうとするのは、夕方になってからだ。筵の上で、禅を組む。心を真白にしてしまおうとする。最初に思い浮かべるのは、これまでに立合ってきた手練《てだ》れについてだった。きわどいところで、生き残ってきた。そう思うと、心が次第に白くなっていく。

夜明け前に真剣を振っている時も、心は真白だった。午後になり、娘がやってくる時刻が近づくと、乱れが出はじめるのだ。

庵の中を動かず、じっと耐えていようと思ったこともある。耐えきれず、築山に駈け登った時、立ち去っていく娘の後姿が見えた。

この思いをどうすればいいのか、景一郎は扱いかねていた。このままだと、自分が駄目《だ》目《め》になっていく。何度もそう思った。この城下を立ち去るべきだと考えたが、それもできないのだった。

夜になった。朝食だけは庫裡で、あとは自分でなにか作ることになっていた。魚を焼いていても、住持はなにも言わなかった。庫裡では、一汁一菜である。

夜になった。しばらく眠った。明け方に起き出し、真剣を振った。朝の勤行が聴えてきたのを合図に、景一郎は汗を洗いに井戸端へ行った。

寺にいるからよくないのだ、と景一郎は水を浴びながら自分に言い聞かせた。

「日向殿は、焼物を御覧になったことがありますか?」

朝餉《あさげ》の時、めずらしく住持が口をきいた。

「いえ。火で焼くものだということは、知っていますが」

「そうですか。いま粥を召しあがっている碗《わん》は、私が焼いたものです」

きのうまでの木椀《もくわん》と違っていた。

「これを、御住持が？」

「なにか、違いますか？」

「熱いですね。持っているのが耐えられなくなりそうです」

木椀より、確かに熱い。感じられるのは、それだけである。住持は、景一郎の言葉にただ笑った。

「土をこねるところから、はじめます。それからかたちを作って、焼くのです。簡単に言えば、それだけです」

「なぜです？」

「私が、なぜ焼物をしたか、と訊いておられるのですか。なんとなく、としか言い様がありません。自分を映すような気がしたこともありますが」

「よくわかりません」

「毎朝、真剣を振っておられますね。あれは私ども僧の修行と同じなのでしょう。心が断ち切られるような、怖《こわ》い音が本堂にまで聞えて参ります。迷惑と言っているのではありませんよ。小僧たちも、あの音に負けないように木魚を叩《たた》ければいいのですが、どうしても負けてしまいます」

「朝の勤行の時を、避けることにします」

「いえ、やっていただきたい。できれば、勤行を終える時まで。日向殿の刀の音が聞えなくなると、小僧たちがほっとします。それがよくわかるのです」

自分で焼いた碗と、どういう関係があるのか、景一郎にはわからなかった。

「喋《しゃべ》りすぎてしまいました。粥が冷めます。箸《はし》を止めさせてしまいましたね」

住持が笑った。景一郎は、残りの粥を啜《すす》りこんだ。

庵に戻った。

住持が言ったことは、あまり考えなかった。坊主は、好きではない。青梅青林寺の芳円もそうだった。言うことが、回りくどいのだ。

木刀を、布で磨《みが》いた。枇杷《びわ》の木刀は、いくらか色が濃くなってきたように思える。丁寧に磨いた。それから、来国行の鞘《さや》も払って、手入れをした。どこにも、刃こぼれはない。道場で竹刀剣法を習うと、真剣では刃こぼれをさせることが多い。景一郎は、もの心がついたころから、真剣の扱いを祖父に教えられた。

小さな碗が自分を映すとは思わないが、来国行は自分を映す。それは、怕いほどだった。どこかで、鈍《なま》っている。来国行ではなく、自分が鈍っている。それが、はっきりと見えた。いくら真剣を振ったところで、それはどうにもならないものだった。

木刀を袋に入れ、景一郎は寺を出た。

唐津の城は、海のそばの山頂にある。天守からは、海も城下も見渡せるのだろう。港で魚を買ったぐらいで、あまり城下を歩いてはいなかった。それでも、道場がありそうな感じのところは、なんとなくわかる。

焼物屋が、何軒か並んだ通りに出た。

不意に、眼の前にあの娘が現われた。立ち止まった景一郎に、娘がほほえみかけてお辞儀をした。景一郎は一度横をむき、それから深々と頭を下げた。

「焼物を、お求めでございますか、お武家様？」

「木椀と、どこか違うのだろうか？」

言っていた。はじめて口をきいた。

「同じでございます」

「しかし」

「人が作ったものですもの」

言って、娘は白い歯を見せて笑った。

「人が作ったということでは同じでも、作った人は違います」

また、娘が声をあげて笑った。木椀と焼物の碗とどう違うのか。問いかけそのものが、冗談のようなものだったのだろう、と景一郎は思った。

「ここは？」

「あたしの家です。焼物は全部、父が焼いたものです」

「ひとつ、求めたい」

「あら、それはありがとうございます。和尚《おしょう》様の碗が、お気に召さないのですね」

娘の父のところで、住持は碗を焼いたのかもしれない。

景一郎は、並んだ碗にじっと眼をむけ、ひとつを指さした。娘が、景一郎の顔を覗《のぞ》きこむ。

「それを、求めたいのですが」

「そうですか」

「いけないのですか？」

「そういうわけでは、ございません。母が亡《な》くなった夜に、父が焼いたものです。なにかが籠《こも》っている、とあたしは思っていました」

「そうか、毎日、母上の墓に参られているのですね」

「四十九日までは」

「買ってはいけないもののようですね」

「いいえ、決してかたちもよくなく、見栄《みば》えもしない碗で、誰も手にとって見ようともしなかったものなんです」

なぜそれを指さしたのか、理由はなかった。かたちや色を較《くら》べたわけでもない。気づいたら、それを指さしていたのだ。

小さな木箱に、娘はそれを入れてくれた。安いと言ってもいいような代金だった。

「日向景一郎と言います」

「さよです。今度、墓参りの時に、草を抜くお手伝いをいたしますね。墓のまわりだけじゃなく、お寺をきれいにしなければ、母は喜ばないかもしれませんし」

景一郎は、頭を下げた。

娘と言葉を交わした自分が、信じられなかった。それも、まともに話せたのだ。

頭に血が昇ってきたのは、むしろ歩きはじめてからだった。

交わした言葉の、すべてが思い出せる。さよの表情や仕草のひとつひとつも思い出せる。汗が吹き出してきた。どことも決めず、ただ歩き回った。

気づくと、道場の前に立っていた。

なんのために城下に出てきたのか、景一郎ははじめて思い出した。

訪《おとな》いを入れる。すぐに、門弟がひとり出てきた。門弟は、景一郎が脇《わき》に抱えた包みに、ちょっと眼をくれた。見られてはならないものを、見られたような気分に、景一郎は襲われた。

「稽古《けいこ》を所望なのだな？」

立ち止まった景一郎に、稽古着の門弟が言った。自分が立ち止まったことさえ、景一郎は気づいていなかった。

2

入ってきた若い武士を見て、荒川兵衛《ひょうえ》は身構えるような気持になった。身なりから見ても、入門志願でないことは明らかだった。汚れた単衣《ひとえ》とはそぐわない、見事な刀を佩《は》いているが、別に袋に入れた木刀も携えていた。それに、小さな包みをひとつ持っていて、道場の隅に端座しても、それをひどく気にしていた。膝《ひざ》の上に置き、それから前に置き、あまりに仰々しすぎると考えたのか、脇に移した。

兵衛が身構えたのは、若者のそういう仕草に対してではない。心は包みに奪われていても、隙《すき》はまったく見せないのだ。日頃の習練が、無意識にそうさせていると思えた。あなどり難い相手である。こんな相手が現われるのは、久しぶりだという気もあった。

「稽古所望の者か？」

河野将之《まさゆき》が、大声をあげた。道場がしんとした。威圧するような声だ。

「前に出ろ」

竹刀を一本執って、若者は道場の中央に進み出た。稽古をしていた者たちが、羽目板の前に並んで座った。素面《すめん》、素籠手《すごて》で、防具を求めるふうもない。河野は、ようやく若者の腕に気づいたようだった。

「いいのだな？」

若者が頷《うなず》く。

「流派は？」

「日向流、日向景一郎」

兵衛は、全身に粟《あわ》が立つのを感じた。日向将監、そして日向森之助。忘れたくても、忘れられる名ではなかった。

「よし、平田、出ろ」

防具をつけた平田が、立ちあがった。防具をはずそうとするのを、河野が止めた。

「当道場では、防具をつける決まりだ。他流の者がどうするかは勝手だが、俺の門弟にそういう真似《まね》は許さん」

河野も、平田が勝てるとは思っていないのだろう。怪我《けが》をさせまいとしているのだ。

二人がむかい合った。紛れもなく、日向流だった。甘い剣法ではない。籠手の上の腕を、竹刀で叩き折ることぐらいできるだろう。いや、面垂れの下から、突きがいくかもしれない。

平田は、明らかに圧倒されていた。それでも、なんとか気で撥《は》ね返そうとしている。

二人の間に、気が満ちた。

「おい、若いの。この包みはなんだい」

兵衛がそう言った瞬間に、日向景一郎の竹刀が動いた。平田の躰《からだ》が、宙を飛んだ。日向景一郎が、びっくりしたように竹刀を見つめている。倒れた平田は、のどを直《じか》に突かれて、血を吐いていた。声をかけたのが、逆目に出たようだ。

「それまでだな」

兵衛は立ちあがった。

「この若いのに、少し包め」

河野の耳もとで、そう言った。

「なぜだ。おまえなら勝てるだろう？」

「わからん。木刀でやり合うということになるが、負けた方は死ぬぜ。俺が死ねば、次に立合うのはおまえだ」

「わかった」

河野は、そこそこ剣も遣えるが、商売の才覚で道場を営んでいるようなものだった。いざという時のために、兵衛を飼っている。

「邪道だな、いまのような竹刀の遣い方は」

日向景一郎にむかって、兵衛は言った。

「なぜ、ことさら面垂れの下から突く？」

「強く突きすぎたようです。のどを破る気はありませんでした」

「ひでえ怪我だよ。裏に回んな。ちょっとばかり、説教をしてやろう」

「私は」

「その包みも、忘れねえようにな。大事なものみたいだし」

言って、兵衛はさっさと裏へ回った。

しばらくして、門弟に導かれた日向景一郎がやってきた。袋に入れた木刀と、小さな包みを抱えている。

「俺は、荒川兵衛という者だ。師範代と言えば聞えはいいが、つまりはこの道場で飼われている。おまええみたいなやつが現われた時、相手をするのが仕事さ」

「怪我をさせるつもりは、ありませんでした」

「俺が、怪我させたようなもんさ。余計なことを言わなきゃ、おまえはもっと軽く突いてた。いくらか、修羅場《しゅらば》はくぐったようだな。心が自分を見失いかけても、躰の方が見失っちゃいねえ」

「恥じています。どうも、躰が自然に動いてしまったようです」

兵衛は縁に腰を降ろした。裏には、小さな庭が造ってある。手入れも、河野自身でやるのだ。弟子よりも、庭の木を育てる方に熱中していた。

「長いのかい、道場破りは？」

「もう、五年になります。ひとりで道場を訪うようになってからは、まだ一年経《た》ちませんが」

「その前は、将監先生と一緒かい？」

「祖父を、御存知なのですか？」

「俺は江戸から流れてきた、食いつめ浪人でね。薬研堀《やげんぼり》の道場で、将監先生に打ちのめされたこともある」

「そうでしたか。私は、父を捜して旅をしているのですが、九州に入ると、さっぱり噂も聞かなくなりました」

「日向森之助か。やはり、すごい剣を遣う男だった」

「立合われたことが、あるのですね」

「真剣でな」

景一郎の眼が光った。不意にけものが顔を出した、と兵衛は思った。

「二人とも、生きていますね」

「悪いかね、生きてちゃ」

「勝負がつかなかった、ということでしょう？」

「負けたよ、俺が。そう思っただけのことだがね」

「荒川殿は、祖父に剣を習われたのですか？」

「いや。師はあったが、忘れた。剣などどうでもいいと思うようになってから、だいぶ経つな。仕方なく、剣を売り物にして食ってるが、昔よりずっと弱くなった」

「そうは見えません」

「俺が言っているのだ、弱くなったと。黙って頷いてりゃいいのさ」

河野が、門弟に包みを持たせてやってきた。一両というところだろう。兵衛がこの道場へ来てから、はじめて出す金だった。なにか言いたそうだったが、結局なにも言わず河野は戻っていった。

「唐津に、もう一軒道場があるのを知ってるかね？」

「いえ。まだ街を見て回ってはおりませんので」

「むこうの道場は、町人の門弟も多い。道場破りが現われたら、誰かが俺を呼びに来ることになっている」

「行かないことにします」

「そうしろよ。俺も、おまえを斬《き》りたくはないしな」

「はあ」

「一応強がりを言ったが、ほんとはおまえに斬られたくない」

「荒川殿は、日向流を名乗られたことはありますか？」

「なぜ、俺がそう名乗らなきゃならない？」

「まるで父が足跡を残すように、日向流を名乗る人がいたのです」

「俺は、名乗らんよ」

「わかりました」

「森之助は、九州に入ったのか？」

「ほぼ、間違いはないと思うのですが」

「なぜそんなことになっているのか、理由を訊くのはやめておこう。おまえには、どうも不吉な匂《にお》いがある。道場に入ってきた時から、俺はそれを感じた」

景一郎は、なにも言わず頭を下げた。

「待てよ、おい。その包みはなんなんだ？」

「別に」

「おまえの弱点、というふうに見えたがな。だから俺も、声を出して言ってみたのさ」

「碗です。さっき求めたばかりです」

「おかしな男だな」

兵衛は腰をあげた。景一郎はちょっと戸惑ったように見えた。兵衛が歩きはじめると、黙ってついてくる。

「唐津の城下でも、案内してやろうじゃねえか」

「見物に来たわけではありません」

「鈍い男だね。おまえは一両貰ったろう。それで俺に奢《おご》れと言ってるのさ」

「なぜです？」

「理由は、自分で考えろ。俺は、女を奢って貰いたい。いまなら、上物が安く買える」

景一郎は、うつむいたまま歩いていた。

兵衛は、女を欲しいわけではなかった。商家の後家と、半年ほど前からいい仲になっている。ただ、景一郎を見ていて、女かもしれないと思ったのだ。

料亭に、芸者を呼んだ。買うだけ、という恰好《かっこう》ではない。二人の芸者を前に、しばらく酒を飲んだ。景一郎も、飲めば飲めるようだが、自制しているようだった。

「どっちがいい？」

「そう言われても」

「若い方にするか。俺は年増《としま》でいい」

景一郎は、自分の意志をはっきりさせなかった。兵衛は勝手に事を運んだ。それに、あえて抗《あらが》おうともしない。

隣同士の部屋に入った。雨戸が閉めてあり、行燈《あんどん》の明りだけがあった。兵衛は床に寝そべり、女に躰を触れさせた。隣室から、すぐに喘《あえ》ぎが聞えはじめる。それは、いつまでも熄《や》まなかった。

「おい、ちょっと様子を見てこい」

兵衛は、自分に跨《また》がっている女に言った。

「ひどかですね、どげんしとるとでしょうか」

女も、隣室が気になるようだった。果てることもないまま、兵衛は躰を起こした。気にしながらも、女はすぐに様子を見にいこうとはしない。

酒の残りを持ってこさせて、兵衛は飲みはじめた。その酒がなくなっても、隣室の喘ぎはまだ続いていた。たまりかねたように、女が腰をあげる。

「毀《こわ》されるとですよ、あれは。あん男は、人間じゃなか。けだものばい」

戻ってきて、訴えるように女が言う。喘ぎはもう、半刻《はんとき》以上も続いているのだ。どこまで続けられるのか、待ってみようと兵衛は思った。

一刻を過ぎたころ、さすがに兵衛も黙っていられなくなった。

「景一郎、帰るぞ」

壁を叩いて、そう言った。女の喘ぎ声が、悲鳴のようになった。しばらくして、入った時の姿のまま、景一郎が出てきた。

「ひでえことをするな、おまえ」

料亭を出て、兵衛は言った。景一郎の表情は、満ち足りたものとは程遠かった。むしろ切なさを募らせたように思える。

浜の方へ歩いた。

景一郎は木刀の袋を背負い、碗の包みを持っていた。

「見せてみろ、その碗を」

景一郎は、差し出そうとしなかった。かえって隠すような素ぶりをする。

「どこで、買ったのだ?」

「店《たな》の名は、よく見ませんでした。なんでも、女房が死んだ日に、焼いた碗なのだそうです」

「なんだ、清右衛門《せいえもん》の店か」

清右衛門には、二人の息子のほか、さよという娘がいる。

「清右衛門は、誰でも焼物は作れるという考えで、頼めばいつでも焼かせてくれるぞ。俺もやったことがある」

「なぜ、誰でもできると言えるのでしょうか?」

「知らんよ」

浜は長い。松林も長い。ところどころに村があり、小舟が引き揚げられているが、人の姿はあまり見えない。

「どうだ、景一郎」

「なにがです?」

「俺と立合ってみるか?」

「いいのですか?」

死んでもいいのか、と訊かれたような気がした。兵衛は、ただ苦笑を返した。景一郎が、包みと木刀を松の根もとに置いた。

「抜いてみろ。親父《おやじ》とどちらが腕が上だか、見てやろう」

景一郎が、鞘を払った。来国行だった。

兵衛も、鞘を払った。景一郎が正眼に構える。これは、と兵衛は息を呑《の》んだ。思っていたより、ずっと遣える。森之助より、将監の剣だ。

兵衛は、眼を閉じた。相手の剣を見ようとする。それは見ようとする分だけ、動きが遅れるということだ。

長い対峙になった。潮が満ちてきて、足首まで濡《ぬ》らした。兵衛は一度も眼を開かず、気を発しもしなかった。景一郎の剣気が、いまにも裂けそうになっている。

「金はあるか、景一郎?」

眼を開き、兵衛は言った。景一郎は、すぐには言葉を出せないようだ。それほど、全身に剣気を漲《みなぎ》らせている。

「おさよは、芸者に売られるのだ。母親の四十九日が終った日にさ。おまえが乗り殺しそうだった、さっきの若い娘のような目に遭うのだぞ」

景一郎の剣気が乱れた。枷《かせ》を失った、というような乱れ方だった。

「いまから、その日を愉《たの》しみにしている男たちが、城下には山ほどいる。中には、おまえがやったように、乗り殺してみせると言っている男もいてな」

すさまじい斬撃《ざんげき》が来た。ただ、剣気が襲いかかってくる方が、わずかに早かった。その剣気をかわすことで、かろうじて兵衛は斬撃もかわしていた。

数歩跳び退《すさ》り、兵衛は刀を鞘に収めて景一郎に背をむけた。

「待て」

「おまえの負けだ、景一郎。俺がおまえの打ちこみをかわした時、勝負はあった」

「俺は、まだ斬られていない」

「斬ったさ。それもわからんのか」

「俺は」

「森之助の足もとにも及ばんな。やつは、打ちこみもせずに、俺に負けたと思わせたよ」

景一郎は、膝まで波に洗われながら、まだ正眼に構えていた。

景一郎の剣気が乱れていなければ、両断されていただろう、と兵衛は思った。刃風《はかぜ》のすさまじさは、いままでに経験したことのないものだった。

「どちらかが死んだ時、はじめて勝敗が決するのではないか」

「笑わせるな」

兵衛は、沖の海面に眼をやった。そこにだけ光が当たっていて眩しかった。

「生き死にで勝敗を決するのは、けだものだけさ。剣の勝敗は別のところにある。だから俺と森之助も、一合《いちごう》も斬り結ぶことなく、お互いに勝敗を自覚したのだ」

「笑わせるな」

「俺は、そうは思わない」

「勝手にしろ。俺は行くよ」

兵衛は、砂の上を歩きはじめた。

命を拾った。そう思っていた。俺も歳《とし》だ、という苦い自覚もこみあげてくる。相手は、日向森之助の倅《せがれ》だ。その若造を相手に、策を弄《ろう》して、きわどく初太刀だけをかわした。

「待て、荒川兵衛」

声は、波の音にかき消されそうだった。

歩きながら、兵衛は日向森之助との立合を思い出していた。

どうしても、打ちこむことができなかった。まるで壁とむかい合っているようだった。その壁は、兵衛の背丈の三倍も四倍もあり、そして兵衛に覆《おお》い被《かぶ》さるように、倒れてきたのだった。二刻《ふたとき》の対峙で、兵衛は立っていられなくなった。壁が支えられなかったのだ。

うずくまった兵衛を見て、森之助は無表情に刀を鞘に収めた。それだけだった。なんの言葉もかけられなかったことが、兵衛をひどく傷つけた。まるで、屍体《したい》を見るような眼だったのだ。

十五年も昔のことだ。十五年経って、伜に腹癒《はらい》せをしていることが、惨《みじ》めで滑稽《こっけい》だった。その惨めさを、兵衛はむしろ愉しんでいた。自分のような男には、ぴったりの惨めさだ。

日向森之助と立合うことになったのは、森之助の妻に懸想《けそう》したからだった。不純な思いではなかった。あの時は、そう思っていた。いま思い出すと、あまりに青臭かったという気もする。

そういう自分に較べて、日向森之助は抗い難いほどの大人の男だった。年齢は、ほぼ同じなのにだ。

兵衛はふり返らなかった。景一郎がどうしているのか、わからない。見たいとも思わなかった。

3

声がした。

誰の声だか、景一郎にはすぐにわかった。

庵から出るべきかどうか、しばし迷った。それから、景一郎は立ちあがった。頭を下げる。さよの方を、真直《まっす》ぐは見なかった。

「築山の草は、抜かれないのですか？」

きのうから、築山には登っていなかった。無論、さよの姿も見ていない。

「墓参りですか。母上の四十九日は、いつになるのですか？」

「あと十日ばかりです。それまでに、築山もきれいにしてしまいたいと思いまして」

「忘れていたわけではありません。考えたいことがあって」

「それなら、あたしひとりで抜いても構いませんか。一応、日向様に断らなければ悪いのではないかと思いまして」

「やりますよ、私も」

さよを無視したように、景一郎は築山にむかって歩いた。さよが追ってくる。

「御機嫌《ごきげん》がお悪いんですね。あたし、声なんかかけちゃいけなかったのかしら。小僧さんたちが、築山の草を抜くなら、日向様に断れと言うし」

答えず、景一郎は草を抜きはじめた。築山の土はやわらかく、それほど力をこめなくても、草は簡単に抜ける。

「和尚様は、お留守なんですね」

「朝、お出かけになりました」

うつむいたまま、景一郎は言った。

四十九日になれば、芸者として売られる。荒川兵衛は、そう言った。頭の中にはそのことばかりが去来したが、口に出して訊くことはできなかった。

「日向様は、兵法修行をなさっているそうですね。暗いうちから、熱心に刀を振っておられると、小僧さんが感心していました」

「弱いから、そうするしかないのです」

「なぜ、強くならなければならないんですか。強いというのは、お武家様にとってはいいことなんですか？」

「男にとっては」

さよの笑い声が聞えた。景一郎は、うつむいたまま草を抜き続けた。

「このあたりで、やめましょうか」

立ちあがり、景一郎は言った。はい、と言ってさよは笑った。抜いた草を一カ所に集め、いつでも捨てられるようにした。

指の先が、土にまみれている。

「井戸で、洗いましょう」

景一郎は、井戸までさよを連れていき、水を汲《く》んだ。さよの手に、少しずつかけてやる。白い指や、爪《つめ》のかたちまで、景一郎には特別なもののように見えた。うなじのあたりを見つめていると、眩暈《めまい》を起こしてしまいそうだった。

「土には、馴《な》れてます。父の仕事場で、よく土をこねますから。あたしも、いずれはちゃんとした焼物を作れるようになりたいのです」

さよが言った。

「さよ殿は、父上と同じ仕事をされるのですか」

「女で、そういう人はいません。父も、嫁に行くのがいい、と考えているようです。でも、あたしは焼物が好きなんです」

芸者になって売られていく、という荒川兵衛の言葉は嘘《うそ》だった。どこかで、それが嘘だということがわかっていたような気もする。それでも、そういう嘘で自分の気が乱れると、荒川兵衛は見抜いたのだ。そして、渾身《こんしん》の斬撃をあっさりとかわした。

気を乱さなかったとして、荒川兵衛を斬ることができたのか。父の森之助とは較べられない未熟さだというのも、嘘なのか。

「困ったな。手を拭《ぬぐ》うものがない」

「あたしが持ってます」

桶をとると、さよは景一郎の手にかけはじめた。素速く、景一郎は指の土を落とした。あまり指を見られたくなかった。何年も真剣を振っているので、左右の手のかたちがいくらか違う。掌《てのひら》の皮も、異様に厚かった。

さよが、真新しい手拭いを差し出してくる。景一郎に先に拭わせる気のようだ。

「私はいい」

「いけません。濡れた手には、すぐにまた汚れがつきます」

放っておくと、拭《ふ》きかねない言い方だった。手拭いの端だけ使って、景一郎は指を拭った。さよが笑う。

「遠慮深い方ですね、日向様は」

景一郎は、うつむいた。このままさよと話をしていたい気持と、すぐにでも庵に帰りたいという思いが、引き合っている。

「さよ殿は、あまり九州の訛《なまり》がないのですね」

「十歳の時から四年間、御城代様のお屋敷で、行儀見習いをいたしました。その時、最初に言葉は直されました」

「そうだったのですか」

「殿様をはじめ、小笠原《おがさわら》家中は、行儀がとても厳しいのです」

武士といえば、江戸から流れてきたという荒川兵衛しか知らなかった。

「荒川様が、日向様にも焼物を教えるように、と言われていました。よく父のところにお見えになるのです」

「そのうちに」

さよが、笑顔を見せて頷いた。

庵へ戻ると、景一郎は筵に座りこんだ。しばらく、じっとしていた。それから、きのう買った碗を木箱から出して、眼の前に置いた。

いくら見つめても、なぜ自分がこの碗を指さしたか、わからなかった。きのうは、並んだ碗の中で、これだけが違うもののように見えたのだった。

手にとってみる。ちょっと分厚く、それが全体として鈍重な感じを与えている。それ以外に、これといった特徴はない。

斬れるだろうか。ふと思った。自分が思った通りに、この碗を両断できるだろうか。据《す》え物斬りは、やったことがなかった。据え物と言うほど大袈裟《おおげさ》ではないが、刃が当たれば斬れる前に割れてしまうという感じがする。

碗を箱に戻した。見ていると、ほんとうに斬ってしまいそうな気がしてきたのだ。

禅を組んだ。逃げようとしている、と自分で思った。それならそれでよかった。得体の知れないものとむかい合い、いつまでも得体が知れなければ、身をかわす方が賢明なのだ。さよに対する思いは、確かに得体の知れないものだった。

いつの間にか、暗くなっていた。

景一郎は、眼を開けて闇《やみ》を見つめた。闇は斬れぬ。死ぬ前に、祖父がそう言っていたことを思い出す。

闇など、斬れるはずがないのだ。斬ったところから裂けて、そこから光が洩《も》れ出すことなどはない。いくら斬っても、闇は闇だ。

できるだけ、さよのことは思い出さないようにした。思い出せば、なにかが乱れる。闇を見続けた。人の姿が浮かんでくる。来国行を構えた祖父の姿であったり、自ら懐剣をのどに突き立てて死んだ母の姿であったり、父の後姿であったりした。

禅を組んだまま、景一郎は眠ったようだった。眼を開くと、来国行を摑《つか》んで外へ出た。鞘を払う。月が出ていた。構えた。気が満ちてくる。振る気もなく、振っていた。構えは動くことがない。再び、気が満ちてくる。それを、景一郎は空が白むまで何度もくり返すのだった。汗にまみれていることも、忘れている。

いつもと同じ朝だった。

勤行《ごんぎょう》を聴きながら、景一郎は水を浴びた。

なにを洗おうとしているのか。毎朝、考えることだった。けものである自分を、洗い落とそうとしているのか。血を洗い流そうとしているのか。

勤行が熄んだ。朝餉の時刻だった。

「日向殿。さよ殿が迎えにきます。清右衛門のところへ行かれるとよい」

手を合わせ、箸をとって住持が言った。

「私に、立派な焼物が作れるとは思えません。作り方さえ、知らないのです」

「関係ありませんよ、そんなことは。土と遊んで来られればいい」

「なぜ、御住持は私にそれを勧められます？」

「自分が、よく見えてくるからです」

「私には、自分が見えているつもりです」

「ごく一部の自分が。そういうものなのです。こうだと思っている自分とは違う自分も、見ておいた方がいいでしょう」

景一郎は、粥《かゆ》の碗に眼を落とした。これなら斬れる。そんな気がした。なぜ、清右衛門の碗は斬れないと思ったのか。

朝餉を済ませ、景一郎は庵へ戻った。

庫裡《くり》で借りてきた書物がある。読み書きは、幼いころ母に教えられ、それを引き継ぐように、祖父にも教えられた。旅に出てからは、読む機会も少なくなった。それでも、寺に逗留《とうりゆう》した時など、祖父の眼を盗んで読んだものだ。そうしている景一郎を、祖父は知っていたのかもしれない。

庵の外で声がした。

「あの碗をお持ちください、と父が申しております」

景一郎は、包みを持って腰をあげた。庵の外で、さよが笑顔を見せた。

さよを前にすると、やはり自分がなんだかわからなくなった。盛んに話しかけてくるさよに、景一郎は懸命に答えた。ちゃんとした答になっているかどうか、何度も考えた。

　城下を抜け、山手の方へ歩いた。

　小さな丘にある小屋だった。老人が、ひとりで背を丸めて土をこねている。老人と見えたが、ふり返ると意外に若い顔があった。荒川兵衛と同年配というところかもしれない。

「わしの碗を買ったというのは、あんたか？」

「はい」

「なぜ、あれを選んだ？」

「強《し》いて言えば、あの碗だけが気を発していたからです」

「気？」

「そうとしか、言えません」

「見せてみろ」

　仕方なく、景一郎は包みを解いた。ここに置けというように、清右衛門が木の台を指さした。

　箱から出し、景一郎は碗を台に置いた。

「ふん」

　清右衛門が言う。軽く、台を掌で叩いた。碗は、二つになった。景一郎の背後で、さよが声をあげている。

「いつ、斬った？」

「今朝、朝餉のあとに」

「見事なものだな。惚《ほ》れ惚《ぼ》れするような、斬り口だ」

景一郎は、黙っていた。斬れると思った。だから斬ってみた。それだけなのだ。

清右衛門が、小屋の奥へ行って壺《つぼ》をひとつ抱えてきた。

「こいつを、斬ってみな」

「なぜです？」

「同じ日に、同じ窯《かま》で焼いたもんだ」

言われれば、碗と同じだった。

景一郎は、来国行を一閃《いっせん》させた。壺は、そのままの姿で台の上にある。

「なるほど、見事なもんだ。嬉《うれ》しかぞ。わしの未練ば、こん侍が斬り捨ておった」

さよに言ったようだ。さよは、なにが起きたかわからない様子だった。清右衛門が、壺に触れた。壺が二つになった。

4

四日、清右衛門のところへ通い、景一郎はようやく皿を一枚作った。何度作っても、気に入らなかったのだ。

四日目に、土の皿を差し出すと、清右衛門は黙って頷いた。焼いてくれるらしい。

「明日、取りに来い」

喜んだのは、景一郎ではなく、さよの方だった。手を打っている。

窯場には、ほかに清右衛門の息子たちの小屋が二つあったが、二人ともほとんど喋らず、終日土をこねていた。土をいじる時、景一郎も喋らなかった。

土で皿を作ろうとしている間、さよがそばにいても、気が乱れることはなかった。

その日、景一郎は城下に降りると、すぐに寺へは帰らず、小さな居酒屋で魚の煮物の食事をした。

店を出たところで、若い男がひとり近づいてきた。

「おさよに、なんばしたとか?」

いきなり、その男が言った。

「あなたは?」

「おいは、この先の村の伝蔵《でんぞう》という。銛《もり》打ちの伝蔵といや、知らんもんはなか」

「日向景一郎です」

「おまえの名前なんか、どうでもよか。おいが訊《き》きたかとは、おさよになにをしたかってことばい」

「なにも。さよ殿とは、昌海寺《しょうかいじ》の築山の草を抜き、さよ殿の父上の窯場に連れていっていただいているだけです」

「一緒に、城下を歩いちょろうが」

「だから窯場に一緒に」

「よそもんが、することじゃなかぞ。おさよに手を出すとは、おいが許さん」

「くだらない」

「なんが？」

「第一、さよ殿に対して、失礼でしょう」

「おまえは、芸者を乗り殺しそうになったんじゃなかとか。おさよも同じ目に遭わせようと狙《ねろ》うとろうが」

さよを、そういう対象として考えているのかどうか、実のところ景一郎にはわからなかった。ひどく淫《みだ》らな夢を見たことがあるが、相手がさよかどうかはわからなかった。

この四日は、あまり夢も見ていない。

「それで、なにを言いたいのです？」

「喋り方だけ、江戸もんで、あとはけだものだな。おいは、おまえに決闘を申し込む。侍なら刀の抜き方ぐらい知っちょろうが」

「いいですよ。いつ、どこで？」

「明日の朝、西の浜で」

景一郎は、黙って頷いた。

「逃げるんじゃなかぞ」

伝蔵は、そう言って闇の中に消えていった。

さよと連れ立って城下を歩いていることで、ほかにもなにか言われているかもしれない、と景一郎は思った。なんと言われようと、景一郎はさよに対して、邪心は抱いていない。犯したいという思いを、心の底のどこかで押さえているものがあるのかもしれない。

昌海寺への道筋をとりながら、景一郎は尾行《つけ》られていることに気づいた。伝蔵や、伝蔵の仲間ではあるまい。

気にとめなかった。いずれ、むこうから出てくるに決まっている。

庵に戻ると、景一郎は筵に寝そべった。

さよを犯したいとは思っていない。確かめるように、もう一度考えた。自分を誤魔化《ごまか》してはいない。いままでの女に対する思いとは、はじめから違うものだった。この城下を出ればいい。明日になれば、皿が一枚焼けている。それを持って、出ていけば、いずれさよは遠い存在になる。

眠っていた。

眼醒《めざ》めたのは明け方で、景一郎は外へ出て真剣を振った。勤行。粥の朝餉。いつもの通りだった。住持は、このところまたなにも喋らなくなり、静かな朝食だった。

「ひとつだけ、訊いてもよろしいでしょうか？」

箸を置いた時、景一郎は言った。

「なんでしょう」

「念仏を唱える意味です」

「自分を救うためなのですよ。はじめはいつも、自分を救うためです。それから、別のものが見えてくる。それは、人それぞれに違うでしょう」

「仏はいるのですか？」

「人の心の中に」

「では、鬼もいますね？」

「それが、人です」

住持は、穏やかにほほえんでいる。

まやかしがあるような気がする。あるいは真実かもしれない、とも思う。人の心の中に仏も鬼もいるなど、当たり前のことだが、住持はもっと深いことを言っているのだという気もした。

「お出かけですか、日向殿？」

「はい。私の皿が焼けていますので」

「それは愉しみでしょうね」

住持が、また笑った。少しずつ、景一郎はこの住持を嫌《きら》いになってきた。

山門を出ると、すぐに尾行がはじまった。早朝から出かけると思っていなかったのか、二人だけだ。昨夜は、少なくとも五人はいたような気がする。

城下とは反対の方向へ歩いた。

人家が途絶えてくる。松林に入り、景一郎は足を止めた。

日向流を名乗ってしばらくしたら、また尾行られはじめた。つまり父と間違えていて、それを確かめるために尾行ているのだろう。

気配らしい気配もなく、人影が二つ松林の中に現われた。ずっと前からそこに立っていたように、静かな姿だ。

「日向森之助の居所を、知っているか？」

どちらが声を出したのか、よくわからなかった。

「俺が、日向森之助だ」

「ほざくな。おまえの父親のことだ」

「しつこい人たちだな、まったく。斬られても、異存はないでしょうね」

二人が、いきなり反対に走った。そのどちらにも、景一郎は眼をむけなかった。

背後から、斬撃が来た時、景一郎ははじめて数歩動いた。動いただけで、躰のむきは変えず、刀も抜かなかった。

景一郎が動かないので、二人がまた走った。ゆっくりと、景一郎は浜の方へ歩きはじめた。

松林を出る前に、ひとりが立ち塞《ふさ》がってきた。広いところよりも、林の中の方がいいと考えたのだろう。手裏剣が飛んできた。上体を低くしてそれをかわし、抜き撃ちざまに背後の松を斬った。太い幹が、徐々に倒れていく。そのむこうで、ひとりが首から血を噴き出していた。

もうひとり。低く、剣を構えている。下から斬りあげる構えだ。景一郎も、構えを下段にとった。潮合《しおあい》が来るのを待った。一歩、景一郎は踏みこんだ。

次の瞬間、相手の姿は消えていた。ためらわず、景一郎は刀を頭上まですりあげた。信じられないほどの高さを跳躍した男が、落ちてきた。脇差《わきざし》を抜いて構えようとする。上段から振り降ろした刀が、男の頭蓋《ずがい》を両断した。刀を鞘《さや》に収め、景一郎は浜へ出た。

砂が足を取る。下がこれだけやわらかければ、思うように跳べなかったのだろう、と景一郎は思った。眼は、前方の遠いところに据えていた。

人影がひとつ。伝蔵の村はさらに遠いところらしく、小舟が一艘《そう》浮いていた。

「やあ」

そばまで歩き、景一郎は言った。

「よう来た。おまえ、逃げるに違いなかと思っとった」

「忘れた」

「なに」

二人を斬った。念仏を唱えなかった。どんな時に念仏を唱えろと住持が言ったのかも、忘れかけていた。人を殺した時、というのがなかったのは確かだ。しかし、訊けば唱えろと言うだろう。

「おまえ、城下から出ていかんとか？」

「なぜ、私が出ていかなければならない？」

「おいと、殺し合いをせにゃならんとたい」

「なにをするにしろ、出ていけと言われて、出ていきたくはない」

「そうか。じゃ乗れ」

伝蔵が、砂に半分乗りあげた小舟の方を、顎《あご》でしゃくった。

波が引いた時を狙って、景一郎は舳先《へさき》に跳び乗った。伝蔵は、水音をたてながら、小舟を押し、乗りこんできた。

なかなか鮮やかな櫓捌《ろさば》きだった。波はそれほど荒くはない。初夏は、こういう日の方が多いのだろう。

「おい、侍。おいは、鯨捕りだ。鯨に一番銛を打つのが、おいの仕事たい。舟が近づけん時は、海に飛びこんで打ってこなきゃならん。そんなおいと、おまえ、海の上で決闘できるとか?」

「場所は、西の浜ということではありませんでしたか?」

「やかましか。鯨捕りの勝負は、いつでん海の上たい。文句は言わせんぞ」

「別に文句はないが、ちょっと卑怯《ひきょう》なやり方だという気もする」

「決闘は、勝たにゃならんと。おさよと会わんなら、助けてやってもよかぞ」

「皿を、取りに行かなければならない」

「わからん男たいな。そいじゃ、魚の餌《えさ》にしてくれようたい」

伝蔵が、櫓を舟にあげた。底板の下から、縄のついた銛を摑み出す。

「ほれ、揺れるぞ。冬の玄界灘は、こんなもんじゃなか」

伝蔵が、舟を左右に揺らした。

景一郎は立ちあがった。それを見て、伝蔵はちょっと驚いたようだった。櫓をずいぶんと漕いだ。大抵の波では、立っていられる。

「この銛《こ》ば、受けてみい」

鯨捕りだけあって、さすがに気迫に満ちた銛だった。景一郎は動かず、飛んできた銛の柄を、左手で摑んだ。研ぎあげられた銛の先は、景一郎の胸の寸前で止まっている。

伝蔵が、唖然《あぜん》としていた。景一郎が銛を構えると、褌《ふんどし》ひとつになって両腕を拡《ひろ》げた。

「殺せ」

「死に急ぐな」

景一郎は、銛の両端を摑み、ぐいとねじ曲げた。拡げた伝蔵の両手が、だらりと下がった。曲がった銛は、海に投げ捨てる。

「おまえは、さよ殿を好きなのか？」

「好きだ」

「どんなふうに？」

「嫁にしたか」

「それから？」

「それからは、わからん。おいは、あん女子《おなご》を嫁にしたか。二年前に城下で見かけてから、ずっとそんことばっかり考えとったばい」

「さよ殿は、それを知っているのか？」

「知らん。おいの名前も、まだ知らん。口をきいたこともなか。だけど、おいの嫁はあん女子しかおらん」

「それが、恋というのか？」

「恋？」

「そういうのではないのか？」

「わからん」

「この二年、どんな思いで暮してきた」

「転げ回っとった。鯨相手に、暴れるしかなかったとたい」

「なぜ、さよ殿に言わなかった？」

「言おうとした。何遍も言おうとした。情なか。言えんとよ。どうしても、言えんとたい」

「そんなものなのか」

「刀で、斬るとか？」

伝蔵が、不安そうな眼で、景一郎の腰のあたりを見た。威勢のよさは、もう消えている。

「そうか、恋なのか」

「おいは、あん女子のためなら、死んでもよか。そう思っちょる。はよ殺さんか」

「別に、死ぬこともないだろう」

景一郎は、舟を大きく揺らした。伝蔵が、もんどり打って海に落ちた。

「泳いで帰れよ、伝蔵」

「ちくしょう。おさよは、誰にも渡さんぞ。渡してたまるか」

波の間から、伝蔵の叫び声が聞えた。

景一郎は、櫓を漕ぎはじめた。鯨捕りに使うものなのか、小さいが舟はしっかりしていた。東の浜につければ、清右衛門の小屋はすぐだ、と景一郎は思った。

5

小屋へむかう坂道の途中で、七人に囲まれた。

とっさに、景一郎は逃げ道を捜した。切り通しの道で、どこへも逃げることはできなかった。絶妙の場所で、待ち伏せられたようだ。

「通してくれませんか」

「とりあえず、日向森之助と関りのある者は、みな殺しにすることに決まったのでな」

「どこかの藩で、そういうことが決められたということですか？」

喋りながら、景一郎は少しでもいい位置をとろうとした。しかし、すぐにそこは塞がれる。七人とも、手練《てだ》れだ。松林で斬った二人とは、明らかに異質だった。つまり、きちんとした剣の習練を積んでいる。

「私は、父を捜せますよ。あなた方よりね。なにか、私にはわかる足跡のようなものを、父は残しているような気がします」

「だから？」

「私を殺すより、父を捜させた方がいい」

「理屈だな。しかし、急いでいる。できるだけ、日向森之助ひとりを相手にしたい」

三人は斬れる、と景一郎は思った。四人目は相討だろう。

景一郎は苦笑した。こういう時に、念仏を唱えろと、住持は言ったような気がする。

「なにがおかしい」

景一郎は、答える代りに歩きはじめた。三人は斬れるというのは、自分が自分である時だ。自分以上のものになれば、四人か五人にそれがなるかもしれない。

七人が、一斉に抜刀した。

景一郎は、まだ柄《つか》に手もかけなかった。それぞれが、得意な構えをとっているのだろう。圧倒するような気が、景一郎を包みこんでくる。

同時に、二人が斬り込んできた。そのうちのひとりの方に、景一郎は踏みこんだ。躰がぶつかる刹那《せつな》、掌底《しょうてい》を霞《かすみ》に打ちこんだ。いくらかずれたが、相手の膝《ひざ》が折れるのがわかった。

斬撃。眼で見るのではなく、五感でそれを感じた。その時、来国行を抜き放っていた。しばらくして、ひとりが棒のように倒れた。

景一郎は、ぴたりと正眼に構えた。固着。掌底で打ったひとりも、立ちあがっている。坂道を、下にむかいたいと思った。だから、上にむかった。六人の剣気を一身で受けとめるのは、並大抵のことではない。固着がしばらく続いただけで、景一郎の息はあがりはじめた。

足もとから、石がひとつ転がった。斬撃。坂の上の方へ、景一郎は駈けあがった。振り降ろされてきた刀を、横に弾《はじ》き飛ばす。そのまま、上段から斬り降ろした。

ひとりの顔を、半分に断ち割っていた。さらに、息が苦しくなってくる。もう一度、景一郎は坂を駈けあがった。ふりむきざまに、刀を横に薙《な》ぐ。頬から鼻にかけて、深く斬った。固着した。上と下から二人ずつが、景一郎を挟みこんでいる。

渾身の力を、景一郎はふり搾《しぼ》った。坂を駈けあがっていく。斬撃をかわしながら、刀を突き出す。頭上から唐竹割《からたけわ》りにするのが、日向流の必殺剣だが、その余裕はなかった。細かく刀を動かす。それでなんとか、相手の斬撃をしのいでいるだけだ。

ひとりと、躰がぶつかり合った。とっさに、景一郎はその男を腰に跳ねあげていた。投げ飛ばす。景一郎も倒れた。立ちあがろうとしたところに、斬撃が来た。倒れながら、なんとかそれをかわした。立ちあがる暇を与えないように、斬撃がくり返されてくる。転がり、地すれすれに刀を振り、また転がった。

視界に、別のものが入ってきた。

さよ。そして荒川兵衛。さよは、立ち竦《すく》んでいた。

景一郎は、海老《えび》のように躰を丸め、勢いをつけて坂道を転がった。そして立った。立ちあがる途中から、正眼に構えていた。

肚《はら》の底から、雄叫《おたけ》びをあげた。坂を駈けあがっていく。腕が飛ぶのが見えた。上段から打ちこまれてきた刀をかわし、抜き胴気味に胴を払った。返り血が、片眼に飛びこんでくる。

叫んでいた。眼の前で、頭が二つに割れた。見えたのは、そこまでだった。躰の中で、別の動物が暴れているような気がした。

それだけなのだ。どれほどの時が経《た》ったのかも、わかりはしなかった。気づいた時、立っているのは景一郎ひとりだった。

うずくまっている男が、二人いる。上段から、ひとりずつ両断した。唸《うな》りながら、景一郎は新しい敵を捜した。どこからも、斬撃は来なかった。

左手で脇差を抜き、よろめきながら、倒れている男たちの首を、逆手で斬っていった。三人をそうしたところで、景一郎は座りこんでいた。

息が苦しいのかどうかも、わからなかった。いつの間にか、仰むけになっていた。晴れた日だった。なにが念仏だ、と思った。

顔がひとつ出てきて、景一郎の視界を遮った。

清右衛門だった。

「立ちな、景一郎」

立てるものかと思ったが、立っていた。それどころか、歩きはじめている。

すぐに、清右衛門の小屋だった。

頭から、水を浴びせられた。桶に二杯浴びせられたところで、景一郎は自分の恰好《かっこう》に気づいた。右手に来国行を、左手に脇差を握りしめている。袴《はかま》は切り裂かれ、躰の左半分はむき出しだった。

清右衛門が、景一郎の指を開いていた。ようやく、来国行が手から放れた。左手の指も、開かれた。清右衛門は、景一郎を放ったまま、来国行の血を井戸水で洗っている。

ようやく、景一郎は自分の荒い呼吸を意識した。立ちあがる。一瞬視界が白くなったが、倒れはしなかった。

桶の水を飲んだ。

死ななかった。はじめて、そう思った。

「おまえ、この坂を歩いてきたんだぞ。覚えてるかい？」

清右衛門の声だ。

「覚えています」

「すごい斬り合いがあったもんだ」

「俺は、七人を殺しましたか？」

「ああ、しつこいぐらいにな。もう、烏《からす》が集まってやがる。屍体を片付けに行かせたが、倅《せがれ》どもは吐きながら戻ってきた」

景一郎は、歩きはじめようとした。

「どこへ行く？」

清右衛門が、腕を摑んでいた。

「屍体のところへ。あの七人が、どこの藩の男たちなのか、調べなければならない」

「加賀藩だ。兵衛がそう言ってた」

さよが、荒川兵衛と一緒に斬り合いを見ていたことを、景一郎は思い出した。

「前田の家中か」

「九州くんだりまで、御苦労なことだ」

「さよ殿が、見ていました」

「あれは、倅どもより気丈だ。ふるえていたが、泣きもしなかった」

「そうですか。怪我《けが》はなかったのですね？」

「まあ、あれだけの斬り合いだったんだ。気持の方まで怪我なしってことはないだろうが、心配することはない」

「清右衛門殿も、大丈夫なのですね」

「けものみたいに哮《ほ》えてたやつが、殊勝なことを言うじゃないか」

「けものですよ、私は」

「わかってるさ。あの碗を買った時から、そんなことはわかってた。ありゃ、わしがけものになって焼いた碗だった」

小屋から、さよが出てきた。景一郎と眼を合わせようとはしない。抱えてきたものを、清右衛門に渡しただけだ。

清右衛門が、脇差で景一郎の着物や袴を切り裂いた。ようやく、自分の躰の状態が景一郎にもわかるようになった。何カ所か、深く斬られている。どこも、命に関る場所ではなかった。小さな疵《きず》は、無数にある。

清右衛門は、景一郎の腹と左腕に晒《さらし》を巻きつけた。

「あとは、自分でやれ。髪もざんばらだ」

「御迷惑を、おかけします」

「まったく、おかしなやつだよな、おまえは。けものだと思うと、急に礼儀正しくなりやがる。わしの着物をやろう。若い者には地味だろうが」

「いくらか、お払いすることはできます」

「気持が悪いんだよ、おまえのそんな言い方は」

いつの間にか、躰は乾いていた。濡《ぬ》れた袴の一部を切り裂いて、景一郎は束ねた髪にきつく巻きつけた。それから、清右衛門の着物を着た。袴も、ちゃんとしたものだった。

「わかったぜ、ひとつ」

刀を拭《ぬぐ》っていると、荒川兵衛が後ろに立って言った。

「おまえ、臆病《おくびよう》だね。それで本能的に、刀をよける。斬られる時も、急所をはずして斬られる」

「そうですよ。臆病じゃないよりいい、と思うようにもなりました」

「さよも、おまえの斬り合いを見ていた」

「私と、もう一度立合おうとでもいうんですか、荒川殿は？」

「俺の勝ちさ」

「そう思っていればいい。道場の用心棒ぐらいは勤まりますよ」

「負けた男が、よく言うな」

「七人も八人も、同じかな」

「なにが？」

「殺すのがです」

景一郎は、荒川兵衛を見据えた。来国行を鞘に収める。

「八人目が、俺ってことかい？」

「それがお望みなら」

「おまえのおふくろは、いい女だった。森之助にゃ勿体《もったい》なかったね」

「私はもう、言葉では気を乱しません」

「俺と森之助の斬り合いは、おまえのおふくろのことでだった。森之助が、怒るだけの理由があったのさ」

「母は、懐剣でのどを突いて死にました。十年近くも前のことですよ。私はそれを、そばで見ていました」

「ほう」

「その時、私は臆病になったのですよ」

「わからんね」

「荒川殿に、わかっていただこうとは思わない」

「森之助は、死ぬな。なにしろ、百万石の大藩を相手にしているんだ」

「唐津に、日向森之助の親友がいる、という噂《うわさ》を流しましょうか」

「親友だったら、どうなる？」

「日向森之助に関りのある人間は、みな殺しにするのだそうです。面白いではありませんか」

荒川兵衛が、いやな顔をした。

清右衛門が、焼いた皿を持ってきた。

こねた土で作った時とは、まるで違うものになっている。しかし、間違いなく自分の皿だとも思えた。

「いい出来だ。なにかが、籠《こも》ってる。そうは思わないか、兵衛?」

「確かにな」

「さよが、声をあげてびっくりしてた。わしの焼物を見ても、あんまりそんな声を出したことはない」

「私にはわかりません、清右衛門殿」

「そういうもんさ、ものを作るってのは。出来ちまうことがあるのさ」

「お願いが、あります。その皿を、毀《こわ》しても構いませんか?」

「おまえのだ。勝手にするさ」

景一郎は、清右衛門の手から皿をとった。

「なにかが籠っている、と言いましたね、清右衛門殿?」

「ああ、籠りすぎてるから、店に並べても誰も買わねえだろう。そんな皿だよ」

景一郎は頷《うなず》き、皿を土の上に置いた。

来国行の柄に手をかける。

「いけません」

背中に声が浴びせられた。

「こんなにきれいに焼けたものを。焼物は、ただのものではないのですよ。生きているのです。それを、人が勝手に毀したりしてはいけません」

「毀すというのは、言い方がまずかった。土に帰してやるのですよ、さよ殿」

「なぜ？」

「この皿に籠《こ》められた思いなど、私には必要のないものだからです」

来国行を鞘走らせた。次の瞬間には、鞘に収めた。さよが、両手を口に当てている。

皿は、土の上にそのままのかたちで置かれていた。誰も動こうとしない。動けば、皿が二つになることがわかっているのだ。

景一郎が、一歩退《さ》がった。

皿が二つになった。そのひとつを清右衛門が拾いあげ、切り口を光に翳《かざ》した。

「旅か、景一郎？」

「旅というのでしょうね、私のように流れ歩くのを」

「あの碗を、よく店で買ってくれた」

「そうですね。いま考えると、不思議な気がします」

一礼した。

「裏山から行け。ずっと行けば、鍋島領に出られる」

「おすこやかに」

さよに眼をむけて、景一郎は言った。まだ蟬《せみ》が鳴くには早い季節で、山はただ草いきれに満ちていた。

第六章　乳房

1

張りつめていたものが一度破れ、それでもお互いに踏み留まり、再び気配が膠着《こうちゃく》したまま、静かにまた張りつめつつあった。

示現流《じげん》である。顔の脇《わき》で、剣先を中天に立てた構えは、一撃にすべてを賭《か》けることを示している。景一郎は正眼だった。

お互いの息が読める。そこまで対峙《たいじ》は長くなっていた。陽は照りつけているが、全身は雨に打たれたように汗で濡《ぬ》れていた。時々、野尻《のじり》が口で息を吸う。そのたびに、肩がかすかに動く。景一郎も同じだった。来国行が、刀ではないもののように、重く感じられる。

じりっ、と景一郎は足の指で土を掻《か》いて進んだ。それだけで、耐え難いほどの野尻の気配にぶつかって、動けなくなった。気配は、剣気とも言えるし、そうではないものだとも言えた。三頭ほど姿を見せた野犬が、怯《おび》えて逃げ去り、遠くで哮《ほ》え続けている。野尻の気配が動いた。中天にむけて立てられ、静止した剣が、いまにも動きそうに見えた。しかし動かない。剣までは動かない。

風が吹かないか。陽が翳《かげ》らないか。虫の一匹でも飛んでこないか。そうすれば、動ける。

しかし、雲すらも動いてはいないようだ。膠着した気配が、周囲のすべてもまた固着させていた。

どれほどの時が経《た》ったのだろうか。来国行の重さは、いつの間にか感じなくなった。刀を構えて対峙している、という気持もすでにない。

自分とむかい合っている。景一郎はそう感じた。臆病《おくびょう》で、刀を抜くこともできなかったころの自分。しかし一瞬だった。すぐに、すべては白くなっていた。

野尻の、高く構えられた剣だけが見える。ほかには、なにもなかった。いままでの潮合《しおあい》とはまるで違うものが、景一郎を包みこんできた。躰《からだ》が、自分のものではなくなった。跳んでいた。来国行が、野尻の頭を二つに割っていた。

野尻が倒れても、しばらく景一郎は刀を構えたままだった。野尻の斬撃《ざんげき》が送ってきた刃風《はかぜ》が、全身を痺《しび》れさせていたのだ。

ようやく、来国行を鞘《さや》に収め、景一郎は歩きはじめた。半里ほど歩いたところで、立っていられなくなった。草の中に倒れこむ。

しばらく放心していた。

陽が傾いていることに気づいた。野尻と対峙をはじめたのは、まだ朝だった。何刻《どき》むかい合っていたのか、しばらく考えてやめにした。そんなことすら、しっかりとは数えられなくなっている。

眼を閉じた。

眠ったというより、しばし死んだと言った方がいいだろう。生き返った時、周囲は暗くなっていた。

肥後菊池の道場を破ったのは、きのうだった。野尻新兵衛《しんべえ》も、景一郎と同じ道場破りだった。景一郎は、いつものように竹刀《しない》で門弟の二人を軽く打ち、素面《すめん》、素籠手《すごて》で出てきた師範代に、はっきりと負けたと悟らせて、参ったと言ったのだ。本気で打ち倒したところで、恨みを買うだけである。

野尻は、道場の立合を放り出して、景一郎を追ってきた。日向流という言葉に惹《ひ》きつけられてのことだった。景一郎が道場で遣ったのが紛れもなく日向流であったと、見る眼も持っていたのだ。

しばらく話をし、野尻が森之助の消息を知っている、と景一郎は確信した。しかし、野尻は景一郎の問いに答えようとせず、教える条件として立合を所望してきたのだった。南へ行け。立合う前に、野尻はそう言っただけだった。肥後の南といえば、薩摩《さつま》である。

どこにも、手練《てだ》れはいるものだった。ほとんど紙一重のところで、いままでそれを擦《す》り抜けてきた。運も、あったような気がする。

景一郎は腰をあげ、空の星を見あげると、南にむかって歩きはじめた。星で方向を知ることは、幼いころ祖父に教えられた。ほとんど忘れかけていたが、旅の間に、漁師たちにまた教えられた。

朝になって、熊本へ出た。

城下からはだいぶはずれた、湿地帯の中にある小屋で、しばらく眠った。

細川藩の城下である熊本には、道場はいくつもあるだろう。

腹が減っていた。湿地帯を這《は》い回り、景一郎は蛇《へび》を二匹捕まえた。二匹とも、首のところを摑《つか》むと、全身を手に巻きつけてきた。一匹はひと尋《ひろ》を超える蛇で、締めつけてくる力も強かった。締めつけるだけ締めつけさせ、景一郎は手に一瞬の力を籠《こ》める。それで、蛇は殺せるのである。祖父がよくやっていた。何度やっても、景一郎にはそれができなかったが、いつの間にかできるようになっていた。剣の、手の内の絞りと似ていなくもない。

死んだ蛇は、何カ所も骨が折れている。切れていると言った方がいいのかもしれない。皮を剝《は》ぎ、腹を裂いて内臓を出し、身だけ枯草を集めた焚火《たきび》にかざした。

森之助は、ほんとうに薩摩にいるのだろうか。それとも、まだ肥後に留っているのか。野尻は、立合ったかどうか訊《き》いても、答えようとしなかった。野尻ならば、無理にでも立合を所望しただろう。そして立合った以上、死ぬところまでやったはずだ。

野尻が生きていて、しかも日向流に異常な興味を示したというのは、森之助の剣を見たからに違いなかった。

それ以上、考えはまとまらなかった。

ただ、父は近づきつつある。それだけは、はっきり感じられる。

蛇の肉に食らいついた。いつも懐《ふところ》に塩の袋を持っていて、獣肉を食う時はそれをふりかけるのである。赤く焼け、脂《あぶら》を滴《た》らした蛇はうまかった。炙《あぶ》る時の要領も、景一郎はすっかり身につけていた。あまり火に近づけず、ゆっくりと炙り、なんとか中まで火が通った時がうまいのである。火が通ってさえいれば、骨もすぐに肉から離れ、吐き出せる。

二匹の蛇を食い、景一郎は口のまわりの脂を拭《ぬぐ》った。空腹感は消えている。また、しばらく眠った。野尻と、まだ立合を続けている夢を見た。夢の中では、自分の息だけが乱れ、野尻は石のようにじっと動かなかった。汗が首筋に流れて、眼が醒《さ》めた。

景一郎は、城下にむかって歩いていった。

すぐに、道場が見つかった。九州は、ほかのところと較《くら》べて、どこの城下も道場の数が多いようだ。

門弟が五人だけいた。師範は、すでに老人である。

「日向流、日向景一郎」

名乗ると、老師範の表情が動いた。

「待ちなさい」

「立合は、すでに始まっていると思いますが」

防具をつけた相手を見据《みす》えたまま、景一郎は言った。

「やめなさい。訊きたいことがある」

「それは、日向流に関することですか?」

「日向森之助についてだ」

頷《うなず》き、景一郎は一歩退《さ》がった。

端座していた老師範が、腰をあげた。大きく見えたが、実際は景一郎の顎《あご》のあたりまでしか背丈はなかった。

奥の部屋に案内された。

「日向将監殿との関係は？」

「祖父です。父森之助のことを御存知ならば、教えていただきたい」

「将監殿は、亡《な》くなられたか？」

「はい。父を捜す旅の途次で、病を得て」

「あの将監殿がな」

老師範は、永井軒心斎《けんしんさい》といった。看板には、永井派心形《しんぎょう》流とあった。心形刀流の流れを汲《く》むのだろう、と景一郎は思った。容貌《ようぼう》はまるで違うが、眼の光が祖父と似ていた。

「景一郎だったな。森之助と会ってどうするのだ？」

「会ってから、決めます」

「斬《き》る気のようだな」

軒心斎の眼は動かず、口調も淡々としたものだった。景一郎は黙っていた。

「熊本には、道場が数多くある。わしのところに顔を出そうという兵法者は少ない。なにせ、このような寂れ方だからのう」

軒心斎の顔立ちは端正で、老人らしい醜さはどこにもなかった。皺《しわ》の深さと雪が積もったような眉《まゆ》が、しかし老人らしさを際立《きわだ》たせている。

「縁だのう、おまえがここを訪ねたのは」

薬研堀の祖父の道場も、寂れきっていた。だからといって、祖父が弱かったわけではない。稽古《けいこ》が厳しすぎて寂れることが多いのは、旅の間にも数多く見てきた。

「父の行方を御存知なら、教えていただけませんか」

「森之助は、四日前までここにいた」

「四日」

いっそう、父が近づいてきた。そして、しっかりした足跡を残している。

「どうしておりましたか？」

「元気そうではあった。私と将監殿の縁を頼ってきたのだ」

「永井殿と祖父は、どういう関係だったのですか？」

「忘れた。昔のことだ」

「父はいま、どこにいるのです？」

「知らぬよ。四日前には、ここにいた」

「どこへ、むかいました」

軒心斎が首を振った。

熊本は、菊池の南と言ってもいい。野尻新兵衛が南と言ったのは、間違いではなかった。ならば、さらに南へむかったのか。

「教えようという気がないのなら、なぜ道場での立合を止められました？」

「知らぬものは、教えようがあるまい。わしも、森之助のことを訊きたかったのだ」

「父の、なにを？」

「なぜ、追われておる？」

「わかりません。追われているのは確かで、追っているのは加賀藩の武士たちです。執《しつ》拗《よう》に追っている、と私は思いました」

「それだけか？」

「私も、追っています」

「それは、森之助は知らぬな。将監殿が追ってくるかもしれぬ、と考えているだろう。将監殿が亡くなられたことは、知らなかった」

「そうですか。ここに、何日いたのです？」

「およそ、十日かな」

景一郎は、軒心斎を見つめた。

「ここで、父は襲われましたか？」

「二人にな。忍びであった。いまの森之助を襲わせるのは、死にに行かせるようなものだな。どんな手練れであろうとだ」

「父は、自分を投げ出しているのですか？」

「いや、生き延びようとしておる」

「加賀藩の武士が執拗に追う理由が、私にはわかりません」

「理由があるから、追われるのであろう。そしておまえは、その理由を知ろうとは思っておるまい」

確かにそうだった。追ってくる者を、景一郎は途中から父を捜す手がかりとだけしてきた。

「南へ、むかったのでしょうね」

「なぜ、そう思う?」

「野尻新兵衛という、示現流の遣手《つかいて》が、南とだけ教えてくれました」

「野尻を、斬ったか。おまえなら、野尻は斬れたであろうな」

軒心斎の表情は変らない。この男が斬れるだろうか、と景一郎は考えた。隙《すき》は見えない。が、研ぎ澄まされた感じもない。さりげなく、景一郎とむかい合って座っているだけだ。

「短い間に、何度も修羅場《しゅらば》をくぐったようだな。それも、並の修羅場ではない。それによっておまえは、秘めていた力を見つけつつある。大事なところだ。人として、大事なところだな」

斬れるかもしれない。しかし、斬れるという思いが、罠《わな》かもしれない。斬りこめば、蓬莱《ほうらい》島のように消えてしまう。大貫主計《おおぬきかずえ》という老剣客がそうだった。

「わしを斬ろうなどとは、思うな、景一郎」

ほんの少しだが、剣気が滲《にじ》み出したようだ。それを、しっかりと読まれた。

「野尻新兵衛は、父と立合いましたか？」

「いや。門弟に稽古をつける森之助を見ただけで、怯《ひる》んだな」

「まさか」

「そうだな。野尻は、怯んだのではなく、勝てないと見切った」

「お邪魔をいたしました」

訊くべきことは、ほかにないような気がした。軒心斎の、坊主《ぼうず》のような説教は聞きたくない。

「ここにいろ、景一郎。森之助は、熊本に戻らざるを得まい」

「なぜ？」

「薩摩には、入れぬ。ここへ戻ってくる」

「やはり、南へむかったのですね」

この道場に、いようという気はなかった。四日前。南。その二つがわかっていれば、追いつくのは難しくない。道場に十日逗留《とうりゅう》したというなら、父はそれほど急いでもいないのだ。

「行くのか。どうせ、戻ってここで森之助を待つことになるぞ」

景一郎は一礼し、腰をあげた。

2

急いだ。

途中で見つけた道場には必ず立ち寄り、日向流の遣手が現われなかったか、と訊《たず》ねた。自分で道場破りをしている余裕はない、と思えたのだ。日向流を知っている者には、出会わなかった。父は、道場を破りながら旅を続ける、ということはやめたのかもしれない。

薩摩との国境まで、かなりの距離があった。八代《やつしろ》を過ぎ、海沿いに歩いて田浦《たのうら》というところまで進んだ。熊本を出て、二日目だった。

浜。歩き続けた。胸騒ぎに似たものが、景一郎を襲った。それでも、歩き続けた。漁師たちが数人、集まっていた。屍体《したい》を取り囲んでいるのだ。景一郎は覗《のぞ》きこみ、息を呑《の》んだ。三つの屍体が、頭上から断ち割られていた。鉈《なた》で割るような太刀捌《さば》きではなく、きれいに斬っている。

紛れもなく、日向流だった。

「これは？」

屍体はまだ、硬直さえしていない。

「斬り合いたい。さっき、侍がひとりで斬ったと」

漁師のひとりが言った。

「どっちへ行きました、その侍は？」

二人が、同時に同じ方向を指さした。

その時、景一郎は走りはじめていた。

足跡はあった。それは松林の中に続き、道で消えた。南へ。ただ走った。両側は松林で、人の姿はない。

いきなり、剣気に打たれて、景一郎は横へ跳躍した。草の中へ倒れこみ、躰を転がしながら刀を抜いた。斬撃が来た。声をあげる間もなかった。転がり、立ちあがった。全身に、冷たい汗が噴き出している。

顔の刀疵《かたなきず》。凄惨《せいさん》なほど深い疵だった。男の刀が、頭上で躍る。かわしきれない。斬られる、と景一郎は思った。

男の刀が止まっていた。

「来国行か、それは」

男が呟《つぶや》く。景一郎は、渾身《こんしん》の突きを放った。男の姿は、そこになかった。

「日向流の突き。来国行」

男が、また呟く。

はっとして、景一郎も刀を止めた。

見つめ合う。父なのか。父と会っている、という実感はなかった。幼いころの父とは、面貌《めんぼう》も違うような気がする。

「日向景一郎か？」

景一郎は、黙って男を見ていた。

「なるほど、景一郎だ。親父《おやじ》によく似ておる」

「日向森之助を知っているのか？」

ようやく、景一郎は自分の構えに余裕を持った。

「俺の父を、知っているのか？」

「知らんな」

「いま、親父とよく似ている、と言った」

「確かに、似ている」

男は、右手で刀をぶらさげている。しかし、しっかりと構えた景一郎に、打ちこむ隙は見出《みいだ》せなかった。打ちこめば、また消える。そんな気もする。

「来いよ、小僧」

言われ、景一郎はじりっと間合を詰めた。

男が、ようやく正眼に構えた。絵に描いたような、日向流だった。

ほんとうに、父なのか。思った時、剣は交錯していた。横からの斬撃を、景一郎は腕だけでかろうじてかわした。来国行は、放していない。

男が、二歩跳び退《すさ》った。松林の中から、女が転がり出てきたのだ。

「永井道場で待て、景一郎」

言った男に、景一郎は上段からひと太刀浴びせた。男は、かわした。次の瞬間、男の刀は景一郎の脇腹を薙《な》いでいた。かわせたと思ったが、薄く斬られ、片膝《かたひざ》をついていた。

男が、女の方へ走っていくのが見えた。

女は身重だった。立ちあがった景一郎がさらに斬りかかろうとすると、倒れた女を抱きかかえていた男が、跳ねるように宙を飛んだ。真上から斬撃が来た。景一郎も、渾身の力で横へ跳び、その勢いのまま松林の中に転げこんだ。

しばらく、立ちあがれなかった。男は、もう女のそばに屈《かが》みこんでいる。

「永井道場で待て、日向景一郎」

男が、女を抱え起こしたようだった。追おう、という気を、景一郎はなくした。二度は、斬られていた。そう思う。どうにもならないほどの、腕の差がある。

二人が、歩み去っていく気配があった。

永井道場に、父は現われるのか。いや、いまのは、父だったのか。日向流をあれほど見事に遣えるのは、将監を除けば父しかいないはずだ。しかし、幼い記憶の中の父と重なり合ってくるものは、なにもなかった。

景一郎は、その場で左腕と脇腹の血止めをした。

あれは父だったのか。それとも、まるで違う他人で、ただの父の知り人か。

躰を起こした。

男と女の姿は、もう見えなかった。景一郎は、二人が歩いた方向へ、足をむけた。追いつかないように、ゆっくりと歩いていく。

小さな村があった。そこを通り抜けると、また海沿いの道になった。

小さな小屋。男の姿。刀さえ持っていない。

景一郎は、ゆっくりと近づいていった。男が景一郎の方を見る。怯えに似ていたが、それとも違う眼差《まなざ》しを、男は景一郎にむけてきた。

女の呻《うめ》く声が、小屋から聞えてくる。男の眼の動揺が、さらに大きくなった。景一郎は小屋を覗きこみ、立ち竦《すく》んだ。大きく開いた女の股《また》から、なにかが出てきていた。いや、子供の頭だ。しばらく、景一郎は息を吸うのも忘れた。

「どうするんです?」

言った景一郎の言葉が、ふるえていた。

「村の老婆《ろうば》が、来てくれることになっている。ここで待て、と言われたのだ。早く連れてきてくれぬか」

頷き、景一郎は村の方へ駈《か》け戻った。

老婆が、のんびりと歩いてきた。景一郎は老婆を背負い、そのまま走りはじめた。

「なんね、こん血は。こりゃ、お産で出す血じゃなか。あんた、怪我《けが》しちょる」

「俺は」

説明のしようもなく、景一郎は走り続けた。

すぐに小屋についた。中を見た老婆が、はじめて慌《あわ》てはじめた。

「こりゃ、産湯《うぶゆ》も間に合わんと」

ちらりと見た小屋の中では、女の股から血まみれの赤ん坊の躰が半分ほど出ていた。

景一郎は、道端にしゃがみこんだ。男も、景一郎と同じ恰好《かっこう》をしている。脇腹がまた出血をはじめていたが、女の姿と較べるとなんでもないものにしか思えなかった。

待ったのは、ひと時だった。

小屋の中から、泣声があがった。老婆が、血やそれとは別のもので汚れたような、小さな肉の塊を持って出てきた。

「海で、洗ろうてやらんね。海が、産湯の代りたい」

差し出された赤ん坊を、景一郎は受け取り、男の方へ渡そうとした。怯えたように、男は激しく首を振った。

意を決して、景一郎は松林の中を通り、浜へ出て、膝のあたりまで海に入った。赤ん坊の躰を、海に浸す。波が、少しずつ躰の汚れを落とした。臍《へそ》に、気味の悪いものがぶらさがっている。臍の緒という言葉は知っていたが、見るのははじめてだった。

「もうよい。帰ってこい」

波打際《なみうちぎわ》に、男が立っていた。

「村へ連れていって、もう一度湯で洗ってやるそうだ」

景一郎は、波打際で赤ん坊を男に渡そうとしたが、男はやはり手を出さなかった。手を握り、足を縮め、赤ん坊は躰をふるわせて泣きはじめた。

小屋まで持っていった。

老婆が出てきて、赤ん坊を受け取り、小屋の中へ消えた。

女に、赤ん坊を見せているようだ。

「ほら、元気のよか。男ばい」

女がなにか言っていたが、声は弱々しくてよく聞きとれなかった。

「あなたの、息子ですか?」

そばに立った男に、景一郎は言った。男は、陽を見あげるようにしてかすかに頷いた。

「父上ですか?」

「違う」

「しかし、日向流を遣う」

「違うものは、違うのだ」

「永井道場で待てというのは、どういう意味だったのですか？」

「そこへ、日向森之助が行く、ということさ」

「父が」

景一郎も、陽を見あげた。

「若いくせに、なかなかのものではないか。俺の打ちこみをかわせる男は、そうはいないぞ」

「日向流でしたからね」

「どう来るかは、わかるということか」

「日向将監は、死にました。それからは、私ひとりで、父を捜しています」

「ならば、永井道場で待て」

「あなたは、父上ではないのですね。私が八歳の時に、父は出奔《しゅっぽん》したそうです。私の憶《おぼ》えている父と、あなたはうまく重なりません。というより、よく憶えていないのです」

「俺が、おまえの父だと？」

「違うのですね」

「すると、生まれたのは、おまえの弟か。笑わせるな」

景一郎はうつむいた。

「母のことは、よく憶えています。母が懐剣でのどを刺して果てるのも、私はそばで見ていました」

男の表情は動かなかった。

「この先の浜で三人を斬ったのは、あなたですか?」

男は、答えない。

景一郎は、膝を抱えてじっとしていた。足もとを、蟻《あり》が這っている。それを見つめた。蟻は四、五匹でめまぐるしく動き、やがていなくなった。

老婆が、赤ん坊に布を巻いて出てきた。女の着物の一部のようだった。

「銭があれば、村に置けるとよ。母も子も一緒たい。ちょっとだけ、銭があればよかとに」

男が、困ったような表情をした。

景一郎は、一朱出して老婆に渡した。小判もあったが、それほど金を欲しがっているとも思えなかったのだ。老婆は、片手で拝むようにしてそれを受け取った。

「荷車で、運んだ方がよかよ。村の男衆にそうさせるけん、待っとらんね」

赤ん坊を懐に抱くようにして、老婆は村の方へ歩いていった。

「三人を斬ったのも、あなたでしょう」

「それが、森之助だろう。俺は、見ての通りの女連れだ」

「あんな日向流の遣手が、そんなにいるわけがない」

「それが、いるのさ。森之助以外にな。おまえを見た時、俺も同じことを考えた」

また、蟻が戻ってきていた。十五、六匹に増え、甲虫《かぶとむし》の屍体を運んでいる。

村の方から、荷車を曳《ひ》いた農夫が二人やってきた。漁村が多いが、さっき通りすぎてきたところは、農村だった。

男が、女を小屋から抱きかかえてきて、荷車に乗せた。景一郎は、女の顔をはじめて見た。やつれていて顔は蒼《あお》く、しかしどこか清楚《せいそ》だった。この女の股から、あんな子供が出てきたのだとは、とても考えられない。

女は眼を閉じていた。荷車に横たわると、夏の陽がまともに女の顔を照らし出した。

「こんなになるまで、なぜ歩かせたのです？」

荷車の後を付いていきながら、景一郎は言った。

「腹が痛むとは、いつも言っていたことだった。まだ生まれるはずがない、と言ったので、そう思った。こんなことになるなら、さっきの村で頼むべきだった」

女が耐えられないと言い、男は村に助けを求めたのだろうか。確かに、景一郎は男よりずっと遅れて歩いた。

「俺は、薩摩へ行かねばならん。どうも、入口あたりで止められそうだがな」

男が父かもしれないという思いは、やはり心の片隅に残っていた。しかし男は、将監の死にも、母の死にもなんの感情も見せなかった。女が子を産む時のうろたえ方が、嘘《うそ》のようだったのだ。

「薩摩まで、一緒に行きましょう」

「なぜ？」

「父に会いたいのですよ」

「それなら、永井道場で待つんだな。薩摩に来ても、誰にも会えん。第一、薩摩に入れるかどうかも、わからん」

父かもしれないと、まだ疑っている。それは口にしなかった。ここで男と離れると、父が遠くなる、という気がしているだけだ。

庄屋の家の離れが、空けてあった。

女はそこに、赤ん坊と一緒に横たえられた。子を産んだ女とはみんなそんなものなのか、満ち足りたような表情をしている。

「おまえ、なにを背負っている？」

「木刀ですよ。父が削ったらしい、枇杷《びわ》の木の木刀です。あるところで、これを手に入れましてね」

「木刀か」

「私は、二度斬られたと思っています」

「かわしたさ」

「あなたが、女連れでなく、ほかのことも気にせずに勝負できたとしたら？」

「かえって、負けたかもしれんな」

男が笑った。

父は笑っただろうか、と景一郎は思った。記憶はない。父の記憶そのものが、薄いのである。家にいることは、ほとんどなかったような気がする。むしろ、祖父の記憶ならば、もっと幼いころからのものがあるのだった。それは、母も同じである。

父が、なぜ家にいなかったのか、理由は知らなかった。剣の修行に出ていたとか、どこかに仕官していたとかいうことではない。酔って戻ってきた父を、何度か見た記憶はあるのだ。

「庄屋の家に、もう少し払っておいた方がいいような気がする。済まぬが、いくらか用立ててくれぬか」

景一郎は頷き、小判を一枚男に渡した。道場破りで溜《た》めた金が、五両ほどになっていた。

「すぐに、返す」

「八代にも、道場はあるようでしたよ。ここは、城下でなくても道場があります」

「俺は、道場破りなどせんよ。森之助なら別だろうが」

「父とのことを、話してくれませんか」

「実は、よく知らん」

「嘘は、わかります」

「どんなふうに、俺が嘘をついている」

景一郎は、口籠《くちご》もった。

「斬り合った。それがいま、金の貸し借りなどをするようになった。だから言う。とにかく、永井道場で待て」

景一郎は、返事をしなかった。

女が、男を呼んだ。森之助という名ではなかった。

3

船を仕立てた。

女連れで薩摩に入るなら、船の方がいいだろうと景一郎が言ったのだ。

女が子を産んで、五日が経っていた。女は歩くと言ったが、それは無理だと景一郎にも思えた。

五日の間、景一郎は穀物小屋に筵《むしろ》を敷いて暮していた。時々、男がやってくる。男は小関鉄馬《おぜきてつま》と名乗った。名など、どうでもよかった。景一郎は、小関が自分の父親である証拠を、話の中から見つけようとした。次には父親でない証拠を見つけようとした。小関は、ほとんど自分のことを語らず、女のことも語らなかった。

船は、盗む方がいいというのが、景一郎の考えだった。銭を払ったりすれば、それだけで漁師たちに怪しまれるだろう。代官所へ通報される前に、薩摩へ入ってしまいたいのだ。

出かけたのは朝で、女は小関が背負い、景一郎は赤ん坊を抱いた。三人ばかり、村人が送ってきて、ひと袋の米をくれた。

歩いたのは、ほんの少しだ。木陰で休み、陽が落ちてから、景一郎が眼をつけていた船を盗んできた。夜の間に漕《こ》げば、誰にも見られずに薩摩へ入れる。

「薩摩でも、狙《ねら》われるのですね、小関さん？」

「多分な」

「薩摩に、他藩の武士がたやすく入れるとは思えない。とすると、薩摩藩士が示現流で襲ってくるのですか？」

「それも、わからん」

五日かけても、小関が自分の父親かそうでないか、確信できる証拠はなにも見つかっていなかった。こうなれば、行けるところまで一緒に行くしかなかった。

船に乗る前に、女は赤ん坊に乳をやった。女の乳房は夜眼にも白く、しかしなまなましいものではなかった。

「月が出ているな、景一郎」

「出ていないと、困ります。陸から離れないようにして漕がなければなりませんから」

冬の海で、櫓《ろ》を使うことを覚えた。いまは、海は湖のように静かだった。

三人、いや四人で船に乗った。

浜から押し出すと、景一郎は素速く跳び乗り、櫓を摑んだ。沖へ漕ぎ、それから影だけに見える陸に沿って進んだ。

赤ん坊は、抱かれて眠っているようだった。まだ、名前もない。

「野尻新兵衛という、示現流の遣手を知っていますか？」

「いや」

「永井軒心斎殿は知っていました」

「俺は、知らんよ」

「初太刀をかわす。かわしたところで半端《はんぱ》な応戦をすれば、斬られますね。二の太刀も三の太刀も、同じ威力で骨を断とうとするのが、示現流です」

腕も脇腹も、傷は塞《ふさ》がっていた。

「顔の刀疵は、どこで？」

「二十年も前のものだが、あの時の立合はいまだに思い出す」

ほんとうに二十年前のものか、五年前のものか、景一郎には判断がつけられなかった。

刀疵は、三年経つとみんな同じようになる、と聞いた。

静かと言っても、海だった。時々、小さなうねりに突っこみ、船底が海面にぶつかったようになった。飛沫《しぶき》が飛ぶが、女はそれを気にしているようではなかった。

「薩摩の、どこへ行くのです？」

「それを知って、どうする？」

「できるだけ、そこに近いところまで船で行った方がいい、と思います」

「そういうことか」

陸は、見えていた。月の光が、海を違うもののように照らし出し、櫓の音が静寂を破るように耳障りだった。波の音も聞えているはずだが、あまり気にもならない。

赤ん坊が、泣きはじめた。

腹が減ると、泣くらしいと景一郎は思った。女が乳房を出している。赤ん坊が静かになった。

「母は、美しいとよく人に言われました」

なぜ、母の話をするのか、景一郎にはよくわからなかった。

「私には、美しいのかどうか、よくわからなかった。のどに懐剣を突き立てる姿しか、いまはよく思い出せないのです」

前方に、島影らしいものが見えていた。とにかく、陸に沿って進むしかなかった。もう、島津領には入っているだろう。

「のどを刺して死ぬからには、不幸でもあったのでしょう。どれほど不幸だったかも、私にはわかりません。大人はなぜ理不尽なことをするのか、と思っただけで」

小関は、なにも言わなかった。

「こんなことを喋《しゃべ》るのはおかしいと思われるでしょうが、私が最も理不尽だと思うのは、母が自ら命を断ったことではなく、それを私に見せたことだ、という気がするのです。私は、十歳でした。死を、異常に怕《こわ》がる少年になってしまいました」

前方を遮《さえぎ》っていた陸地が、近づいてきた。

そこはやはり島のようで、その証拠に潮の流れが速くなった。

「揺れますよ。瀬戸になっているようです」

それだけ言い、景一郎は櫓を小刻みに使いはじめた。両側から、陸地が覆《おお》い被《かぶ》さってくるような感じになった。わずかだが、風も吹き抜けているようだ。

すぐに、そこを抜けた。揺れが激しくなった。外海の揺れだ、と景一郎は思った。それでも、冬の海と較べると静かなものだ。

「将監殿は、おまえにどれほどのことを教えた」

「多分、すべてを」

「ならば、日向流の遣手としては、森之助よりも上か」

呟くような口調だった。やはり父ではないのか、と景一郎は思った。

「母を、御存知ですか、小関さん?」

「いや」

「父から、なにも聞かされていないのですね。とても親しそうなのに。そして、息子の私の名も知っていたのに」

「男は、女の話はあまりしないものさ」

「家族の話ですよ」

「なにも、聞かなかった」

「変だな」

「なにがだ?」

「なんとなく、そう思うだけです」

船底が海面を打ち、たえず飛沫が降ってくるようになった。赤ん坊は、いつの間にか眠ったようだ。

何刻《どき》ほど、漕ぎ続けているだろうか。疲れは、ほとんどない。冬の海で、波に逆らって漕ぐのとは、まるで違っている。

「父は、人間として立派ですか？」

「どういう意味だ？」

「父を本気で捜しはじめた時から、まるで屍体《したい》が道しるべのようでした。そして、私自身も、屍体の山を築いてくるしかなかった」

「おまえは、自分をどう思っている？」

「けだものですよ」

「じゃ、おまえの父もけだものだろう」

「けだものの父子《おやこ》ですか。それはそうだな。祖父は、厳しかったけれど、もっと人間らしかったとも思います」

小関は、なにも言わなかった。

「父が、どんなふうにけだものなのか、教えてくれませんか？」

「おまえが、その眼で見てきただろう」

「父が作った、道しるべだけをですよ、私が見てきたのは」

「そんな道しるべを作るほど、けだものだったわけさ」

「追われているのです。仕方がないことだとも思います。生き延びるためには、そうするしかなかった」

「人は、そこで二つのことを考える。生き延びるべきか、死ぬべきか」

「私は、生き延びるべきだと思います。どんな時にも」

「なら、それでいい。森之助のことは、おまえが会った時に判断すればいいことだ」

「小関鉄馬というのが、日向森之助の仮の名ではないのですね」

「まだ、疑っているのか」

「絶対に違う、という確信が持てないのです」

「俺が、日向流を遣うからだな」

「私の刀が、来国行だということも、わかりました」

「みれば、それはわかるさ。ほんとうは、将監殿の佩刀《はいとう》だった。それを佩《は》いている青年がいたら、景一郎だろうと思う。将監殿が死んだということもわかる」

喋ることで、なにかを引き出そうと景一郎は考えているわけではなかった。それができそうもない相手だということは、これまでのことでよくわかっている。

黙って、漕ぎ続けているのが、苦痛なだけだった。眼の前にいる男が、父か父でないかは、もうしばらくおいておいてもいい。

「うまいな」

「なにがです？」

「櫓の捌きさ。漁師でも、なかなかそうはいくまい」

「いつの間にか、身につけていました」

「景一郎、女は？」

「知っていますよ、何人も。それこそ、けだもののようだった、と言っていい」

「好きな女は、という意味さ」

「好きだからどうにかできる、という状態にはありません。好きな女は、ただ通り過ぎてきました。女体を、抱こうとしてきただけです」

「父と母と、どちらを恨んでいる？」

「どちらも、恨んではいません」

艫《とも》に景一郎と小関が、舳先《へさき》の方に横たわれる場所を作って、女と赤ん坊が乗っていた。

二人の会話が、女にまで聞えているかどうか、よくわからなかった。

「夜が明けるな」

「陸から船がはっきり見えるまで、あと半刻はあります」

ほんとうのところ、どんなふうに陸から見えるのか、景一郎にはよくわからなかった。

「なにかあったら、永井道場だ。よいな」

「薩摩に入っても、誰かが襲ってくるのですか？」

「行ってみなければ、それはわからん」

「この世に、いる場所がないのですね、お二人には」

「そういうことだ」

やはり、話の接《つ》ぎ穂《ほ》はなかった。

景一郎は、別のことを考えはじめた。女は、なぜ薩摩へ行こうとするのか。赤ん坊の父親は、ほんとうに小関なのか。

陸の色が、見えるようになってきた。

「間違いなく、薩摩だな、景一郎？」

「薩摩にむかって、漕いでは来ました。あの村から、海沿いに十里以上は歩いた。そういう場所まで来ていると思います」

「よし、陸につけろ」

「いま、つけられそうな場所を捜しています。崖《がけ》ではつけにくいでしょうし、砂浜が見つかればいいのですが」

「あるさ。どんなところにも、砂浜はある」

明るくなりはじめると、あっという間に陽が昇った。陸の状態も、よく見えるようになった。

白い砂が続いているところがある。

船を、そちらへむけた。小関は、ようやく船板に置いた刀を持った。

船底が、砂を嚙《か》む。

景一郎は先に降りて、小関が抱きかかえた女を、赤ん坊ごと受け取り、浜の上の方まで運んだ。女の躰のやわらかさより、乳の匂《にお》いが心を打った。女は、砂浜に横たわらせても、景一郎と眼を合わせようとはしなかった。

「景一郎」

小関が叫んでいた。景一郎も、とっさに刀を抜いていた。松林の中から、十数人が躍り出してきたのだ。示現流の構えで、駈け寄ってくる。

先頭のひとりの、一の太刀をはずし、下から斬《き》りあげた。のけ反った相手の頭蓋《ずがい》を断ち割った時、次の相手が斬りかかってきた。かわしながら、景一郎は小関の方を見た。ひとりを斬り倒すところだった。景一郎は、女の方へ走った。それを、ひとりが遮ってくる。全身を投げ出すように、斬撃《ざんげき》を送ってきた。かわし、頭蓋を斬り降ろした。

立ちあがった女が、背後から斬りつけられるのが見えた。憤怒《ふんぬ》に近いものが、景一郎を襲った。松林の中から馬が数頭飛び出してきた。それぞれが飛び降り、斬り合いに加わってくる。

砂を踏む音。刀が空を切る音。示現流特有の気合。同時に耳を衝《つ》いてくる。

「景一郎」

小関は、返り血を浴びながら、何人か斬り倒していた。

「船へ行け」

なにか、飛んできた。受けとめる。赤ん坊だった。とっさに、景一郎は船の方へ走った。追いすがってくるひとりを、右手だけで斬り払った。

赤ん坊を船に放りこみ、渾身の力で押す。船が動き、すぐに砂から離れた。腰のあたりまで押し、飛び乗った。素速く櫓を遣い、舳先を沖へむける。

波を蹴《け》るようにして、二人が海に駈けこんできた。船上から、景一郎はひとりの首を斬り飛ばした。もうひとりは、あえて船に近づいてこようとはしない。

待った。小関は、行けと一度叫んだだけだった。浜には、すでに七、八人が倒れている。それでも、次々に馬が駈けつけてきて、敵の人数は減らなかった。倒れた女に、さらに二人が斬りつけている。景一郎は、もう一度船から飛び降りようとした。その時、小関が馬を一頭奪った。松林の中に、駈けこんでいく。

景一郎は、櫓を激しく漕いだ。すぐに、陸が遠ざかった。進めるだけ沖へ進み、それから舳先を北にむけた。

船で南下していることが、最初から知られていたのか。船を、陸上から追ってきていたのか。ようやく、考える余裕ができてきた。

少なくとも、四十人はいた。女は、最初に斬られた時に、死んだだろう。それを、さらに斬りつけていた。なにがなんでも殺す、という相手の意志がはっきり見えた。

景一郎は櫓を止め、赤ん坊の方へ近づいた。

眠っていた。それが不思議に思えた。しかし、間違いなく眠っている。そして、どこも斬られていない。

赤ん坊は、小関が投げたのだ。なんとかしろということだったのだろう。投げられ、宙を飛んでいた時も、赤ん坊は眠っていたのだろうか、と景一郎は思った。

赤ん坊にあまり陽が当たらないように、筵と木刀で覆いを作り、景一郎はまた艫に立って櫓を遣いはじめた。

小関が、あの数の敵を斬り抜けられるかどうかは、わからない。薩摩から出るのは、たやすいことではないだろう。とにかく、自分は船の上だった。

赤ん坊は、まだ眠っているようだ。泣き出したらどうすればいい、という怯《おび》えのようなものに押されるように、景一郎は船の動きを速めた。

4

天井を眺《なが》めていた。

そばでは、赤ん坊と女が眠っている。

乳の出る女を捜すのに、難儀した。どこの村にもいるというわけではなく、泣き叫ぶ赤ん坊を抱いて、いくつもの村を駈け回ったりもした。それでも、ようやく熊本へ辿《たど》りついたのだ。

ある村で、赤ん坊を死なせたばかりという女を見つけた。銭を払って乳を呑ませたが、女は景一郎と赤ん坊についてきてしまったのだ。

女が、家を捨ててそうまでする意味はわからなかったが、景一郎にとっては好都合だった。乳の出る女を捜す手間が省けたのだ。

女はさちといい、八代から五里ほど離れた村で見つけた。乳のために払った銭は、夫らしい若い男が取りあげたが、乳を吸わせている間、女は満ち足りた表情をしていた。

そんなものだろうと景一郎は思ったが、女がひとりで追いかけてきた時は、さすがに驚いた。夫も、家も捨ててきてしまったのだ。

熊本の、旅籠《はたご》の一室だった。

女は、景一郎よりも若く見えた。生まれて四カ月の赤ん坊を、落として死なせたのだ、と泣きながら言った。落としたのは女ではなく、夫の方のようだったが、はっきりは言わなかった。

旅籠では、夫婦者として扱われ、疑われることはなかった。

熊本へ戻って、二日目である。薩摩で襲われて、すでに十四日が経《た》っていた。

天井に、雨洩《あまも》りの跡があった。暑い部屋で、ほとんど風が通らない。それでも、赤ん坊も女もよく眠った。

懐《ふところ》に、多少の銭はあった。女が赤ん坊の面倒を看《み》るようになったので、道場を訪ねることもできるようになったのだ。

日向流は、決して名乗らなかった。神道《しんとう》無念流と名乗った。いままで、まったく縁のない流派だったからだ。

素面《すめん》、素籠手《すごて》は変えず、言われれば木刀も執ったが、決して相手を打ち据えることはしなかった。相手の体面を保ちながら、礼金だけは受け取るというやり方が、すっかり身についていた。

女が、身を起こした。

景一郎は、横たわったままそれを見ていた。女が村へ戻ると言っても、熊本ならば乳の出る女を捜すのは難しくないだろう、となんとなく考えた。

女が、赤ん坊を見ている。しばらくすると、赤ん坊が泣きはじめた。その時女は、大きな乳房を出して、乳首を含ませる用意をしていた。

乳は、赤ん坊には多すぎるほど出るようだった。赤ん坊の腹が満ちて、また眠りはじめても、女はしばらく二つの乳房に手拭《てぬぐ》いを当ててじっとしていた。その手拭いは、見る間に乳で濡《ぬ》れ、絞れるほどにもなるのだった。

女がそばにいて、情欲を感じないことはなかった。しかしそのたびに、女の股から赤ん坊が出てくる情景が浮かんだ。手をのばしかかっても、それでやめてしまう。醜い女ではなかった。大柄で、赤い頬をしていて、笑うと幼く見えた。赤ん坊に乳を含ませている時だけ、景一郎には理解できない、満ち足りた表情をする。女の着物も買い、赤ん坊に必要なものも買い揃《そろ》えていた。熊本に戻ってやっていないのは、永井道場を訪ねることだけだ。

小関は、生き延びただろうか。

時々、それを考えた。なにかあれば永井道場、と小関は言ったのだ。

女が、乳房に手拭いを当てていた。赤ん坊は、いつの間にか眠っている。

景一郎は上体を起こし、手をのばして乳房を覆っている手拭いに触れた。もう、水に浸したように濡れている。

手拭いを取っても、女は抗《あらが》わなかった。乳首のさきから、白い液体が溢《あふ》れるように出てくる。無意識に、景一郎はそこに唇《くちびる》を近づけ、含んでいた。口の中に、乳の味が拡《ひろ》がった。乳とは、こういう味がする。そう思いながら、吸い続けた。

「苦しかとよ。乳が張ると、苦しかと。そげんして吸い出してくれると、気持よか」

苦しいという言葉が、溢れ出てくる乳となんとなくそぐわなかった。もう一方の乳房も、手で摑《つか》んだ。すぐに濡れた。両手でも摑みきれないほど、乳房は大きかった。

情欲がこみあげてきて、景一郎は女の躰を押し倒した。女は抗わない。乳を吸い続けながら、女の躰を開いていく。濡れた秘処に触れた時、また赤ん坊が出てくる情景が思い浮かんだ。

萎《な》えかかった景一郎のものを、女の手が摑んだ。それで、また蘇《よみがえ》った。

景一郎は、女とひとつになっていた。相変らず、乳は吸い続けた。躰が、乳にまみれていく。それが快かった。一度果てた。二度目は、萎えることもなかった。三度目に、女は苦しそうに喘《あえ》ぎはじめた。女の閉じた眼から涙がこみあげてきた時、赤ん坊が泣きはじめた。

景一郎の躰は、押しのけられていた。

乳首を含んだ赤ん坊が、しばらくして泣きはじめる。

「出が悪か。あんたが、いつまでもやめんから、すぐには乳が出んようになった」

乳房を揉《も》みながら、さちが言う。

やがて、乳は出はじめたようだった。裸で乳首を含ませているさちの姿を、景一郎はぼんやりと眺めていた。

「こん子は、強かとよ。乳の吸い方が、強かと。この子の母ちゃんは、どげんしたと？」

「死んだ」

短く、景一郎は言った。その時のさちの顔に浮かんだ表情は、やはり満ち足りたもののように見えた。

「母ちゃんは、ここにおると。なあ」

さちが、赤ん坊に語りかける。赤ん坊は、口もとだけを動かしている。

「生まれたばっかりじゃけん、すぐ乳を欲しがるとよ。いっぺんに呑めんとたい」

眠った赤ん坊を横たえながら、さちが言う。

当たり前のように、さちは裸のまま仰むけになり、股を開いた。

「まだ、三度目が終っちょらんもんね」

さちに引かれるように、景一郎は覆い被さっていった。苦しそうに喘ぎ、涙を流していたのは、喜んでいたのだ。それは、なんとなくわかっていた。さちが、すぐに声をあげはじめる。それから涙を流す。二度躰を反らせて、さちは全身を痙攣《けいれん》させた。

赤ん坊と並んで眠るさちを、景一郎はしばらく見つめていた。自分にはどうしようもない、太さのようなものが、さちの寝姿にはあった。

夕方まで、景一郎もうとうととした。

「こん子にゃ、名前はなかとね」

夕食の時、さちが言った。

「名前はやらんと、かわいそかよ」

「森之助」

しばらく考えて、景一郎は言った。

「森之助ね。よかよ。よか名たい」

さちは、よく食った。乳を出すために、食わなければならないのだ、と言った。

夜になって、ようやく景一郎は永井道場を訪ねた。弟子がひとり住みこんでいて、軒心斎の世話をしているようだった。

「やはり、戻ってきたか」

軒心斎は、景一郎を見据えて言った。

「小関鉄馬殿を、御存知ですね？」

「知っておる」

行燈《あんどん》の明りに照らされた軒心斎の顔は、いくらか老《ふ》けて見えた。表情は動かない。

「小関鉄馬は、日向森之助ですか？」

「どういう意味だ？」

「小関殿が父なのかどうか、私にはよくわかりませんでした」

「なぜ、小関を父と思った？」

「日向流の遺手でした。私の知るかぎり、祖父と並ぶほどの」

「将監殿は、何十年も日向流を教えておられたはずだ」

「父ですか？」

「小関に問えばよいではないか」

「日向森之助は、朋輩《ほうばい》だと言われました」

「それなら、そうであろう」

「釈然としません」

「小関が、日向流の遣手だと、どうやって知った」

「立合いました」

「ほう、よく生きているな」

「二カ所も、斬られました。浅くではありましたが」

軒心斎が、じっと景一郎を見据えてきた。なにを測ろうとしているのか、と景一郎は思った。押してくるような光がある。それは、剣気にも似ていた。

「小関の斬撃を二度浴びたのだな？」

「脇腹《わきばら》と左腕と」

「よほど、かわしがうまいのだな、景一郎」

「とっさにかわした、と言うほかはありません。私が日向景一郎で、佩いている刀が来国行だということがわからなければ、頭蓋を断ち割られていたかもしれませんでした」

軒心斎が、腕を組んだ。

「永井殿は、日向森之助は薩摩へは入れず、必ずここへ戻ってくる、と言われました」

「まだ、戻っては来ぬ」

「言われたことは、確かです。そして私は、もし戻ってくるなら、小関殿の方だと思うのです。だから、永井殿の言葉では、父と小関殿がひとつに重なります」

なにか言いかけた軒心斎が、途中で口を噤《つぐ》んだ。

「わしも、歳《とし》かな」

次に出た言葉は、それだった。

「祖父は、死ぬ寸前まで、剣を構えて立っておりました」

「歳など、言い訳にするなということか。しかし、老いてはいる。わしは、おまえのほんとうの腕を見抜けなかった」

「小関殿の打ちこみを、なんとかかわしたのが、腕が立つということですか」

「まあいい」

「なにがです。なにも、よくありません」

「ならば問おう、景一郎。おまえは、なんのために父を斬ろうとしておる。父に、大きな恨みでもあるのか？」

「なんのために生きているのか、と訊《き》かれたような気がします」

「加賀藩から執拗《しつよう》に狙われ、薩摩には拒絶され、息子には斬られるか。日向森之助も、因果な男よ」

「小関殿が、父なのですね?」

「それは、小関に訊け」

「そうしましょう。ここで、待たせていただくことにします」

「では、門弟の稽古《けいこ》の相手などをしてやるといい」

「師範代、ということにさせていただきます。なにしろ、先生は老いておられます」

軒心斎の眼が光った。

「私は、腰を据えようと思います。いずれにしても、父はそばにいます。この道場から、離れるわけにはいきません」

「勝手にするがいい」

景一郎は、一礼した。

「神道無念流の名で、あちこちの道場を荒した者がいるようだが、それはおまえか?」

「私は、日向流です」

「まことのことを言え」

「四軒の道場を、荒しただけです」

「なぜ、すぐにここへ来なかった」

「漂いたかったのだろうと思います。ここで学べるものがある、とも思っておりませんでした。もっとも、ほかの道場も同じではありましたが」

「姑息《こそく》な破り方をするようだな、景一郎。負けたふりをして、礼金だけ貰《もら》うそうではないか」

「いけませんか？」

「将監殿の名が泣こう」

「道場も、生業《なりわい》なのです。そう思うようになりました。だから、生業を守るために礼金を払ってくれるのです。剣の勝負と言ってしまえば、負けたところですべてが終ります」

「わしの道場は、生業のためではない」

「それは、明日わかります」

景一郎が笑うと、軒心斎がかすかに表情を動かした。はじめて見る、表情の変化だ、と景一郎は思った。

5

さちと森之助を旅籠に残し、景一郎は永井道場へ出かけていった。

訪《おとな》いも入れず、案内も乞《こ》わなかった。

当たり前のように道場に入ると、上座に端座した。

門弟は、八人だった。

しばらく稽古を眺め、軒心斎が入ってくると、景一郎は腰をあげて竹刀《しない》を執った。防具をつけた門弟を、ひとりずつ相手にしていく。強くは打たなかった。のども突かなかった。いつまでもやめず、立ちあがれなくなるまで打ち続けた。そうやって、八人の相手をした。軒心斎は、なにも言わずに見ていた。

「防具があるので、打たれることに安心しすぎる。明日からは、防具なしの稽古をする。心配するな。木刀を遣うとは言わぬ。竹刀で打たれても、痛いだけだ」

門弟たちの間に、動揺が走った。

「先生も、承知しておられる。防具なしの私に、これだけ打たれる腑甲斐《ふがい》なさを、少しは考えてみろ」

永井道場の稽古が、ほかの道場より厳しいことはわかった。八人は、それに耐えてきたのだろう。しかし、甘い。それは、軒心斎の甘さでもある。口でなんと言おうと、やはり生業は捨てきれていないのだ。

「これで門弟が減ったら、先生もやはり生業で道場を開かれていた、ということになります」

門弟が帰ってから、景一郎は軒心斎に言った。

「祖父は、素面、素籠手での稽古を、改めようとはいたしませんでした」

「剣を執る者すべてが、天稟《てんぴん》に恵まれているわけではない。技倆《ぎりよう》も未熟だから、道場に通ってくるのだ。それを教えるのも、また道場の使命だ」

「言葉では、なんとでも言えます。しかし、道場破りが現われたら、どうするのです。負けたふりをして貰って、礼金を出したりはしないのでしょう」

「わしの、なにを試そうとしているのだ、景一郎？」

「なにも。剣は、試すようなものではありません。明日、また来ます」

一礼して、景一郎は道場を出た。

旅籠に帰る前に、熊本の城下を歩き回った。旅籠に帰ると、父になり、夫になる。どうしても、そうなってしまうのだ。別に、それを拒もうとは思っていなかった。父であろうと夫であろうと、仮の姿には違いなく、はじめからそれはわかりきっていることだった。

ただ、父になり夫になればなるほど、景一郎はいままで自然に飼っていた自らの内なるけものが、荒々しく兇暴《きようぼう》になっていくのを感じてしまうのだった。それも、ひねくれたような荒々しさだ。

思いきるしかなさそうだな、と歩きながら景一郎は考えた。けものには、暴れたいような暴れ方をさせた方がいい。

西瓜《すいか》を土産に買って、旅籠に戻った。

さちが、森之助を抱いているのが見える。

「ほれ、父ちゃんが買ってきたと。笑わんね、森之助」

旅籠の主人は、それをにこにこ笑いながら眺めている。森之助は、まだ笑うことを知らないようだった。

旅籠の部屋では、媾合《まぐわ》っているか寝ているかだった。寝ているといっても、眠っているわけではなく、天井を眺めているのである。

そうやって、四日が過ぎた。

門弟八人が、六人に減っていた。六人は、痣《あざ》だらけになっても、とにかく耐えていた。素面、素籠手の稽古を、軒心斎はじっと見つめているだけである。

「全員で打ちこんでこい。容赦はしなくていい。私も、容赦はしない」

六人が、立ちあがった。竹刀を右に持って、景一郎は道場の中央に立った。

「ひとりずつ打ちこむ、などということはするな。これは、素面、素籠手の稽古の仕上げだ。全員で一度に打ちかかってこい」

言って、景一郎は上段に竹刀を構えた。

しばらく、固着の時があった。ひとりが気合を発したのを合図に、全員が打ちかかってきた。六本の竹刀の一本にも、景一郎は触れさせなかった。寸前で見切ってかわす。

次々に打ち倒した。最後に残ったのは、住込みの門弟の柳原忠次郎《ただじろう》だった。

軒心斎がそばに置いておくだけあって、さすがに性根だけは据《すわ》っている。

景一郎は、中段から下段に構えを移し、誘った。打ちこみ。竹刀を撥《は》ねあげ、そのままのどを突いた。羽目板まで飛んだ忠次郎が、悶絶《もんぜつ》した。

その夜、景一郎は道場で、軒心斎と対座していた。

「これまでの稽古を見て、私の力量はおわかりだろうと思います」

「道場を譲れ、と言うのであろう」

「勝てぬとわかればそうする。それが先生のお考えではないのですか？」

「おまえは、なにを考えている？」

「逆らってみたいのですよ、風に。どこにでも吹いている風に」

「わからぬな」

「いままで、誰にわかって貰おうとも思わず、旅をしてきました。これからも、人にわかられようとは思いません」

「強ければいい、ということか？」

「私はただ、ここで待とうと決めたのです。小関殿と父が、同じ人間であるのかどうかを、先生に問おうとはもう思いません。すべては、自分で確かめればいいことです。ここで待って、私は確かめます」

「父を斬ることに、どれほどの意味がある？」

「それも、斬って確かめます」

軒心斎の、端正な顔が動いた。

「仕方がないのう」

「真剣で、お願いできますか」

「よかろう。わしを倒して、この道場をおのれのものにするがいい」

景一郎は、笑い声をあげた。

「別に、道場が欲しいわけではありません。ここで待とう。そう決めているだけです。旅の終りを、私はここに定めたのです。ひと月待つかもしれず、一年かもしれない。あるいは、三日で終るかもしれません」

「わかった。立合の仕度をいたせ」

「なにも。このままで結構です。来国行は、ここにあります」

軒心斎が、無表情に立ちあがった。

奥へ行き、大刀を携えて出てきた。下緒《さげお》で、襷《たすき》をとっている。

景一郎は立ちあがり、一礼した。

来国行を抜き放つ。軒心斎が抜くのを、二歩退《さ》がって待った。

軒心斎が、白鞘《しらさや》の大刀を抜いた。雪が積もったような眉《まゆ》が、一度だけぴくりと動いた。

見事な構えだった。

斬られるかもしれない。構えた瞬間、景一郎はそう思った。すでに、斬られている。小関鉄馬に、二度までも斬られている。ここで斬られるのは、二度も斬られた躰を、もう一度斬られることでしかない。

正眼。軒心斎の構えは、微動だにしない。それに対し、景一郎は上段だった。時が固着した。

景一郎の脳裡《のうり》をよぎるものは、なにもなかった。澄んでいる、というのとも違う。無。そうとしか、言いようはなかった。

軒心斎が、じりっと間合を詰めてきた。

やっ、という気合とともに、軒心斎の刀が小さく動いた。かわした。襟《えり》を斬られただけだった。どういうふうに刀が動いたかも、景一郎にははっきりと見てとれなかったが、かわしていることはわかった。上段のままである。

跳べるか。景一郎は、はじめて自分に問いかけた。無理だ。跳ぶ機が、摑《つか》めない。軒心斎の斬撃をかわし、それから跳ぶことなど、できるわけがなかった。

待った。ずっと待ち続けてきた。ふとそう思った。父を追いながらも、父を待っていた。

軒心斎が、ゆっくりと一歩踏み出してきた。景一郎は、なんとか押されずに踏み留った。すでに間合である。それでも、そのまま固着した。跳ぶ。景一郎はそう思った。跳んで、頭蓋を断ち割る。それが日向流なのだ。しかし、跳べなかった。全身が、汗で濡れた。

跳んだのは、軒心斎の方だった。しかも、後ろへだ。

「負けだな、わしの」

軒心斎の表情は、やはり動かなかった。

「おまえが言うように、ここで待ってみるがいい」

「勝負は、まだ」

「いや、ついた。このまま固着を続け、わしはいずれ倒れる。おまえに斬らさぬようにすることはできるが、それも立っていられる間だけだ」

「私はまだ、一撃も打ちこんではおりませんぞ、先生」

「おまえは、跳べぬ。いまのおまえに、わしの前で跳べるはずがない。しかし、おまえは立っていられる。それだけで、勝ったのだ」

軒心斎が、笑ったように見えた。

「明日、ここへ来るとよい。好きなだけ、ここで待てばよい」

軒心斎が、鞘に刀を収めた。

「しかし、立っているだけでは、勝てぬ相手だぞ、次のおまえの相手は」

景一郎も、刀を収めた。

軒心斎が、奥へ消えた。景一郎は、しばらく立ち尽していた。

旅籠に戻ったのは深夜だった。

さちが、森之助に乳をやっていた。景一郎は、そばに座ってそれを眺めた。森之助の口だけが、無心に動いている。

「俺も、腹が減った」

「いまは、森之助が吸っちょる。待っとらんね」

「もうひとつが、あいているぞ」

「森之助が吸ったあとのもんしか、あんたにはやれんと」

さちは、森之助を見つめたまま喋っている。

景一郎は、寝そべった。

「明日、旅籠を引き払うぞ」

「よかよ、旅に出るとね？」

「ほんとに、いいのか？」

「森之助がおればよか。どこへ行こうと、同じようなもんたい」

「遠くではない。城下の道場で、俺は人を待つことにした。そこで待たなければならないのだ」

森之助が、眠ったようだった。

さちの躰が、覆い被ってきた。乳首が、口に押しつけられてくる。顔が、溢れ出る乳で濡れた。

景一郎は、眼を閉じた。

第七章　鬼の子守唄《こもりうた》

1

その武士が現われた時、景一郎は道場の隅《すみ》に座っていた。師範の席に就くことはなかった。あくまで、師範代である。

素面《すめん》、素籠手《すごて》の稽古《けいこ》に恐れをなして、門弟は三人に減ったが、新たに四人入ってきていた。防具にあき足らない者も、またいたのだ。素面、素籠手だが、木刀は遣わない。道場破りを相手にする時だけ、木刀である。

その武士は、脇差《わきざし》しか差さず、杖《つえ》のように木刀を持っていた。

「やめ」

景一郎は低く声をかけた。稽古中の四名が、竹刀《しない》を引き道場の中は静かになった。

このふた月で、五人ほどの道場破りが現われた。そのことごとくを、景一郎は木刀で対峙《たいじ》し一撃で打ち倒していた。ひとり死に、二人の命はその後どうなったかわからない。残りの二人は、肩の骨を砕いた。

稽古をやめた四人の、荒い息遣いが聞える。汗の匂《にお》いも満ちていた。

「この道場は、素面、素籠手の木刀で稽古をつけてくださる、という話ですが」

三十歳ほどだろう。座っている姿が、景一郎の肌《はだ》を刺してきた。剣気が漲《みなぎ》っているというのではない。静かだが、どこかに固い気配がある。

「お断りしましょう」

「なぜ？」

「道場を破るのが目的ならば、いつでもお相手いたします。どうやら、私を殺すために来られたようだ。そういう立合は、真剣でしかいたしません」

「真剣を執られても、別にこちらは構いませんが」

「ならば、道場の外にしてください」

「看板を、頂戴《ちょうだい》いたしますぞ。いまこの道場は城下の評判になっている。その看板を頂戴できれば、明日から私も道場を開ける」

どこで立合おうと同じだ、と景一郎は思っていた。ただ、師範代として座るようになってから、妙に堅苦しくものごとを考えてしまうのだった。道場主などは、自分にはむいていない。

「師範は、長途の旅に出て留守です。私は師範代の日向景一郎と申します」

「佐原流、佐原英之進《えいのしん》」

どうしても、立合に持っていこうとしているようだった。

景一郎は、枇杷《びわ》の木刀を執って腰をあげた。佐原も、さりげなく立ちあがる。むかい合って、礼をした。これは、と景一郎は息を呑《の》んだ。日向流なのである。それも、半端《はんぱ》な遣手《つかいて》ではない。

木刀の先を、いくらか低く景一郎は構えた。じっと相手を見据える。相手は正眼だった。突きを払いあげようという構えであることをすぐに読んだのか、打ちこんではこない。

圧倒してくるものを撥《は》ねのけながら、景一郎は動かなかった。相手も、動く気配は微《み》塵《じん》も見せない。

心気が澄んできた。遠くで立合をする他人の心のように、景一郎にはそれが感じられた。不思議な時が流れはじめる。木刀を構えて立っているのは、景一郎であり、景一郎ではなかった。打たれても、斬《き》られても、それは躰《からだ》だけのことだと思えてくる。

佐原の顎《あご》の先から、汗が滴《したた》り落ちた。そのかすかな音も、景一郎の耳に届いた。佐原の木刀が動く。突き。木刀の先が、いきなり大きくなって見えた。かわしていた。一歩退《さ》がっただけで、構えを崩さず景一郎はかわした。次の瞬間、景一郎の木刀が動いた。そこには、佐原の残像しかなかった。

再びの固着。自分がどういう打ちこみをし、どうかわされたのかも、景一郎にはわからなかった。じわりと、佐原の気が景一郎を押してくる。それは風のようでもあり、海を泳いでいる時の潮の感じにも似ていた。

あえて、その気には抗《あらが》わなかった。撥ね返そうとすれば、それに勝る気が必要なのだ。

佐原も景一郎のいなしに気づいたのか、次第に気を内に籠《こ》めはじめた。待った。待つことに耐えられるかどうか。祖父に教えられたことのひとつだ。死寸前まで、待てとよく言われた。二日、祖父とむかい合って立たされたこともある。

佐原が、動いた。じりっと、足の指で床板を摑《つか》むように、にじり出てくる。間合。一歩の余裕もなく、間合に入る。入れば、どちらも動くしかない。あと半歩。また、佐原が気を放ちはじめる。

跳んだ。同時だった。木刀は宙で交錯した。お互いに、二の腕を打っていた。

佐原が、大きく息をついた。景一郎も、肩で呼吸していた。

「まったくの、相討だった」

佐原が言う。もう構えはとっていない。景一郎も、左手で木刀をぶらさげていた。

なにが、と口をついて出そうになったが、景一郎は黙っていた。お互いに真剣を持っていたらどうだったか、と思った。

「久しぶりだ」

「勝負はまた、いずれの日にか」

佐原が言い、景一郎は頷《うなず》いた。

右の腕が熱く感じられはじめたのは、佐原が出ていってからだった。景一郎は裏の井戸端に出、濡《ぬ》れた手拭《てぬぐ》いで打たれたところを冷やした。肉が木刀を撥ね返しているので、骨にまでは到《いた》っていない。それでも、赤黒く腫《は》れあがっていた。

さちが、森之助に乳をやっているのが見えた。門弟はみんな、景一郎の子だと思っている。当たり前だった。起居をともにし続けるからか、景一郎も森之助が自分の子のように思える時がある。

乳をやっている時、さちはほとんど景一郎に関心を示さない。話しかけても、うるさそうにするだけだった。

景一郎は、自室に入った。

永井軒心斎が使っていた部屋である。なにもなく、床の間に掛軸がひとつだけだった。軒心斎の書で、無明、と読めた。

景一郎は、来国行を抜いた。掛軸にむかって端座し、じっと見入った。浅く大きくのたれた焼幅の広い刃文《はもん》には、小乱れが混じっている。沸《にえ》は見事で、見るたびに引きこまれる。頭蓋《ずがい》をいくつも断ち割ったが、いささかの刃こぼれもなかった。

景一郎は、打粉を丁寧に打った。懐紙で、何度も拭う。それで鞘《さや》に収めた。いつまでも見続けていると、引きこまれてしまいそうな気がする。それも、いままで自分が知ることはなかった、底のない暗い深淵《しんえん》である。

さちが、庭から景一郎を見ていた。

「森之助は、どうした？」

「乳ばやったら、眠ったと」

「俺は、出かけてくる」

「なんばしに行くとね。人を斬ろうと思うちょとじゃなかと？」

「俺が？」

「森之助の父ちゃんたい。人ばっかり斬る男になって欲しゅうはなか」

「人に、会わねばならん。それだけのことだ。おまえは、森之助の守《も》りをしてればいい」

「乳が出んごとなるもんね、あんたが心配かけると」

わずらわしくなり、景一郎は口を噤《つぐ》んだ。さちの夫になったのも、森之助の父親になったのも、成行に過ぎない。時が過ぎてくると、いくらか重荷でもあった。

景一郎は、来国行を右手に持って縁を降りた。道場の脇を通り、そのまま出ていく。

道場では、竹刀を打ち合う音が聞えていた。

しばらく、城下を歩いた。武家屋敷がある方ではなく、商家や旅籠《はたご》の並んだ方へ行った。

「待っていた」

声をかけられた。佐原だった。大刀もちゃんと佩《は》いている。

「同じ流儀で相討となると、打つ場所まで同じになってしまうようだな」

景一郎は、また右腕の熱さを感じた。佐原は、ちょっと顔を歪《ゆが》めながら、右腕をさすっている。

「佐原英之進という名の門人を、私は知りません」

「だろうな。俺は、日向森之助殿の門人で、将監先生の弟子ではない」

「父の？」

「おかしくはあるまい。日向森之助殿に門人がいたとしても。俺だけではないぞ。俺の兄弟子という人もいる」

「誰です」

「言っても、おまえは知らんよ」

「小関鉄馬という人は？」

「知らんな、そういう名は」

「日向流の遣手でした。私は、永井道場で小関鉄馬という人を待っています。道場で待てというのが、別れる時の言葉でしたからね。生きていれば、必ず来ると思っています。なにしろ、その人の息子を預かっていますから」

佐原が、景一郎から眼をそらした。

「父を、御存知なのですね」

「ああ。かつては朋輩《ほうばい》であり、そして俺の師になった人だ」

父がいなくなったのは、十二年前のことだ。十二年の間に、いろいろなことがあっただろう。どんな人間が出てきても不思議はなかったが、弟子と名乗る男ははじめてだった。

「俺は、日向森之助殿を斬らねばならん」

「弟子であるあなたが、なぜ？」

「主命というやつさ。つまり上意討だ。藩内に、日向森之助殿を討てる手練《てだ》れが、もういなくなった。弟子である俺を、差しむけるしかなくなったのさ」

「加賀藩、ですか？」

「そうだ。まあ、鹿児島へむかうだろう、ということだった。九州まで追いつめたというか、森之助殿が逃げおおせてきたというか」

「なにがあり、なぜ逃げているのか、教えていただけませんか？」

「知らんよ」

「それでも、父を斬るのですか？」

「息子の方を斬って、お茶を濁そうと思っている。森之助殿とやり合っても、勝てそうもないが、息子の方ならなんとか斬れるだろう。それを、道場で確かめた」

にやりと、佐原が笑った。

「立合うのは、構いません。私が知りたいことを、教えていただけませんか」

「断る」

「なぜです？」

「死んでいく者に、なにを教えてもはじまるまい」

「では、はじめからなにも答えなければいい。それぐらいで、私の気持は乱れたりはしませんがね」

「まだ小僧だよ、おまえは」

言って、佐原が歩きはじめた。肩を並べるようにして、景一郎も付いていった。

佐原の言う通りだとすれば、これまで執拗《しつよう》に景一郎を襲ってきた、加賀藩の刺客のひとりということになる。それも、どこか信じ難いような気がした。

「父は、加賀藩でなにを？」

「なんとなく、武術師範などをな。だから俺は弟子になったわけだ」

佐原は、海の方へ歩いていた。しかし、海に達する前に、足を止めた。すでに城下をはずれ、人気《ひとけ》のない雑木林が続く場所になっている。

「今度は、相討なんて甘い結末にはならんぜ。おまえは死ぬ。父に言い遺すことがあれば、聞いておいてやろうか」

「なにも」

「そうか。覚悟だけは、できているということか。小僧の覚悟だな」

言って、佐原は数歩跳び退《すさ》った。佐原の躰の動きに合わせるように、景一郎は抜刀していた。突いた刀を、佐原が撥ね返そうとする。その前に、景一郎は上段に構えて距離を詰めていた。

走る。佐原を見つめたまま、走り続ける。構える暇は、与えなかった。いや、景一郎に構える気がなかった。

畠《はたけ》に出た。よく耕やされた土が、足をとった。

斬撃《ざんげき》。風。全身に粟《あわ》が立ったが、景一郎は走るのをやめなかった。どこか斬られたかもしれない。しかし浅い。

佐原が、足を止めた。打ちこんでいく。佐原は動くようにも見えず、軽く景一郎の斬撃をかわしていた。ただ、額の汗はすでに隠しようがない。

足を止めた。お互いに、呼吸が荒かった。景一郎は、構わず肩で息をした。睨《にら》み合う。ここは、道場ではなかった。土を摑んで投げることもできれば、背をむけて逃げることもできる。そういう思いがよぎったのは、一瞬だった。

次の瞬間、景一郎は踏みこんでいた。跳躍する。打ちこむ。宙を斬っただけだ。再び、睨み合った。

佐原が、景一郎の手もとに斬撃を送ってきた。景一郎は、かろうじて鍔《つば》で受けた。退がる佐原の足もとに、景一郎は刀を突き立てた。柄《つか》から手を放す。佐原と躰がぶつかり合った。佐原の躰を、腰の上に跳ねあげる。全身に勢いをつけてひねった。佐原の躰が地に落ちる前に、景一郎は突き立てた刀を摑んでいた。横に薙《な》ぐ。右手だけだ。それでも、佐原の腰のあたりを、かなり深く斬った。

袴《はかま》を赤黒く染めながら、それでも佐原は構えて立った。

「日向流に、体術もあったのか」

喘《あえ》ぐような息の中で、佐原が言った。正眼に構え、景一郎は腰を据えた。五分になった。そう思ったのだ。ひと太刀浴びせたことで、ようやく佐原と五分になった。

景一郎は、胸のところに浅い傷を受けていたが、出血はそれほどひどくなかった。

待つ。どこまでも、待てる。佐原の表情も、静かだった。荒い呼吸も、あるところを通り過ぎると、荒いのかどうかさえ自分ではわからなくなる。

「よかった」

佐原の言葉は、呟《つぶや》くようだった。

「森之助先生と立合うことにならなくて、よかった」

どういう意味なのか、景一郎は考えなかった。ただ、待った。

佐原の顔の色が、白磁のようになった。時折、佐原は構えたまま眼を閉じている。

「よかったよ、ほんとうに。俺にとっては、森之助先生は恩人でもある」

景一郎は、待ち続けた。佐原の出血は、相変らずひどく、足もとが血の海になっている。待てば勝てる、と景一郎には見えていた。

「おまえ、むごい剣を遣うな。真剣で立合ってみると、それがよくわかる。斬れよ。俺が斬られたとわかる間に、斬ってくれ」

景一郎は動かなかった。佐原が眼を閉じている間が、長くなった。

「森之助先生に伝えてくれ。加賀藩に、もう刺客がつとまる者はいない。長い旅も終りですと」

佐原がまた眼を閉じた。構えだけは、しっかりしている。景一郎は、渾身《こんしん》の気を放った。間合まで、一歩のところへ詰め寄った。跳躍する。佐原の刀は、わずかに動いただけだった。脳漿《のうしょう》が飛び散った。来国行は、口のところまで佐原の頭蓋を断ち割っていた。

2

秋が深まってきた。

佐原英之進に斬られた胸の傷は、十日で塞《ふさ》がり、いまは真新しい傷痕《きずあと》としてあるだけだった。動きには、まったく支障がない。あれから二人現われた道場破りも、景一郎が自分で相手をした。

森之助は、確かに大きくなった。眠ってばかりいたのが、うつぶせにするとわずかだが首を持ちあげるようになった。首がすわったのだ、とさちは言った。首がすわると、普通に抱いてもいいらしい。景一郎も時として森之助を抱かされたりした。泣きはじめると、ほとんどあやすことはできない。

門弟は、十二人に増えていた。江戸では受け入れられにくかった素面、素籠手が、九州では歓迎されているという感じさえあった。しかし、怪我人《けがにん》は絶えない。竹刀でも、打つところを打つと、悶絶《もんぜつ》したりするのだ。

「城下では、永井道場の荒稽古が評判になっております」

佐伯《さえき》十郎という門弟が、ある日景一郎に言った。江戸で生まれ、江戸で育った細川藩士である。熊本には、何度かしか戻ったことがないというが、家督を継いで国許《くにもと》の勤番に回ってきたらしい。十九歳で、景一郎とほとんど変らなかった。

「評判になれば、どれほどのものかと思う者もいるらしく、城内の道場でも、何度か挑まれたりしました」

「それで、相手をしたのですか？」

「素面、素籠手が、藩の武術師範に禁じられております。だから、道場へ来てくれと言ってやりました」

佐伯十郎は、そこそこの腕は持っていた。素面、素籠手の稽古で、さらに腕をあげつつある。道場でも三本の指に入り、いまは天狗《てんぐ》になっているというところだった。

「師範にも、興味を持っている者が、かなりおります」

「私は、永井軒心斎先生の留守を守っているだけです」

「しかし、素面、素籠手というのは、日向師範の時からではないのですか？」

「永井先生が、そうするように言い残して行かれた」

「そうですか。私は、永井軒心斎先生には会ったこともないので」

道場が、かなり評判を取っていることは、景一郎も知っていた。入門希望者が多くなってきたのだ。門弟の誰かに叩《たた》き伏せられ、それでも挫《くじ》けずにやってくる者だけに、入門は許している。

やり方を間違えたのかもしれない、と時々思った。防具を許していれば、こんなことはなかっただろう。道場にある防具は、すべて捨てさせた。

道場は、景一郎が考えたよりずっと儲《もう》かるようだった。やり方によってはである。入門料を取り、月々のものを取り、その上さまざまな認可ごとにかなりの銭が取れる仕組みになっている。その認可にどういうものがあるかは、軒心斎のころからの門弟が教えてくれた。

景一郎は、ほとんど認可を与えていない。木刀で自分と立合わないかぎり、認可は与えないことにしたのだ。三人認可を望んできたが、ひとりは腕の骨を折り、もうひとりはのどを破った。三人目は果敢に立ちむかってきて、一度景一郎の木刀に当てた。最後は首を打つと悶絶したが、木刀に当たったことにより認可を与えたのだった。

ひと鳴り、と門弟の間では認可のことが呼ばれていた。木刀を一度触れ合わせて音をたてれば、認可が貰《もら》えるからだろう。

早朝、城下のはずれの雑木林に行くことが日課になった。はじめは道場で真剣を振っていたのだが、それではどうも落ち着かなくなったのだ。生きた木や草に囲まれていた方が、なぜか心気が澄んでくる。

戻ってきてから、朝餉《あさげ》だった。

さちの料理は質素だが、量が少ないということはない。

誰もが、景一郎とさちは夫婦で、森之助は息子だと思っていた。そうならそうしておく方が、不自然さはない。

景一郎の剣の振り方は、これまでと変ってきた。なにを考えて振るかによって、それが変ってしまうことに、景一郎ははじめて気づいた。

景一郎が考えていたのは、日向流の破り方である。兄弟子に当たる人間もいる、と佐原英之進は言っていた。佐原より、もっと腕が立つかもしれない。そしてその師たる父は、さらに強いはずだ。

佐原にさえ、まともに勝ったとは思っていなかった。体術で意表を衝《つ》いた。体術がなければ、景一郎の方が負けていたかもしれないのだ。

真剣を振る時、必ず相手を想定した。それも、日向流の遣手である。跳躍して頭蓋を断ち割るというのが、日向流の真髄と言っていい。小技もあるが、すべてはいかに跳躍するかにむけられている。

あの祖父が、一生をかけて創《つく》りあげた剣である。たやすく弱点が見つかるわけはなかった。ただ、それは祖父が遣ったらということだ。

跳躍を、封じればいい。跳躍にも、いろいろあった。低い姿勢から立ちあがるのも、曲げていた膝《ひざ》をのばすのも、ほんのわずかだけ跳びあがるのも跳躍であり、相手の背丈ほどを跳んでしまうのも跳躍だった。

跳躍して振う剣は、必殺である。一度の跳躍で駄目なら、二度三度とくり返すだけなのだ。そういう意味では、示現流とも似ていた。

道場に戻ると朝餉で、それからすぐに朝の稽古がはじまる。朝通ってくる門弟は、四人だった。夕刻にかけては、八人が集まる。十二人が揃《そろ》うのは、十日に一度ぐらいだ。

竹刀だが、稽古はつけてやる。突きは、怪我がひどいので、あまり遣わなくなった。こんなふうにして、あれもこれもと言っているうちに、防具をつけた稽古が主流になったのだろう。

いつまでここで待てば、小関鉄馬が現われるのか、とはあまり考えなかった。永井道場で待てと小関が言ったから、赤子とともに待っているのだ。いつかは現われる。それについては、ほとんど疑ってもいなかった。

小関が、佐原の兄弟子に当たる人間なのか、それとも自分の父なのか、ということについてはしばしば考えた。

父が、加賀藩内でなにをして追われているのか、ということについても、よく考えるようになった。旅の間、しばしば景一郎も襲ってきた刺客は、当然もっと激しく父を襲ったはずだ。それを、どうやって斬り抜けてきたのか。どれほどの剣を、父は遣うのか。

父と対峙することに、怯《おび》えに似たものを感じはじめたのは、最近のことだった。小関鉄馬にあしらわれ、佐原英之進ともまともにぶつかれば負けていたかもしれない。怯えの底には、その二つしかなかった。

自分はやはり、臆病《おくびょう》なのだと景一郎はしばしば思った。ほとんどを克服してきたが、底の底には、やはり臆病さが腰を据えている。

夕刻までの稽古を終えると、夕餉もとらずに景一郎は出かけるようになった。

「どこ行くとね。なんで、朝まで帰ってこんとね？」

出かけるたびに、さちがそう訊《き》いた。ある日さちが森之助を抱いて、立ち塞がった。泣いていた。

「女のとこへ行くとじゃろが。息子までおるとに、ほかの女が面白かとね」

言われ、さちがなにを疑っているのか、景一郎はようやく理解した。

「俺は、海へ行っている」

さちの表情を見て、説明する必要を景一郎は感じた。

「秋の海で、荒れはじめている。俺は打ち寄せる波を、木刀で断とうとしているのだ。なぜそんなことをするのか、おまえにはわかるまい。しかし、俺が門弟に稽古をつけたり、道場破りと立合ったりすることは、知っているだろう。強くなければならん。そのためにまだ暗いうちに起きて刀を振っていたが、いまは海に行っているということだ」

「道場の稽古だけじゃ、足らんとね？」

「俺より強い者がいれば、稽古にはなる。しかしいない。別のものを見つけて、俺は俺の稽古をするしかないのだ」

この道場で師範代をしていることについては、さちはそれほど不思議には思っていないようだった。早朝に出かけていたことについても、あまり気にしていない。夜いないということだけが、悋気《りんき》の原因になっているようだ。

「強くなって、どげんするとね？」

「弱ければ負ける。負ければ死ぬ。それだけのことなのだ」

「侍を、やめればよか。死ぬ思いばして、侍を続けることはなかよ」

「人にはそれぞれ、星というものがある、と俺は思う。それからは、逃れることなどできないのだ」

「人を斬ったりするのが、そげんに面白かとね、愉《たの》しかとね？」

「そう思うか？」

「あんたにゃ、血の匂いがするとよ。手には、血が着いとるとよ。そんな手で、森之助を抱くとね。森之助まで、血で汚れるとよ」

「仕方あるまい」

森之助は、血の中から生まれてきた赤子だった。血で汚れることなどないのだ。

さちが納得したかどうかは、わからなかった。歩きはじめた景一郎を、止めようとしなかっただけだ。

城下から海辺まで、一里ほどだった。

その間には、小さな村が散在している。農村だが、松林が増えてくると、田や畠が少なくなった。するとすぐ海で、漁村が点在している。

景一郎が海へ入る場所は、決まっていた。舟小屋がひとつあり、朽ちかけた小舟が一艘《そう》入れてある。村からはいくらか離れていて、夜のことで人の姿もなかった。

その小屋に着物を脱いで置き、木刀一本を持って海に入るのである。

夏と違って、打ち寄せる波には力があった。

はじめは、腹のあたりまで入った。そこで踏ん張り、寄せてくる波を、海中から上にむかって断ち割るのである。それから胸の深さまで進み、いまでは足が届かない深さのところで、それをやっている。

頭まで潜り、水の中に立った恰好《かっこう》でいるのは難しいことだった。それができるようになり、次には木刀を構えることができるようになった。その木刀を上にむかって撥ねあげながら、海面に飛び出すのもまた難しいことだった。躰が浮いていくのを、木刀が止めようとするのだ。

水を蹴《け》る。何度もくり返すと、それができるようになった。木刀を撥ねあげるのは、海面に出る寸前で、水の中から宙へ木刀が出る瞬間は、人を斬る時の感じと似ていた。

三尋《ひろ》以上も深さのあるところだから、波はうねりのように緩やかだった。そして重かった。鋭く立ち、崩れかけた波とはまるで違っている。

月の光の明るい夜には、海中で木刀を構えて立つと、眼の前を魚が通りすぎるのが見えたりした。月夜には、魚も眠ってはいない。

その魚を、木刀で打とうと思った。

魚が泳いでくるまで、息を止めてじっと待つ。頭上に見えると、水を蹴る。木刀を撥ねあげる。何度くり返しても、魚は逃げた。木刀など、当たるはずもない、と思えた。突きならば別だが、下から撥ねあげて打とうというのだ。

それでも、くり返した。海面に飛び出した時は、意識が薄れるほど、息も止めていた。一度、魚の動きが読めた。それからは、動きを読んで、水を蹴った。

海面に飛び出した時、魚も浮いていたのは、何日それをくり返した時だろう。

景一郎は魚をぶらさげて浜にあがると、脇差で腹を裂き、半分は生で、半分は焚火《たきび》で炙《あぶ》って食った。

月が出ていなくて、ほとんど闇《やみ》ばかりの海中でも、やがて景一郎は魚の姿を捉《とら》えられるようになった。そうすると、また別なものが見えてきた。闇の中を、白い大きな魚が通りすぎたような気がしたのだ。二度目には、それは人にしか見えなかった。

3

みとは、不思議なものを見ていた。

はじめは、海に棲《す》むけものだと思った。人のかたちに似たけもの。それは浜から海へ入って行き、それから魚をくわえて戻ってくる。

見ただけで、怕《こわ》くなった。それでも、毎夜見に行った。

人だとわかったのは、海から浜にあがってきたそれが、焚火をはじめたからだ。

火を焚くと、魚を焼く匂いも漂ってきた。

浜で近づくのは、怕かった。その男が海に入ると、みとも離れた場所から海に入った。水の中から、近づいていく。

驚いたことに、男は棒で魚を打っていた。それもみとには信じられないような速さで浮きあがりながら、下から上にむかって打つのである。

突くということを知らないのだろうか、とみとは思った。男の潜る力から見れば、いくらでも魚は突けるはずだ。やすを持っていないのかもしれない。しかし庖丁《ほうちょう》のようなものは浜に置いていて、それで魚を捌《さば》いている。あの庖丁を、棒の先に縛りつけるだけでも、もっと手軽に魚は獲《と》れるはずだ。

月の明るい夜に、かなりそばまで潜っていったことがある。まだ若い男だった。それしかわからなかった。

どんな海女《あま》よりも長く潜っている。みとはそう思うと、男と潜り較《くら》べをしたくなった。このあたりで、みとより長く潜っていられる海女はいない。秋の海はもう冷たく、半刻《はんとき》潜っていられる海女もいない。なのにあの男は、二刻は潜っていて、水の中で棒を振り回している。

気になってくると、昼間でもその男のことを時々考えた。

「なんか?」

ぼんやりしていると、五助が言った。

「おいに、なんか言いたかとか?」

「えっ」

「おいが寝ちょるのが、気に食わんとだろうが。おいは、好きで寝ちょるんじゃなかぞ。おまえにこうされとるとたい」

五助は、二年近く床に就いたままだった。

鮑《あわび》を採るために、岩場に潜った。そこはみとと五助だけの場所で、崖《がけ》から飛びこまなければならない。潜るのはみとの仕事で、五助は崖の上からみとの腰につけた縄を持っている。

ある日、見たこともないような巨大な魚が現われた。クエだと頭ではわかっていたが、みとの躰より大きく、肩まですっぽり口に入りそうだった。幼いころから磯《いそ》に潜っていたが、それほどのクエは見たことがなかったのだ。

慌《あわ》てて海面に出て、縄を伝って崖を這《は》い登ろうとした。すると、縄の端を足に巻いていた五助が、落ちてきた。下の岩で腰を打って、それからは歩くこともできなくなったのだった。

縄を足首に巻いていたのは、昼寝をしていたからだろうとみとは思ったが、おまえが引き落としたという五助に、なにも言いはしなかった。

二年近く、みとはひとりで五助を養ってきた。鮑や魚を獲る。鮑なら、昼間採ったものを生かしておくことはできる。魚は、夜から明け方に獲って、古くならないうちに城下に売りに行くのである。

「なんも、言うちょらん」

「言わんでん、眼がそう言っちょる」

二年の間に、五助はどんどん我儘《わがまま》になっていった。物を投げたりすることもあるので、床のまわりにはなにも置いていない。みとに当たる時は、口ばかりである。言葉が、日ましにどぎつくなっていった。それにも、みとは黙って耐えた。

五助は死ぬだろう、とはじめのころみとは思っていた。だから、尽せるだけ尽してやろうと思った。いまは、自分の方が先に死ぬかもしれない、という気がする。足が動かないだけで、手も動くし、ものもよく食べる。

男としては、まったく駄目だった。歩かないために細くなった脚と同じように、五助のものはただ垂れているだけである。

そのくせ、時々みとの躰に触れたがる。五助の顔を跨《また》ぐようにして、躰に触れさせることも、いまでは馴《な》れてしまった。五助の指は、役に立たなくなったものを補うように、実に巧妙に動く。それで気がいくのだ。なにか足りないと思いながら、気がいってしまう自分の躰を、みとは情なく思った。

「明日も、夜明けに潜るとか？」

「もうすぐ冬たい。銭ば溜《た》めんとならんとよ。まだ足りなか」

冬には、海に入れる日はほとんどなかった。その間、城下に行って働きたいところだが、五助は許そうとはしないだろう。冬のはじめまでに、ひと冬の分を稼《かせ》ぐしかないのだ。

みとは、二十四だった。ほんとうなら子供を抱えて、忙しくしているころだ。五助が自分の子供だと、思い定めることにしていた。

村の衆は、助けてはくれない。五助がいようといまいと、みとがこのあたりで一番の海女であることには、変りないからだ。五助が死んだら、一緒になろうと言った男が、いままでに四人いた。四人とも、みとの稼ぎが狙《ねら》いだということはわかっていたが、甘い言葉には心が揺れ動いた。

それを振り払うように、みとは長く深く潜ることだけに熱中した。

しかしあの男は、自分よりも長く潜っている。棒で打つなどという方法で、魚も獲っている。

大体、男より女の方が長く潜れるのである。なぜかはわからないが、海辺の村でも、女より長く潜れる男というのはいなかった。だから男は、力のいる櫓《ろ》を漕《こ》ぎ、沖へ出て魚を獲る。元気なころ、五助も十日のうち一日か二日は、自分で櫓を漕いで沖へ出ていた。そういう時、みとは終日沖を気にし、舟が見えると膝まで海に駈《か》けこんで、五助と一緒に舟を浜に押しあげたものだった。

いま舟は、浜の小屋に入れたままで、もう使えなくなっている。みとがそこを覗《のぞ》いてみることも、まれになっていた。

あの男は、いつも小屋のそばで焚火をしていた。気になって昼間覗いてみたが、朽ちかけた舟があるだけだった。朝、早いうちにどこかに姿を消すようだ。

「みと、小便じゃ」

五助が言う。上体は動くのだから、なんとかひとりで済ませることができないわけではないのだ。甘えている。いまはこうやって手間をかけさせることでしか、甘えることができないのだ。

男としては駄目なのに、なぜ小便が出てくるかも、みとは不思議だった。長々と出てきて、みとがあてがった壺《つぼ》からこぼれそうになる。

「天気のよか日にゃ、陽に当たらにゃ。人間は、陽に当たって元気になるたい」

機嫌のいい日は、外に出してくれと自分から言うことがある。縁に出すと、顔の蒼白《そうはく》さがいっそう際立《きわだ》った。

海に出ているみとの肌は、浅黒い。

夕餉の前に、五助がみとの躰をいじりはじめた。眼を閉じる。五助が元気だったころのことを、必死で思い浮かべる。気がいくと、五助はにやにや笑いながら、しばらくみとの乳を揉《も》んでいた。

みとが外へ出たのは、夜半だった。月が出ている。晴れているのだ。こういう夜、水は冷たい。

思いきって、小屋の近くまで歩いた。

浜に、焚火の仕度がしてあった。火はつけられていない。小屋の中には、着物と重たい刀があった。あの男は、侍なのだろう。

うねりのある海の上で、時々飛沫《しぶき》があがっていた。鯨の息吹《いぶ》きのようにも思えたが、飛沫と同時に、棒が、そしてあの男の躰が飛び出してくる。

腰のあたりまで飛び出した男の姿は、月の光を浴びて、びっくりするほど美しかった。幼いころからずっと海で育ってきたが、これほど美しいものを見たことはない。姿だけでなく、動きがうっとりするほど美しいのだ。

しばらく、浜に立って見とれていた。

何度か同じことをくり返したあと、男は潜ったまま出てこなくなった。魚を狙っているのだ、とみとは思った。長い。みとには信じられない長さだった。息をつめて、みとはじっと待った。棒が飛び出してきた。それから男の躰。素っ裸の腿《もも》のあたりまで海面に出るのが、はっきりとわかった。魚は、どこかに浮いているようだ。

魚をくわえ、片手だけ抜手を切って、男が泳いできた。みとは、駈け出し、松林の中に隠れた。

男は火を燃やし、串《くし》に刺した魚を火の横に立てた。

すぐに食う気はないらしい。また海に入っていった。しばらく、同じことがくり返された。周囲が明るくなったころ、男はまた魚をくわえてあがってきた。

生の魚を貪《むさぼ》るように食うと、次は焼いた魚だった。それから男は、川に入って潮を落とした。

着物を着て、浜に寝そべった。すぐに眠ってしまったようだ。

男のかなり近くまで、みとは歩いていった。かすかな鼾《いびき》が聞えるほどだった。やはり、まだ若い男だった。人が動きはじめるまで、一刻《いっとき》ほどはある。その間、寝ているつもりなのだろう。

みとは、さらに近づいていった。あれだけ潜れば、疲れきってぐっすり眠っているはずだ。裸の足の裏で、砂が崩れた。男は、身動《みじろ》ぎひとつしない。

なんの前ぶれもなく、男が上体を起こした。

みとは、砂から跳ねあがった。

「なにか、用ですか？」

男の口調に、荒々しいところはまるでなかった。普通の男なのだとみとは思ったが、しばらくは動悸《どうき》が収まらなかった。

「あんた、うちの小屋よ、そこは」

ようやく、みとは言った。男は小屋の方へ眼をむけ、ちょっと困ったような表情をした。

「夜中に、勝手に使っちょろうが」

「それは、申し訳ないことをしました。無人の小屋だったので、着替えに使わせて貰っただけです」

着替えと言ったが、裸になるだけだ。褌《ふんどし》さえもはずして、男は海に入っている。

「これから、気をつけます」

「使《つこ》うてもよか。どうせ、うちじゃ使うとらんと。ただし、あたしと勝負して勝ったらたい」

「勝負？」

男は、ちょっと首を動かした。困ったような表情はそのままだ。

「あんた、どれぐらい海に潜るとね。どっちが長く潜っていられるか、あたしと勝負してみんとね」

「海女か、あなたは。私は、漁をするために潜っているのではない。別のことをしたくて潜っている」

「魚も獲っちょろうが。骨が散らばっとるじゃなかね」

「確かに、魚は獲った。自分が食う分だけだ。薪《まき》になるものを、小屋のまわりから少し貰った。それだけだ」

「勝負できんと？」

男の表情が、ちょっと動いた。

「あたしは、このあたりじゃ、誰よりも長く潜れるとたい。男のあんたが、あたしに勝てるはずはなか」

「私が勝ったら、この小屋を使ってもいいのですね？」

「好きにしてよか」

「断っておくが、私はなにも着けずに潜りますよ。あなたはびっくりして、海から飛び出してしまうかもしれない」

みとは顎をあげ、声を出して笑った。

「そんなもん、怕がってるようじゃ、海女はできんとよ」

「わかった」

男が言った。男の顔からは困ったような表情は消えていた。

「幸い、晴れそうだ。夜半でよいか？」

「よかよ。ここで待っちょって」

「ほんとうに、夜半でよいのか」

「よかよ。月夜の晩には、小魚が出てくるとたい。それを狙って、大きなのも集まってくると。夜中にゃ、あたしもよう潜っちょると」

「私は、海士《あま》になれるほど、潜れるが」

「海の中で媾合《まぐお》うて、ほんとの海士たい。それほど根性がある男は、おらんもんね。海女の方が長く潜れて、殺されることがわかっちょるとよ」

「ほう、ここの海女は、海の中で男も殺すのか」

男が笑った。笑われたことで、みとはちょっと頭に血を昇らせたが、なんとか抑えた。

「日向景一郎という者だ」

「みと」

それだけ言って、みとは浜を駈け出した。

今朝は、魚が獲れなかった。だから、城下へ売りに行くこともなかった。それでもみとは、五助に嘘《うそ》をついて城下へ出かけることにした。実のところ、冬を越せる銭ぐらいは、なんとか溜っている。

五助は、みとが獲った魚にほとんど関心を示さなくなっていたので、嘘をつくのはたやすかった。

城下へ行くと、甘い菓子をひとつ買って、惜しみ惜しみ食べた。それ以上、やることはなにもなかった。なんとなく歩き回り、村へ帰った。

しばらく眠った。眠っているかぎり、五助はあまり我儘を言わない。夜中に、眠らずに潜っているのだ。ほんとうは、やさしいところも持った男だった。

陽が落ちると、自分がそわそわしていることが、よくわかった。なぜかは、考えてみなかった。負けるはずがない。そう自分に言い聞かせただけである。

月は出ていた。五助は眠った。半刻も前から、みとは小屋の前で待った。

日向景一郎が現われた。棒だと思ったのは、木剣のようだ。木剣で魚を打つとは、おかしなことを考える侍もいるものだった。

景一郎は黙って小屋へ入ると、素っ裸で木剣を手にして出てきた。

「いつでもよいぞ。私は沖にいるから、その気になった時に来てくれ」

景一郎が言って、月の光を浴びながら海に入っていった。

みとはしばらく、景一郎が海面に飛び出しては潜るのを見ていた。やはり美しい。気づくと、全裸になっていた。海女は真夏でも、全裸で潜ることはない。全裸で潜るのを試したことがあるのは、みとぐらいのものだろう。秋は、ほんとうはなにか着ていた方がいいのだが、みとは全裸のまま海に入っていった。

泳いで近づいてきたみとを見て、景一郎が笑ったようだった。

「よいか、行くぞ」

言って、景一郎が潜った。みとも潜った。月の光は、海底にまではほとんど届かない。それでもみとは、地上に立つように海底に立っている景一郎の姿を認めた。おもりを付けなければ、そんなことはできるはずがない。しかし、景一郎は全裸だ。

みとは、景一郎のそばを泳ぎ回った。やはり、なにも付けていなかった。

息が苦しくなってきた。ここからどのあたりまで耐えられるか。勝負はそこだ。ゆっくりと、みとは手を動かした。そうしなければ、躰は浮いていってしまう。いつも潜る時は、布で巻いた石を腰に巻いているのだ。

景一郎は、仁王のように立っていた。木剣を構えている。木剣だけが、上下に揺れていた。苦しい。しかし、深いところではない。石もつけていない。その気になれば、いつでも浮きあがれる。

眼の前が、白っぽくなった。そして暗くなった。みとは全身の力を抜き、足だけを動かした。浮いていく。そう思った。気づいた時は、海面に仰むけに寝ていた。月の光が、眩《まぶ》しいほどだった。

景一郎は、と思った時、木剣が海面から飛び出してきた。景一郎の躰も、膝まで海面から出た。しばらくして、大きな鰤《ぶり》が腹を見せて浮かびあがってきた。

「私の、勝ちだな」

景一郎の呼吸は荒かったが、苦しそうではなかった。

みとは、唇《くちびる》を嚙《か》んだ。この男は、みとに勝っただけでなく、魚を打つ余裕さえあったのだ。しかし、なぜだ。海面に出てから、自分はどれぐらい仰むけで浮いていたのか。いくらなんでも、人間がこれほど潜っていられるとは思えない。

「大きい魚を獲った。戻るぞ」

みとの返事も聞かず、景一郎は泳ぎはじめた。少し遅れて、みとも付いていった。

景一郎は、素っ裸のまま、魚を捌いた。器用なものだった。砂がつかないように、小さな板きれの上で皮を剝《は》ぎ、それを皿代りに、あっという間に刺身を作った。頭のところは、焼くつもりのようだ。白い刃が月光を照り返したと思うと、鰤の大きな頭は縦に二つに割れていた。それを木に刺し、焚火に翳《かざ》した。

「私は、もうひと泳ぎしてくる」

刺身を食うと、景一郎が言った。みとは、着物を躰にかけて、襟をかき合わせていた。

「私の勝ちということでいいな。よければ、魚は好きなだけ食ってくれ。二人分だと思って、大きいのを仕留めた」

「待て」

波打際《なみうちぎわ》にむかって歩く景一郎の背に、みとは声をかけた。

「あんたが持っちょる木剣に、なにか細工があるとじゃなかか？」

「これは、ただの枇杷《びわ》の木の木刀だが」

「いや、それに細工しちょる」

みとは立ちあがり、景一郎の木剣をとった。どこをどう見ても、ただの木剣だった。

「あんたは、細工しちょる」

「往生際《おうじょうぎわ》が悪いな。俺は、あの小屋を使わせて貰いたいだけなのだが、そんなに使わせたくはないのか？」

「小屋は、どうでんよか。負けたくなか。あたしが、負けるわけはなか」

「しかし、負けた」

「あんたは、どっかで息をしとるとよ。人が、あげんに潜れるわけはなかもん」

「俺は、潜れる」

景一郎が、みとを見つめてきた。

「もう一度、勝負をしてやろう。木刀はここへ置いていく。次におまえが負けたら、死んで貰うぞ」

「あたしを、殺すとね」

「ああ、殺す」

みとは、不思議な気分になった。死ぬことが怕いとは思わなかった。生きていても、五助の世話をして老いていくだけなのだ。

怕いというより、殺すという言葉に、抗《あらが》い難いような力があった。言葉が、まるで生きているもののように、自分を惹《ひ》きつける。

「よか、勝負たい」

「気の強い女だ」

景一郎は、笑ったようだった。

海にむかって歩いていく。みとも続いた。景一郎がみとの裸体にじっと眼をむけてきたが、みとはどこも隠さなかった。あたしの裸を見て、息をつまらせるといい。そう思いながら、打ち寄せる波の中に踏みこんだ。

月は相変らず明るい。

沖まで泳ぐと、景一郎が潜った。みとも潜った。景一郎はやはり、海底に立っていた。

みとも、じっとしていた。時々手を動かして、浮きあがろうとする躰を押さえるだけだ。苦しくなった。苦しくない、と自分に言い聞かせた。景一郎の、平然とした顔が闇の中に見えた。眼を閉じた。ここは、あたしの海だ。意味もなく、そんなことが頭に浮かんだ。誰かが呼んでいた。五助の声。いや違う。死んだ両親の声か。手が動かなくなった。

焚火のそばに、横たわっていた。躰には、着物がかけてある。

沖で、景一郎が泳いでいた。

なんという男だ。そう思ったが、打ちのめされてはいなかった。みとは、起きあがった。躰は、なんともない。

魚の皮の上に並んだ刺身をつかみ、みとは口に押しこんだ。残っていた刺身は、ほとんどなくなった。

二度、三度と深く息を吸う。それから、海にむかって駈け出した。

「どうした？」

そばまで泳いでいくと、景一郎が言った。木剣は持っていない。

「躰が、冷えてしまうぞ」

「勝負は、まだ終っとらんと」

「ほう。おまえは、気を失って浮いていたぞ」

「死んどらん。あたしは、死んどらん」

「わかった。じゃ、殺してやろう」

殺すという言葉が、またみとの心をくすぐった。羽で、撫《な》でられたような気がする。いきなり、手を摑《つか》まれ、水の中に引きこまれた。抗おうとするみとを、景一郎が抱きすくめてくる。強い力だった。唇を押しつけられた。景一郎の唾《つば》が、勢いよく口の中に流れこんでくる。口を塞がれているので、飲むしかなかった。

海面に出た。みとは頰を張り飛ばしたが、景一郎にはまったくこたえていないようだった。手を引かれた。景一郎の股間《こかん》のものが、みとの手に触れた。躰の芯《しん》が熱くなった。それは、さっき持った木剣のようだった。

また、水の中に引きこまれる。乳を摑まれた。抗わなかった。口から、泡が出ていくのがわかった。海面。うねりに揉《も》まれた。景一郎の手が、みとの内腿にのびてきた。

「約束通り、殺してやるぞ」

躰の芯が、燃えているようだった。首がのけ反り、肩のあたりがふるえた。

水に引きこまれた。いきなり、木剣が躰を貫いてきた。声をあげようとして、口から大きな泡が出た。わかったのは、そこまでだった。海面に出ていた。景一郎はまだ、みとの躰の中にいる。みとは、景一郎の首に手を回した。熱い唾が、口に流れこんできた。

水に潜っていく。いや、浮いているのか。わからなかった。何度も、続けざまに気がいった。海面に出た時、みとは長い叫び声をあげた。

また、水に引きこまれた。どうなっているか、まるでわからなかった。自分がいるところは、水の中などではない、とみとは思った。もう死んで、死人しか行かないところにいるに違いない。

躰が回った。何度も回った。腹の中を、景一郎のものが突き続けている。

確かに、水の中だ。浮いている。流れている。そう思ったのが、最後だった。

景一郎に抱かれて、運ばれていた。秘処から、景一郎の残したものが、滴《したた》り落ちている。それがまた、刺すような快感だった。

焚火のそばに横たえられた。じっとしていても、時々躰のどこかが痙攣《けいれん》した。なにもなかったように、景一郎が鰤の頭の焼け具合を見ていた。空が少し色を持ちはじめていることに、みとは気づいた。

景一郎が立ちあがった。みとも立とうとしたが、躰が動かなかった。川で潮を落としてくるのだろう、とみとは思った。

景一郎が戻ってきた。鰤の頭をとり、息を吹きかけている。口に含み、器用に骨だけを砂の上に吐き捨てる。いい男だ、とみとは思った。これほどの男ぶりは、そうはお目にかかれないだろう。

みとの視線を感じたのか、景一郎が眼をむけてきた。

「俺は帰る。おまえも、魚を食うといい」

「また、殺して欲しか」

「誰だって、一度しか死ねない。考えてみればわかるだろう」

こんな死に方なら、何度でも死ねる。死に続けていたい、とみとは思った。

景一郎が立ちあがった。

4

門弟が二人、打ちのめされていた。

三人目として相手をしているのが、佐伯十郎だった。十郎は、竹刀《しない》を正眼に構え、羽目板まで相手を追いこんでいた。そう見えるが、誘いこまれている。それは確かだった。

景一郎は、さちと森之助を連れて、城下の神社に出かけていた。さちに、どうしてもとせがまれたのだ。根負けしたと言っていい。一度言い出すと、さちは執拗《しつよう》だった。

留守の間に、道場破りをあげてしまったことを咎《とが》めても、仕方のないことだった。すでに二人は打ちのめされ、呻《うめ》き声をあげているのだ。急所を狙って打ったようで、ひとりは眉間《みけん》から額にかけて、青黒く腫《は》れている。眉間に、突きを食らったのだろう。死なないで幸いだった、と言える場所だ。もうひとりは、背中をしたたかに打たれている。

十郎は、全身に覇気《はき》を漲《みなぎ》らせていた。それを相手に叩きつけているが、受け流されているだけだった。

突いてくる、と景一郎は思った。それも眉間だ。竹刀のひと突きで殺そうと思えば、そうするしかない。つまり、十郎を殺そうとしている。

小柄な男だった。どこかで会ったことがあると思ったが、気のせいのようだ。男の竹刀は執拗で、蛇《へび》のようにくねくねと動くような感じがした。それを、十郎はまるで違うようにとったようだ。追いつめられて、逃げ道を探っている。しかし、男が秘めているのは、攻撃の気配だけだった。

潮合《しおあい》。十郎の覇気が、弾《はじ》けた。正面から、打ちこんでいく。男。口もとが、わずかに動いた。十郎の躰が、道場の真中にまで飛んだ。十郎は転げ回り、海老《えび》のように背を丸めた。

「これは」

言って、男が床から扇子を拾いあげた。景一郎が、とっさに投げたものだ。男の突きは、一分か二分、十郎の眉間からはずれた。

「失礼しました。師範代の、日向景一郎と申します」

男が頷《うなず》く。

景一郎はそれ以上言わず、立ちあがった。当然のように、男は竹刀から木刀に持ち換えた。道場の噂《うわさ》は聞いているのだろう。

むかい合った。

道場に入った時から、尋常な腕でないことはわかっていた。むかい合うと、改めて景一郎は男の腕のすさまじさを思い知った。すでに五十を超えているように見えるが、発する気の若々しさは失っていない。

技倆《ぎりょう》では負ける。はっきり、そう悟った。技倆が上回る相手と、これまで立合ってこなかったわけではない。技倆だけで勝負はつかない。そうも思っていた。

固着は、それほど長くはなかった。最初の潮合を、景一郎は逃さなかった。間合。跳躍。相手の頭蓋《ずがい》を叩き割る代りに、木刀を叩き落としていた。

「参りました」

床板に座って、男が言う。景一郎は、鳩尾《みずおち》のあたりに、焼けるような熱さを感じていた。木刀を打ち降ろす寸前、突きがきた。突きを引き、上からの木刀を受ける。相手もぎりぎりのところだっただろう。しかし、突けたと知らせてきてもいた。

これまで、景一郎が使ってきた道場破りのやり方だった。ただ景一郎は、もう少しはっきりと、相手に負けを悟らせた。

ここで一両包んで出せば、それで終りだと景一郎は思った。ほんとうにそうしようという気はなかった。真剣でなければ、わからない勝敗もある。

「歩きませんか?」

景一郎は言った。おかしな申し出だったが、男は表情を変えず、ただ頷いた。

「私の鳩尾を、突けましたか?」

「さあ、どうかな」

歩きはじめると、語ることはほかになにもなかった。

「突くことにこだわれば、頭蓋を叩き割られていた、という気もする。しかし突くことで、それがかわせたかもしれない、とも思う」

「勝負は、なしですね」

「木刀の勝負は」

人の少ない通りだった。道場から西へ行くと、武家屋敷ばかりである。

「永井右近《うこん》と申す」

「永井?」

「軒心斎は、私の兄だ。旅の途次だと言って、江戸の私のところに立寄った。事情を訊いて、私が熊本へ行くべきだろうと思った」

「軒心斎先生と私の勝負です」

「兄が、私に泣きついたわけではない。そんな男ではないのだ」

「結果として、そうなっている」

「兄には止められている。九州には、絶対に行くなと」

「行くと知っていて、止めたのかもしれない。話せば、あなたが私と立合わざるを得ないでしょう」

「そうだな」

「軒心斎先生は、未練な振舞いをなされました」

右近が足を止めた。

「いつなりと」

景一郎は言った。

「九州はよく知らん。そっちで、場所と刻限を言ってくれ」

「明日、午《うま》の下刻《げこく》。中島村、高砂《たかさご》の浜で。城下より、一里ほどのところです」

「承知した」

右近が、早足で歩み去った。

景一郎は道場へは帰らず、そのまま中島村へ行った。

小屋へ入り、舟の手入れをはじめる。みとに頼まれたわけではなかった。朽ちかけた舟を、見ていたくなかっただけだ。

舟板となるものは、城下で揃《そろ》えた。一応は浮かぶ舟にするには、三日もあれば充分だろう。

った。実際、二朱みとに渡してある。五助に金を払って買ったのだ。ということにしてあった。

村の年寄りは、いくら手入れをしたところで、使いものにならない舟だ、と言った。五助が二朱丸儲《まるもう》けだ、とからかうような口調で言った漁師もいる。

別に隠す気はなかったが、みとと景一郎の仲を疑う者はいなかった。どこの馬の骨かもわからぬ男と、みとはどうにかなってしまうような女ではない。村の男たちは、みんなそう信じているようだった。

夜半になると、みとがやってくる。海の中で交わる。それがもう、五日目になっていた。

夕刻から、景一郎はしばらく眠った。

砂を駈けてくる足音で、眼が醒《さ》めた。みとだった。外はまだ、暗くなったばかりだ。

「来てよ、あんた。なんとかせにゃいかん。大変なこったい」

みとの話は、要領を得なかった。

「森之助っちう赤子を、あん人が蒲団《ふとん》の中に入れてしもうた」

なにが起きたのかは、わからない。ただ、森之助には関係あることのようだ。

黙って、景一郎は歩きはじめた。

「あたしが寝ちょる間に、赤子を連れてこらっしゃったと。怒っとらす。あたしとあんたのことに気づいて、怒っとらす」

うろたえながら、みとが付いてきた。それは間違いがないようだ。それがなぜ、森之助だけ五
さちが森之助を連れてきた。

助の蒲団の中にいるのか。

家へ入った。行燈《あんどん》がひとつだけあり、蒲団も見えた。五助に会うのは、はじめてである。寝たきりの夫。そうみとから聞かされていただけだ。

「来たとか、さんぴん。おまえん子は、おいの蒲団の中におる。近づくな。近づいたら、赤子の首ば切っちゃる」

「見せろ」

五助が、蒲団の端を持ちあげた。森之助は、五助の脇《わき》の下のところで眠っていた。五助の手には、庖丁が握られている。こんな女に迷った、見憶《みおぼ》えがあるものだった。さちが使っているものだ。

「あんたが、悪《わる》かと。あんたが悪かとよ」

さちの声だった。ゆっくりと、景一郎はふりむいた。さちが立ち尽している。眼が、行燈の明りを照り返して、光っていた。

「どうしろというのだ？」

「謝まらんね。ここの旦那《だんな》さんとあたしに、手をついて謝まらんね」

景一郎は、五助の方に視線を戻した。歩けはしないが、手は普通に動くようだ。

「赤ん坊は、返して貰《もら》おう」

「ふざけるなよ。この赤ん坊の首ば切っちゃる。そいでんよかか？」

「切りたければ、切れ」

五助の眼には、狂気があった。謝まろうがなにをしようが、血を見なければおさまりそうもない光だった。

「鬼」

さちが叫んでいる。

五助の手が動いた。いきなり、さちが景一郎の脇を駈け抜けた。五助の蒲団のそばにしゃがみこみ、森之助を抱きかかえようとする。五助は、さちを押し返そうとしているようだ。さちが倒れた。五助の悲鳴が聞えた。森之助が泣きはじめる。

庖丁が、さちの胸に突き立っていた。柄《え》まで深く入っている。五助の力だけでなく、倒れこんださちの体重もかかったのだろう、と血まみれで泣いている森之助を見ながら、景一郎はぼんやりと考えた。さちは五助の躰の上に倒れたままで、五助はそれを押しのけようと必死にもがいている。

景一郎は、黙って外へ出た。森之助の泣声が追ってきたが、ふりむかなかった。

小屋へ戻り、闇の中で舟の手入れをした。そのことだけで、頭をいっぱいにした。

気づくと、森之助を抱いてみとが立っていた。

「どげんするとね。あたしは、屍体《したい》は片付けられん。動かせんとよ、恐ろしくて。うちん人は、土間に丸まってふるえちょる。自分で這ってきたとよ。手だけで」

「いま、舟を直している」

「なんば、考えちょると？」

「棺桶《かんおけ》にする。もう少し待て」

いま、思いついたことだった。それしか、舟の使い道はないような気がしてきた。

「こん子には、重湯をやるとよ。あたしは、乳は出んけん」

俺の子ではない。出かかった言葉を、景一郎は呑《の》みこんだ。森之助には、なんの関係もないことだ。

「銭はある。乳の出る女を捜してくれ」

「あたしのことは、どげんすると？」

「おまえは、このあたり一番の海女だろう。海があれば、生きられる」

「あたしは、亭主は捨ててんよかよ」

「おまえも、鬼だな」

「鬼同士で、釣り合いは取れとる」

みとが、どういう顔をして言っているのか、よくわからなかった。

舟の手入れにかかると、みとはいつの間にかいなくなった。松林の方から、かすかに子守唄《こもりうた》が聞えてくる。

夜が明けはじめるころ、舟の手入れは終った。景一郎はそれを押して、海に浮かべた。骨が腐った躰のようなものだった。浜を押す間に、なにかが折れるような音が二、三度していた。

さちの躰を運んできた。舟には、もういくらか水が入りはじめている。景一郎は着ているものを全部脱ぎ、その上に大小を置いた。

櫓《ろ》を遣う。松林の中にみとが立っているのが、かすかに見てとれた。

戻ってきたのは、午の刻を回ったころだ。沈んでしまうまで舟を漕ぎ、泳いで戻ってきた。川で躰を洗い、着物を着ている間も、気配は感じ続けていた。

「沖から、やってくるとはな」

永井右近が、歩み寄ってきながら言った。

「ここは人が来る。松林のむこうへ行きませんか?」

永井が頷いた。立合の前に、このあたりの地形は見たようだ。松林のむこうは急な斜面で、樹《き》はなく草があるだけだ。

「将監先生には、二年も鍛えられた。森之助と一緒にな」

日向流を、知っているだけではなく遣いもするのだろう。

景一郎が、先に抜いた。

「おう、来国行か」

短く、右近は言い、鞘《さや》を払った。

むかい合う。勝てないかもしれない、と構えを見て景一郎は思った。やがて、それも忘れた。

すべてが、固着した。風に靡《なび》いている枯れた色の草も、二人の周囲だけは動きを止めているように見える。

二刻、対峙《たいじ》を続けた。陽が落ちかかり、斜面は暗くなった。景一郎は息を乱したが、それも通り過ぎ、いまでは自分が息をしているのかどうかも、よくわからなかった。

不意に、右近が横へ動きはじめた。間合まで、まだ六、七歩ある。近づくのではなく、ただ横へ横へと動いていく。松林に入り、そこも出て浜に立った。

斬撃《ざんげき》。気合をこめたものではなかった。右近は多分、走るきっかけを作ったのだろう。海の中へ、駈けこんでいく。腿のあたりまで、水に入っていた。景一郎も、そこまで入った。崩《くず》れた波が、腰や背を打つ。

景一郎の跳躍を、右近がただ待っているのがよくわかった。さすがに、日向流をよく知っている。

波に押されたように、間合は詰っていた。あと二歩。跳躍することを考えれば、一歩。その一歩を、右近が詰めてきた。退《さ》がるまいとするだけで、景一郎には精一杯だった。

水に入っていたのでは、跳躍は高が知れている。右近は、そう読んでいる。

景一郎は、満身の気を来国行に集めた。頭の中が白くなった。視界も、白くなった。飛沫。赤い。景一郎は、撥《は》ねあげた刀を、そのまま頭上で構えた。右近の下腹から脇にかけてが、見知らぬけものの口のように、大きく開いていた。景一郎が立っているところの水も、赤く染ってくる。けものの口からは、意志のある舌のように、腸《はらわた》が漂い出していた。

「上へ」

右近の声。遠くに聞いた。

「上へ、撥ねあげるのか」

右近の躰が、崩れていく。うつぶせに倒れ、海面に浮き、右近は波に揺られていた。

景一郎は、浜へあがった。それから着物の潮と血を落とすために、川に入った。着物を脱ぎはせず、雫《しずく》を滴らせたまま、景一郎は歩きはじめた。右近の屍体は、沖へ流れたのか、どこにも見えない。

松林の中に、森之助を抱いたみとの姿があった。

かすかに、子守唄も流れてくる。

景一郎は、立ち止まってじっとそれに耳を傾けた。そうすると、みとの唄声を、波の音が消してしまう。聞こうとしなければ、かすかに聞えてくるのだ。

ひとつ、ふたつと、景一郎はその唄を頭に刻みつけた。

自分で口から出してみる。みとのように、うまくは唄えなかった。それでも、何度か続けてみた。景一郎を見たみとが、近づいてきて、眠っている森之助を見せた。

そうしながらも、みとはまだ唄い続けていた。

第八章　手首

1

追われる気配はなくなった。

山中の温泉でも、追う時は追ってくる。いままでは、そうだった。

肩と腿《もも》。傷は塞《ふさ》がっていた。両方とも、それほど深くはなかった。傷を負ったまま走り続けたので、失血がひどかっただけだ。薩摩《さつま》の武士は、国境で追うのをぴたりとやめた。

小関鉄馬は、ひとつのことだけを気にしていた。佐原英之進が追ってくるだろう、ということである。まともに立合えば、五分五分。うまくすれば、勝てるかもしれない。

傷を負った状態では無理だったが、いまはもう傷も癒《い》えた。動かしにくかった左の肩も、元通りに動くようになっている。

しかし、佐原の気配はなかった。あるところまでは、九州に入ってしばらくの間は、佐原の気配は確かにあったのである。

佐原が出てくるということは、加賀藩もよほど人がいなくなったのだと思っていた。その佐原の気配が、消えている。

鉄馬は、河原にある湯に入っていた。いつでも刀を執れるように、大小は見えるところに置いてある。

湯気が濃かった。もう年の終りで、山にはとうに冬が来ている。湯から出ても、躰《からだ》は火照《ほて》るほどだった。傷によく効く湯だということは、あとで知った。河原にはいくつも湯壺《ゆつぼ》と呼ばれるものがあり、どこを選んでもいいのだが、鉄馬はひとつの湯壺と決めていた。そこが、襲撃に対して一番備えやすい。

村は、半里ほど歩いたところにあった。

村人は二百名ほどで、田畠《たはた》を作っているわけではなく、炭焼や猟や、籠《かご》などを作って、生業《なりわい》を立てていた。鉄馬は、村の端にある小さな寺に宿をとり、一軒の家から食い物を運んで貰《もら》っている。老住持は山菜と粥《かゆ》だけの生活をしていて、それにはほとんど耐えられそうもなかったからだ。

昨夜、雪が降った。山は白い色に包まれている。それほど深く積もるということはないらしいが、九州でも雪が降るということが、鉄馬にはなんとなく不思議だった。借りている庵《いおり》は、境内の隅《すみ》にあった。もっとも、かたちばかりの山門や本堂や庫裡《くり》はあるが、塀《へい》もなく、どこまでが境内なのか判然とはしていないのだった。

炭は、村でいくらでも買えた。庵の中には囲炉裏《いろり》が切ってあり、そこで炭を使うと簡単な煮炊《にた》きはできた。鍋《なべ》をぶらさげておき、それでなにかを煮ればいいのである。億劫《おっくう》で、鉄馬はそれもやらなかった。

食い物の世話をしてくれているのが猟師の女房だったので、時々獣肉にもありつけた。大抵は鍋の中で味噌《みそ》と一緒に煮るのだが、時には串《くし》に刺して炙《あぶ》ることもある。炙って塩をした獣肉の方が、鉄馬は好きだった。

囲炉裏に火を入れる。河原から戻ってきた時、それだけは自分でやった。温泉に浸《つか》る前に二刻《ふたとき》ほど山の中を駈《か》け、剣を振るので、遅い朝食を終えたらすぐに出かける。庵は冷えきってしまうのである。

炭が赤く燃えはじめると、鉄馬は禅を組んだ。特別のことではない。三十を過ぎたころから、暇な時は大抵禅を組んでいた。

無念無想などには縁がなく、さまざまなことを考える。いつの間にか、そうやって考えることが習慣のようになっていた。考えることがない時は、死んだ人間と語り合う。

父、母、朋輩《ほうばい》、自らの手にかけた立合の相手。多恵が、よく語りかけてきた。生んだばかりの赤子を残して、斬《き》り殺されたのだ。多恵が気にしているのは、赤子の行方だった。

生きているはずです。鉄馬もそう語りかける。しかし、あなたが母になることは、土台無理なことだった。

赤子の父親は、日向森之助だった。森之助が父になることも、やはり無理だ。

猟師の女房が、鍋をぶらさげてきた。鍋は内側に味噌が塗りこんである。そこに水を入れ、囲炉裏で煮立たせるのだ。

「猪肉《ししにく》か」

「また一頭仕留めて参りました」

なぜか、この村には方言がなかった。しかも、言葉遣いに気品すらある。着ているのは何枚も当て布をした粗末なもので、蓑《みの》の代りにけものの皮をまとったりもする。

「魚があればよいのですが、岩魚《いわな》などを主人は獲《と》ろうといたしません」

「岩魚は、鉄砲で撃つわけにもいかんしな」

猟師の女房は、小枝《さえ》といった。猟師は顔半分に髭《ひげ》を蓄えた小柄な男で、忠保《ただやす》という名だった。姓は村全部が同じである。村ひとつが一族なのだろう。

小枝が自在鉤《じざいかぎ》に鍋をかけ、水を少し入れた。料理の仕方は独得で、鉄馬は口も手も出せない。出す気もないが、小枝が立ち働くのを眺めていることにはなる。慎《つつま》しやかな挙措の中に、媚《こび》があった。はっきりとそう感じられる媚である。胸もとから乳房が見える。炭をおこすために四つ這《ば》いで息を吹きかけている時は、大きな尻《しり》が突き出されていたし、白い脛《すね》も覗《のぞ》いて見えた。

誘われている、とよく思った。乗る気はなかった。四十三になっている。年齢のことだけではなく、鉄馬は自分に女を禁じていた。多恵を死なせたからである。

小枝は、二十七、八だろうか。石女《うまずめ》と言われていた。鉄馬の食い物の世話に、なぜ小枝が選ばれたのかは知らない。村の長《おさ》が、小枝を寄越したのだ。礼金などは、すべて村の長に払うことになっていた。

湯が煮立ってきた。少量の湯だから、鍋が熱くなるとすぐに煮立つ。内側に塗りこめられていた味噌で、湯には淡い色がついている。そこに、小枝は籠一杯の野草を入れた。鍋に入りきれず、山盛りになる。それに熱が通り、やがて萎《しお》れはじめる。その時、ひと摑《つか》みの塩を入れる。塩は、野草の水気を吸い出し、鍋には煮出した汁が溜《たま》る。それで一度火から降ろし、いくらか冷めたところで、もう一度火にかける。あれほど大量にあった野草が、鍋の底に小さくなっている。猪肉を入れるのは、その時である。

「小枝殿は、特に料理を学んだりしたのか？」

「なぜでございます？」

「普通だとできそうもないようなことを、手際《てぎわ》よくやるから」

「これは、村の女なら誰にもできます」

村の女たちの仕事は、野草摘みや、籠編みや毛皮のなめしだった。

「忠保殿は、また猟に出られたようだが」

「はい。雪が降りましたので、遠くのけものまでよく見分けられるようになっております。いまはまだ木の実なども残っていて、けものはよく山で餌《えさ》を漁《あさ》っているのです」

「忠保殿の鉄砲の腕は、大変なものだそうだな。飛翔《ひしょう》する鷲《わし》ですら、撃ち落とすというそうではないか」

山の中を駈けている時、二度ばかり忠保と出会《でくわ》した。猟はもっと深山に入るが、そこへむかう途中だったようだ。二度目に、忠保は鉄砲を鉄馬にむけてきた。なにも言わずに構え、じっと立っていたのである。鉄馬も、立ち尽している以外になかった。

忠保が、なぜそんな真似《まね》をしたのか、見当はつく。小枝と鉄馬が、ただの関係ではないと疑っているのだ。しかし、撃ちはしなかった。村の長も知っていることかもしれない。いや、村の長が小枝に命じたことかもしれないのだ。

小枝が石女だというが、ほんとうはそうではなく、忠保に子種がないということもあり得た。一族が生き延びるために、子は必要である。しかし、村の男というわけにはいかない。そこに、傷の療養のために自分が現われた。

そう考えると、小枝の媚も納得ができる。

「忠保殿は、どこで鉄砲の修行をされた？」

「さあ。代々伝わった技である、と私は聞いておりますが。主人は、鉄砲が上手で当たり前なのです。それで村の役に立っているのですから」

「小枝殿は？」

「女のやることは、沢山ございます」

小枝は、煮立った鍋の中に塩を入れた。煮汁が出はじめた。しばらくして、小枝は袖《そで》を当てて鍋の柄《え》に手をかけ、囲炉裏の端に降ろした。

「毛皮は、ただ毛皮として売るのではなく、いろいろなものに仕立てて売ることも多いのですよ、鉄馬様。革紐《かわひも》にすることもあれば、袋にすることもあり、ほかにもいろいろなものを作ります」

「なめしているところ以外、俺はあまり見たことがないがな」

「あとのことは、家の中でやるからです」

言われてみれば、村長の家以外、鉄馬は中を見たことはないのだった。

新しい炭を入れて、小枝が息を吹きかけはじめる。四つ這いになった小枝の、尻のかたちがくっきりと見えた。息を吹きかけられるたびに、炭はぱちぱちと音をたてている。

身を起こした小枝が、鉄馬を見て笑った。

料理に、これほど手間をかける必要はない。猪鍋のはじめから終りまでで、ほぼ一刻は小枝は庵の中にいることになるのだ。やはり村長の意志が働いているとしか思えなかった。

再び火にかけた鍋が、くつくつと煮立ちはじめると、小枝は脂《あぶら》ぎった猪肉を鍋に入れた。少しずつ、味を調えるように味噌を足していく。

いい匂《にお》いが漂ってきて、口の中に唾《つば》が溜った。外はもう暗くなりはじめていて、燈台の油が燃えるじりじりという音が大きく聞えた。

取りたての茸《きのこ》をいくつか入れた。それはあまり煮えない方がいいらしい。

「これを、長から預かってきておりますが」

小枝が、革袋を鉄馬の前に置いた。酒が入っているらしい。

「貰おうか」

鉄馬が言うと、小枝が椀《わん》に注いだ。濁り酒だった。まずくはない。二杯目を、鉄馬は自分で注いだ。

「鉄馬様は、顔やお躰の傷は、すべて立合で受けられたのですか？」

「いままで訊《き》けなかったことを、やっと訊けたという感じだな」

「村へ来られた時、鉄馬様はほとんど死人のようでございました。傷をどうされたのかなどと、訊けるようではありませんでした。それが命を奪っていくのではないか、と思えたほどです。いまは、傷は傷としか見えません。それも古い傷で、痕《あと》だけが残っているというような」

痛みがないように見えるということか、と鉄馬は思った。痛みはある。多恵を、生きて薩摩へ帰らせることができなかった。森之助に対して、済まないという思いも、痛みになってあった。

小枝が、鍋の中身を椀によそって出した。鉄馬は、四杯目の酒を飲み干してから、椀に箸《はし》をつけた。肉を嚙《か》みしめると、口の中にたまらない味が滲《にじ》み出す。それが、全身にしみこんでくる。茸は、まだ歯触りが固かった。

「私も、いただいてよろしゅうございますか、鉄馬様?」

「無論」

このあとに、飯を食う。それでも鍋のものは残るので、鍋の中に飯を入れておき、明日の朝の雑炊にする。

小枝が欲しがったのは、鍋のものではなく、革袋の酒だった。

「長は、なぜ俺に酒をくれたのだろう?」

「嫌《きら》いでございますか?」

「いや。しかし、酒を貰えるほどの銭は渡しておらぬ」

「村長が、鉄馬様を嫌っておられない、ということでございます。山を駈け、樹木を斬り倒していかれるお姿を、遠くから何度か見たそうです。まこと鬼神のごとくであった、と言われておりました」

野山を駈ける。それは、若いころにやった修行だった。思い出したようにもう一度やってみる気になったのは、日向景一郎に会ったからである。いきなりぶつかったように、斬り合いになった。押しまくり、何度か斬ったつもりになったが、かわされていた。もともとは、臆病《おくびょう》な男なのだろう。それが、こちらの打ちこみを、眼ではなく恐怖から出た感性のようなもので捉《とら》え、かわす。しかし、それだけではなかった。どう逃げようと、決して崩れないしたたかさのようなものが、あったような気がする。そこにまで打ちこめなくて、こちらの太刀筋がことごとくはずれたと言えなくもなかった。

あれだけ畳みかける攻めをすれば、大抵は圧力で潰《つぶ》れて隙《すき》を見せる。しかし日向景一郎が見せたのは、相討で死のうという構えだった。あれだけ押されても、とっさにそういう構えをとれる。さすが日向流の嫡流《ちゃくりゅう》、と言うべきなのかもしれない。

そして、日向景一郎という男は、いつまでも鉄馬の気持のどこかにひっかかっていた。薩摩から逃げきって国境を越えた時、血止めに腐心している時、温泉で傷を癒《いや》しはじめた時。そういう時、何度も日向景一郎の姿が浮かんだ。妙な鮮やかさを持っていて、それは日が経《た》つにつれて、薄れるどころか濃くなっていくばかりだったのだ。

若いころやった修行を思い出したのと、日向景一郎がどう関っているのか考えはしなかった。もう一度、同じことをやってみようと思っただけである。

「どうでございますか、猪鍋は？」

小枝が、鉄馬の顔を覗きこんでいた。酒のせいなのか、眼に妖《あや》しい光がともりはじめている。

「いつもより、濃い味がする。辛いというのではなくな。猪肉の精が、躰にしみこんでいくようだよ」

小枝が両手を出している。鉄馬はそこに、平らげてしまった椀を載せた。

二杯目は、気づかないうちに腹に流しこんでしまっていた。猪肉の匂いさえも、よくわからなかったような気がする。

これぐらいの酒で酔うわけはない、と三杯目を受け取りながら鉄馬は思った。

「私は、死ぬ覚悟をして参りました」

三杯目を半分ほど食ったところで、小枝が言った。

眼の前にいる小枝の姿が、遠くなったり近くなったりしている。躰が、宙に浮いているような気分だった。

「鉄馬様がお召しあがりになった茸は、殿方を狂わせるものです。それを食した殿方に抱かれると、女は突き殺されると言われております。決して、鍋などに使ってはならないもので、ほんの少しだけを、病者のために煎《せん》じたりするものです。鉄馬様は、それをもう四つは召しあがられました」

「どういうことだ?」

「鉄馬様の子種を頂戴《ちょうだい》するように、村長から言われております。しかし鉄馬様は、私を女として見てくださいません。死ぬ覚悟をして茸を召しあがっていただくしか、方法はございませんでした」

「ほう、男を狂わせるか」

「抗《あらが》っても、無駄でございます。鉄馬様を鉄馬様ではなくしてしまうものでございますから。私は、死ぬでしょう。しかし生き延びれば、鉄馬様の子を孕《はら》むことができます」

「なぜ?」

「村の女子《おなご》の仕事は、子を産むことでございますから」

「むなしいな、小枝殿」

「そうでしょうか。子を産んだ女子になることが、そんなにもむなしいものなのでしょうか。人それぞれの考え方で、私はむなしいとは思いません」

村の外の血を入れる。それによって、血の近さによる害をなくそうという意図もあるのかもしれない、と鉄馬は考えた。

考えられたのは、そこまでだった。また、小枝が遠く近くに見えはじめた。眠りとか気を失ってしまうかもしれないとかいうような、頼りなさはなかった。むしろ、全身が熱く、しかし心地よく、宙を漂っているような感じが続いている。

「耐えてみようか」

「好きになさいませ。これで耐えられるのなら、私には子に縁がなかったということでございましょう」

「耐えてみせる」

刀を手もとに引き寄せたい、と鉄馬は思った。しかし、手は刀の方へ動いていかなかった。小枝の方に、のびていこうとする。眼を閉じようとしても、そうしていられなかった。

鉄馬は、躰を倒そうとした。はっきり感じられる、なにかが欲しい。躰のどこかを傷つけることでもいい。倒れた。倒れたのはわかったが、躰にはなにも感じなかった。視界が歪《ゆが》み、鉄馬は弾《はじ》かれたように躰を起こした。躰の芯《しん》が、熱く灼《や》けている。

小枝が、近づいてきた。ほんとうに近づいてきたのかどうかは、わからなかった。小枝の顔が、すぐそばに見える。

「失《う》せろ」

言ったが、手はのびかかっていた。小枝が立ちあがる。帯が床に落ちた。白い躰。顔や手の浅黒さからは、信じられないような白さだった。

小枝が、鉄馬を見つめた。鉄馬を襲っているものは、渇きに似ていた。小枝は水だ。

小枝が横たわった。鉄馬にむかって、両脚を開く。毛のほとんどない秘処だった。赤い口を開けた、白いけもの。毛がないだけ、それはほんとうに口らしく見える。

不意に、多恵の姿と重なった。小さな小屋で、多恵は小枝と同じような恰好《かっこう》をしていた。そして、けものの口が開いた。大きく開き、そこから赤子の頭が覗いたのだ。

小枝に見え、多恵に見えた。躰の芯は灼け続け、逆に冷たく凍ったようにすら感じられてきた。何度も、波のように鉄馬の躰の中から突きあげてくるものがある。それでも、鉄馬は耐えていた。物《もの》の怪《け》と闘っているのだと思った。

けものの口が、近づいてきた。匂いが、鉄馬の頭を痺《しび》れさせた。叫び声が聞えた。気づくと、鉄馬は小枝の股《また》に口をつけ、吸っていた。いくら吸っても、蜜《みつ》のようなものが絶えることなく口に流れこんできた。

俺は、なにをやっているのだ。考えたのは、束《つか》の間《ま》だった。また小枝の叫び声。鉄馬は、小枝を貫いていた。躰が、そう動いていた。めまいに似たものが、波状的に襲ってきた。果てるのか。そう思った。しかし快感は躰を駈け回り、鉄馬はいつまでも果てなかった。自分のあげる雄叫《おたけ》びを、鉄馬は遠いもののように聞いていた。小枝が、押し潰したような叫びをあげる。のたうちまわる。いつまで続くのだ、と鉄馬は思った。やめたいという思いと、いつまでも続けていたいという思いが交錯し、それがさらに鉄馬を駆り立てた。

叫び続けた。やっと果てた。

瞬間、頭が空白になり、それから全身が痙攣《けいれん》した。また、腰が動いていた。躰を駈け回る快感が、さらに深いものになっていた。

眼を閉じる。頭は、痺れていた。躰が全部、小枝の中に入っているような気がした。死ぬまでやめられないだろう、と鉄馬は思った。それが、言葉で考えた最後のことだった。

2

寒さで、鉄馬は眼を開いた。

小枝の躰が、下にあった。死んでいる、としか見えなかった。しかし、わずかに息をしていた。躰も、冷たくなってはいない。

上体を起こした瞬間、鉄馬はめまいに襲われた。しばらくそれに耐え、ようやく立ちあがることができた。

股を拡《ひろ》げたまま仰むけになっている小枝の躰を、鉄馬はぼんやりと見降ろした。毛の少ない秘処は開いたままで、血と粘液が入り混じったものが、涎《よだれ》のように流れ出している。

まだ夜だった。

鉄馬は、新しい炭をくべようとした。炭のかたちが残った灰が、囲炉裏にはあるだけなのだ。燠《おき》さえもなかった。

炭に火をつけ、いくつか組むと、息を吹きかけた。ようやく、赤い火がおきた。それだけで、鉄馬は疲れきっていた。しばらく、裸のまま燃える炭を見ていた。

たっぷりあった燈台の油が、ほとんどなくなっている。

小枝は、やはり死んだように動かなかった。わずかな息はしている。

鉄馬は着物を着、大小を捜した。庵の隅に、それはたてかけられていた。脇差《わきざし》だけを差し、また囲炉裏のそばに座りこんだ。冷えた鍋が、そばにあった。竹の皮に包まれ、まだ煮られていない猪肉もあった。手をのばし、貪《むさぼ》るように鉄馬はそれを食った。味はよくわからなかった。残っていた生肉を全部腹に入れてしまうと、次に襲ってきたのは渇きだった。革袋の酒を、全部飲み干した。

ようやく、冷えた鍋を見ることができた。茸がひとつ、白くかたまった脂の中に埋もれていた。

少しだけ、躰が暖まってきた。鉄馬は、小枝の躰をなんとかしようという気になった。開いた股を閉じようとしたが、動かなかった。関節がはずれているのだ。鉄馬は小枝の膝《ひざ》を摑んで持ちあげ、膝頭を乳房の方に押しつけるようにして、体重をかけた。鈍い音がした。ようやく足が閉じ、開いたけものの口は見えなくなった。それでも、小枝は気を失ったままだ。

鉄馬は外に出て、水を汲《く》んできた。椀の水を飲ませようとしても、小枝は唇を開かない。口移しに、少しずつ飲ませた。椀一杯の水を飲ませると、小枝の息はわずかだが力強くなったように感じられた。

燈台の灯が消えそうになったので、鉄馬は油を足した。

静かだった。村の方で、時々犬が吠《ほ》えているだけだ。

もう、寒さは感じなかった。炭は勢いよく燃えている。気の滅入《めい》りそうな虚脱感が、まだ続いているだけだった。

小枝の躰に、自分が使っていた綿入れをかけた。小枝の呼吸は、ようやく寝息に近いものになっていた。眼は醒《さま》さない。

なぜ耐えきれなかったのか、考えることに意味はなかった。毒を盛られれば死ぬ。それと同じことだ。

夜が、明けはじめた。

鉄馬は、気力をふり搾《しぼ》って立ちあがった。虚脱を、躰から追い払ってしまいたかった。そのためには、動かすことだ。じっとしていれば、やがて虚脱は躰に棲《す》みついてしまいそうな気がする。

鉄馬が庵を出る時まで、小枝はついに眼を開かなかった。

山門をくぐり、まだ雪の残る雑木林に挟《はさ》まれた道を歩いた。すぐに、分れ道になる。右へ行けば村で、左に行けば山である。左へ行った。ようやく、陽が昇りはじめていた。足が、地についていないという気がした。しかし、躓《つまず》いたりはしていない。石の多い道に出てもそうだった。

一刻《いっとき》ほど歩いた時、鉄馬は五感を打ってくる気配を感じた。

足を止め、刀の鯉口《こいぐち》を切った。

笹《ささ》を掻《か》き分けるような音がし、五間ほどさきの岩の上に、なにかが跳び乗った。けもののように見えたが、人だった。

「忠保殿か」

「よく、生きていたものだな。まあ、脱殻《ぬけがら》のようなものだろうが」

「俺が茸を食わされたことを、知っていたのかね？」

「俺も、食ったことがある。子ができぬのは、媾合《まぐわ》い足りぬと小枝が申したのでな。ひとつを、一刻ほどかけて食った」

「俺は、四つ食った」

「四つ？」

「多すぎたな。どうしようもなく、多すぎたよ」

「小枝は、おまえが抗うだろうと言っていた。だから少し多く食わせるとな。四つも食わせたとは、思わなかった」

忠保は、鉄砲を顔のそばで持っていた。火縄《ひなわ》の燃える匂いが、鉄馬のところまで漂ってきている。猟をしているわけではなさそうだった。

「全部知っているのだろう？」

「ああ。おとといの晩から、おまえたちは媾合いはじめたのだ。声が聞いていられなくて、俺は山に駈けこんだ。山から、寺を見張っていたんだよ」

「そうか、丸一昼夜、俺たちは媾合い続けていたのか。脱殻になるはずだよな」

「立派なもんだ。死なずに生きている。大抵の男は、ひとつで死ぬぞ。村長《むらおさ》は、二つ三つ食ってもおまえは死なないだろうと言っていたが、俺には信じられなかった」

「見損なわれたな、村長に。俺は、あの茸では死なんよ」

「茸で死ななくても、俺の鉄砲の玉で死ぬさ」

忠保の髭が、かすかに動いたように見えた。

「おまえの子種を取ったら、撃ち殺しても構わぬ、と村長の許しを貰っている」

「旅の人間が立寄ると、ああやって子種を取ってから、撃ち殺すのか？」

「村長が、これと言った男だけだ。滅多に言うことはない。撃ち殺すのは、おまえが媾合った相手が小枝だからだ」

「なるほど」

「村の外の血を入れた方がいい。それは俺にもわかる。だから耐えた」

「おまえには、子種がないのだな、忠保」

「ある。ただ、六年、子ができなかった。小枝は子ができる躰だ、と村長は言い張った。五年子ができなければ、外の血を入れるためによその男と媾合うのが、この村の女たちの宿命だ。俺も、そうやって生まれた」

「子種がなければ、村では役立たずか」

「ある。めぐり合わせが悪かっただけだ」

「ないよ。おまえも茸を食ったのだろう。おまえは死ぬのだ」

「勝手にほざいていろ。それでも、子はできなかったのだろう」

忠保が言い終る前に、鉄馬は藪《やぶ》の中に跳んでいた。銃声はおきなかった。忠保の姿は、岩の上から消えている。

鉄馬は、そっと刀を抜いた。柄《つか》を握った手に、虚脱感はなかった。

気配に打たれ、鉄馬は横に跳んだ。なにかが、躰を掠《かす》めていった。銃声は、ほんの少しだけ遅れたような気がする。

藪の中で、もう一度横へ跳んだ。それから走った。忠保がどこにいるのか、確かめるにはこの方法しかない。猟師の技なのか、忠保はきれいに気配を消し去っている。転がり、藪の中の岩に貼《は》りついた。雑木林。そこまで行けば、忠保の鉄砲をかわせるか。枝と枝の間の、どんな狭い隙間でも、撃ち抜いてくるか。

走った。雑木林に飛びこんだ。気配に打たれ、鉄馬はしゃがみこんだ。頭上で、小枝を折るような音がした。正確に、撃ち抜いてきている。しかも、気を放つのは引金を引く瞬間だけだ。刀を持った相手とむかい合うのとは、まるで勝手が違った。玉籠《たまご》めに、どれほどの時がかかるのか。玉を籠めているという気配は、どこにもない。

走った。気配。伏せた。頭上を玉が過ぎていった。銃声を聞くのと同時に、音の方向に鉄馬は走り、伏せた。息にして三つ。玉籠めに、それぐらいの時はかかっている。

走った。伏せた。それから、また走る。

すぐそばだ。気配は感じないが、三間か四間の隔りしかないはずだ。下生えの草は、腰のあたりまである。枯れていて、動くとさわさわと音をたてる。

走った。眼の前に、忠保の姿が現われた。お互いに、むき合っている。ただ、忠保の鉄砲の筒先は横をむいていたし、鉄馬の刀は右手だけの下段だった。

睨《にら》み合う。忠保の鉄砲がこちらをむくのが先か、鉄馬が斬りあげるのが先か。動けなかった。固着の時に、火縄の匂いだけが漂っている。いままで、なぜこの匂いを嗅《か》ぎ取ることができなかったのか。忠保は、ずっと風下にいたわけではない。

すぐにわかった。忠保は、火縄の煙を半分は吸って自分の躰の中で消し、残りの半分は、腰の革袋に溜《た》めているのだった。けものは、人よりもずっと火縄の匂いに敏感に違いないのだ。

動きようがなかった。顎《あご》の先から汗が滴《したた》るのを、鉄馬は感じた。忠保の額にも、びっしりと汗の粒が浮いている。

跳躍し、頭蓋《ずがい》を斬り降ろす。それはできないだろう。けものは、人よりも速く動き、跳躍する。それを撃ち倒す男だ。躰の、ほんのわずかな変化を見ただけでも、どう動くか読む習練は積んでいるに違いない。

鉄馬は、そう思った瞬間に、自分を捨てた。踏み出し、跳躍する。しかし、一寸も跳びあがりはしなかった。跳躍を、足の指で土を掴むようにして、途中で止めたのである。筒先は、上をむいて動き、次の瞬間、鉄馬にむいた。その時、鉄馬は刀を下から摺《す》りあげていた。玉が肩を掠める。斬り降ろした。頭蓋を割り、片腕を飛ばし、胸の骨のところで刀は止まった。

鉄馬は息をついた。しばらく、荒れた息は収まらなかった。

刀の血を拭《ぬぐ》い、鉄馬は歩きはじめた。忠保の方は、もう見なかった。

歩き続ける。躰に残っていた虚脱感は、いつの間にか消えていた。街道に出、夜遅く、熊本の近くに宿をとった。飯を食い、すぐに眠った。

熊本城下に入ったのは、翌日の午《ひる》だった。

永井道場に、軒心斎はいなかった。日向という師範代が、素面《すめん》、素籠手《すごて》で稽古《けいこ》をつけていると聞いた。森之助であるはずはない。すると、景一郎ということになる。

鉄馬は、夜まで永井道場を見張った。景一郎が外出したのは、夜半だった。方向から、一里ほど先にある村だと見当をつけ、尾行を悟られないように、ずっと遅れて歩いた。

寒い夜にもかかわらず、景一郎は村の近くの浜で着物を脱ぐと、泳ぎはじめた。しばらくして、村の家の一軒から、女が出てくるのがわかった。女も、海に入っていった。

鉄馬は、女が出てきた家を窺《うかが》った。

男がひとり寝ていた。そのそばに、赤子がいる。赤子は眼醒《めざ》めていて、男が低い声であやしていた。男は、躰を自由に動かせないらしい。

再び、浜へ戻った。波打際《なみうちぎわ》で、景一郎と女が、海のけもののように、濡《ぬ》れた躰を月光に照らされながら交合していた。女が、人間とは思えないような哮《ほ》え声をあげ、何度も背中を反らせていた。交合したまま、二人は海に入っていった。

動けない男の女房とか、と鉄馬は思った。

浅ましさは感じなかった。浅ましいというには、二人の姿はなまなましさを欠いていた。夜光虫が、二人のいる海面だけを、ぼんやりと明るくしている。不思議なものを見る思いで、鉄馬はしばし二人の姿を眺めていた。いつまでも二人は交合を続けているらしく、女の哮え声だけが遠く聞えた。

鉄馬は、熊本の城下にむかって踵《きびす》を返した。

3

門弟が、全員打ち倒されていた。景一郎が、山へ出かけている間のことである。

「小関鉄馬、と名乗ったのだな。顔に、大きな刀疵《かたなきず》があったのだな？」

「われらは木刀でしたが、小関は竹刀でいいと言いました」

佐伯《さえき》十郎は、うつむいて言った。自分が留守の時は、道場破りはあげないことと申し伝えてあった。それを勝手にあげ、竹刀で打《う》ち据《す》えられたことを、よほど恥じているようだった。

景一郎は、このところ山へ行くことが多かった。跳躍と同時に剣を摺りあげる。それを会得《えとく》するには、やはり土を蹴《け》り、真剣でやってみるしかなかった。跳躍する力と、摺りあげる力は、逆方向に働くのである。跳躍して上から頭蓋を断ち割るほどの、威力は望めなかった。それでも、跳躍する間を、縮めることはできる。できるだけ威力をつけるために、海中での鍛練は充分に重ねたのだ。

「怪我《けが》は？」

門弟たちのうち四人は、倒れたまま起きあがれないでいた。ほかに三人、座りこんだままうつむいている。佐伯十郎が、一番軽いようだったが、それでも腕を二倍ほどに腫《は》らしていた。

跳躍して頭蓋を打つ。たとえ竹刀でも、面も付けていなければ、失神するだろう。その前にのどを突き、胴を突き、小突き回したあと、跳躍して頭蓋を打っている。

「ひとりが、まだ気づきません」

小関鉄馬が立ち去ったのは、一刻ほど前だったという。

気づかないひとりは、鼾《いびき》をかいていた。二、三日後に死ぬだろう、と景一郎は思った。

ひとりになると、景一郎は来国行の手入れをした。

このところ、夜は海へ行き、昼は山へ行っていて、門弟の稽古はつけていない。そういう不満が、小関鉄馬をあげてしまうことに繋《つな》がったのかもしれなかった。

もともと、師範代という柄《がら》ではない。稽古をつけるのも好きではなかった。自分より弱い者と立合ったところで、得るものはなにもないのだ。

小関鉄馬と会うためだけに、景一郎はここで待っていたのだった。

三日待ったが、小関鉄馬は現われなかった。

年が押しつまってきた。師走《しわす》の二十九日である。年が明けるまで、小関鉄馬は来ないだろう、と景一郎は思った。

餅《もち》を買って、みとの村へ出かけていった。

森之助は、いつも五助のそばで寝ている。もっとも、見るのは夜中だけで、昼間見たことはなかった。

「景一郎さん、森之助を抱いてやったらどげんね。俺《おい》でん抱くとよ。何日もこうして並んで寝とりゃ、かわいくなるけん」

森之助は、起きていた。小さな棒に布を巻いたものを握り、それを振りながら声を出していた。わずか何カ月かで、大きくなったのだ。赤子とは、そういうものらしい。

五助は、さちを庖丁《ほうちよう》で刺して死なせてから、自分も半分死んだようになっていた。怯《おび》え、眠っている間に声を出したりすることもあったようだ。それが、森之助を横たえておくと、なぜか落ち着くらしい。我儘《わがまま》を言うこともなくなった、とみとが言っていた。

「乳は、余っちょるのが村に二人もおる。夜中まで来いとは、言えんとよ。そいで、俺《おい》が重湯をのましちょる。みとは、こげん寒か時でも、魚ば獲らんといかんもんね」

五助は自分を騙《だま》し、都合の悪いものは見ないようにしているようだった。動けないのだ。みとがいなければ、死ぬしかないのだ。

「餅だよ、五助さん。それと、森之助の守代。来年も、世話にならなくちゃならないし」

「森之助が、大人しく寝とるとは、もう何カ月もなかとよ。這ったり歩いたりするようになるたい。そうなりゃ、もう俺の手にゃ負えんもんね」

「みとさんに、小さいころから潜りを仕込んで貰う。森之助は、海士《あま》にしようと思う」

「侍じゃなかとね。景一郎さんの息子ばい。そんなら、侍にしなきゃいかんとよ」

「侍になって、いいことなんてないさ」

餅と紙に包んだ銭を置いて、景一郎は家を出た。

「正月の魚を獲るために、潜るけんね」

見送りに出てきたみとが言った。どういう意味かは、景一郎にもわかった。

「三十日の夜、俺も魚を獲りに来る」

歩きはじめた。みとは追ってこなかった。景一郎が森之助を見にきただけだとは、わかったのだろう。それに五助が我儘を言わなくなってから、逆にみとは気を遣ってもいるようだった。

山へ行った。みとの村から城下を迂回《うかい》するように山へ入り、また平地へ出る。高い山も険しい山もないが、駈け回るのにはちょうどよかった。

下からの摺りあげの剣。景一郎が、祖父に教えられたのではなく、自分で身につけたものだった。

斬り合いを続けてきた。その中で体術も身につけたし、実戦に応じた剣の遣い方も身につけた。どの流派であろうと、剣というものはこうやって磨《みが》かれてきたのだと、景一郎にもわかってきた。祖父は、生涯《しょうがい》をかけてこれをやってきたのだ。

眼の高さにある木の枝を捜す。いくつか見つけると、駈ける。駈けながら刀を抜き、跳躍する。下から上へ、その枝は斬っているのだ。上からの返しの太刀で、落ちかかった枝を再び両断する。

上からの打ちこみほど力はなかったが、跳躍の瞬間を衝《つ》かれることはない。跳躍する時から、攻撃なのである。

小関鉄馬を、捜すことはしなかった。もう一度、むこうからやってくるはずだ。

小関鉄馬が父なのかどうかということについては、考えても仕方のないことだった。

夕刻まで、景一郎は山を駈け回り、道場に戻った。佐伯十郎ほか三名が、まだ稽古をしていた。景一郎は竹刀を執り、ひとりずつ稽古をつけた。

こうやって、道場主になっていく。それを望んだことはなかった。望まないまま、かたちとしてはそうなりつつある。

「突きを、教えてください」

佐伯十郎が、稽古を終ったあとに言った。

「俺は二度、道場破りに突き倒されました。二度目の小関鉄馬の時は、突きだけを気をつけていて、なんとか浅く受けましたが、代りにしたたかに腕を打たれました」

「自分で、身につけろ」

「それはもう。しかし、先生は何人もの道場破りを突き倒されました。あの突きは、自分で身につけられたのですか。誰か教える人がいて、それを自分のものとするために磨かれたのではないのですか？」

考えてみれば、幼いころに祖父に教えこまれた。叩《たた》きこまれた、と言ってもいい。祖父が教えなければ、自分は剣というものに関ったりはしなかっただろう。不向きだと、考えたに違いない。十四歳で祖父と旅に出た時から、時々自分は不向きだと思うことがあった。祖父とともにいた時は、心の底に消し難くそれがあったと言っていい。

ひとりになった時から、その思いは消えた。なぜ消えたかは、わからない。幼いころからあった臆病さは、まだ心の中にある。消したくても消せないことも、わかっている。しかし、自分が剣に不向きだとは思えないのだ。

「突いてこい」

景一郎は、佐伯十郎に言った。十郎の顔に、見る見る覇気が漲《みなぎ》った。

景一郎は、竹刀を右手でぶらさげて、正面をあけた。正眼に構えた十郎が、床板を鳴らして踏みこんでくる。景一郎は、のどで竹刀の先を受けた。そのまま、突いてくる竹刀の速さに合わせて、上体を反らせた。十郎の表情が歪んだ。突けたと思っただろう。しかし手応《てごた》えは、ほんのわずかだったはずだ。そして景一郎は立っている。

何度も、それをくり返した。十郎が喘《あえ》ぎはじめる。また突こうとしてきた時、景一郎は竹刀をあげた。それだけで、十郎は動けなくなった。軽く踏み出す。のどに竹刀の先を受けた十郎が、啞然《あぜん》として尻餅をついた。

「なにが、見えた？」

「腕で突かず、踏みこむことで」

「そうだ。そこから、突きははじまる」

「腕をのばしては、いけませんか？」

「同じ速さで、後ろに躰を退《さ》げる。それで、突きの力はすべて殺される。突いた瞬間の力が強ければ、人間の躰はそれに耐えようとして動く。強い突きを出すには、剣先に体重を集めることだ」

まともな突きを出せるようになるまでに、三月。それも毎日稽古を積んでだ。

景一郎は、部屋へ戻った。

さちが死んでから、ひとりだけである。森之助もいない。ひとりであることを、なんとも思わなかった。傷を受けた時は、山に入りひとりで傷を癒した。

畳に寝そべり、天井を眺めた。もう陽は落ちていて、天井も闇《やみ》の中でぼんやりと見えるだけだった。

俺は強くなったのだろうか、と景一郎は思った。立合には馴《な》れた。自分よりも腕が上の相手の攻撃を、なんとか凌《しの》ぐ方法も身につけた。強くなりつつはある。それは、自分でも感じられた。しかし、ほんとうに強くはない。

餅を食い、酒を少し飲み、眠った。

翌日は、道場の納会だった。

門弟たちが、道場の掃除をする。壁や天井のすすまで、くまなく払うのだ。景一郎がやることは、なにもなかった。掃除が終った時、道場に呼ばれただけである。

言ってあった木は、すでに運びこまれていた。

納会で技をひとつ見せる。それが永井道場の慣例であるらしい。自分は師範代だと拒めば拒めたが、景一郎はひと抱えもある木を運ばせたのだった。小関鉄馬が現われれば、自分はこの道場を捨てて去るだろう。

「永井先生が旅から戻られぬので、私が代りに技をひとつ披露《ひろう》します」

門弟たちは、しんとして見ている。

景一郎は来国行の鞘《さや》を払い、木の前に立った。倒れないように、佐伯十郎が支えて持っている。

「この木を人に見立てて、首を刎《は》ねます。真横に払う太刀筋で、袈裟《けさ》に入れるよりずっと難しいと言われています」

構え、刀を横に払った。ほとんど手応えもなく、木の上一尺あまりが、もともと切れていたもののように音をたてて床に落ちた。

これも慣例らしく、門弟がひとりずつ同じことを試みた。みんな刀を食いこませただけだ。景一郎は、もう一度斬ってみせた。

他愛《たわい》ないことだった。それでも、門弟たちは感嘆の声を放っている。

酒を飲み、納会は終りだった。酒で、乱れる者もいない。

見世物のようなものだ、と景一郎は思った。同じ太さの木を五本並べても、景一郎は横に薙《な》ぐことができる。そして、そんなことに大した意味はなかった。

門弟たちが帰ってしまうと、道場は静かになった。

景一郎は餅を焼いて食い、しばらく眠った。

夜になって、みとの村へ出かけていく。家までは行かず、小屋で裸になると、景一郎は海へ入った。

寒い時季だが、みとが根つきと呼んでいる魚は、いくらでもいた。その場所に棲んでいる魚という意味らしい。ただし、岩の多いところへ行く必要があった。

底まで潜り、木刀で下から打つというやり方には、すっかり習熟していた。魚を気絶させるだけで、殺さない打ち方もできる。

景一郎はそうやって、鯛《たい》を何尾か打った。気を失った鯛は、逃げ場のない岩場の水溜《みずたま》りに入れておく。

不意に、別の水音がした。躰に、みとの腕が絡《から》みついてくる。景一郎は、木刀を岩場に投げあげた。

みとの手が、景一郎の股間《こかん》にのびてくる。思いきり、景一郎は息を吸った。

4

小関鉄馬は、三十日に熊本へ戻ってきた。

永井道場を訪ねたのは、大晦日《おおみそか》の午後である。道場は、しんとしていた。訪《おとな》いを入れると、しばらくして景一郎自身が出てきた。鉄馬を見ても、驚いた表情は見せない。

道場に案内された。

「永井軒心斎殿は？」

「旅に、出られました」

景一郎は、平然としている。

「追い出した、という噂《うわさ》もあるがな」

「小関殿に、永井道場で待て、と言われました。だから、私は待っていただけです。父のことを訊《き》かなければならないし、立合わなければならないかもしれない、と思っていましたから。小関殿と会った以上、私はもうこの道場にいる理由はありません」

「そういうことか」

景一郎は、平然とした顔を崩さない。

「赤子は、どうした?」

「死にましたよ」

「そんなことはあるまい」

「死にました。生まれたばかりの赤子を預けられて、私にどうさせるつもりだったんですか。死なせるしかないでしょう」

「死なせるとは、殺したということか?」

「海に流しました。泣いてうるさいので」

「なるほど」

鉄馬は、ちょっと首を動かした。赤子を、なにか交渉の道具に使おうとしているのだろう。森之助のことを知りたがっていたから、それを話してやればいいのか。

「とにかく、一度立合おうではないか、道場主殿」

「ここで待てと言われたから、私は待っていただけです。立合うなら、真剣で立合ってください」

「真剣で立合うと、赤子の居所がわからなくなる」

「海の中ですよ」

「その証《あか》しは？」

「あるはずもない」

「よかろう。いつ、どこで？」

「明日ではいかがですか？」

「ほう、正月早々にか。俺の方は、いっこうに構わんが」

景一郎が言った場所を、鉄馬は頭に刻みこんだ。別の話をしようと思ったが、その気も起きてこない。立ちあがった。玄関までひとりで歩き、道場を出た。

頼みこんで、旅籠《はたご》に泊めて貰《もら》った。大晦日の客をいやがっている素ぶりだったが、要するに高い宿賃を取りたがっているだけだと、部屋へ通されてからわかった。

景一郎は、自分のことをまだ森之助だと思っているのだろうか。少なくとも、疑ってはいる。

鉄馬は一度熊本城下に入り、景一郎がいることを確かめてから、竹田に行ったのだった。熊本からは、ちょうど阿蘇《あそ》のむこう側になる。中川七万石の城下のはずれに、森之助がいるのだ。熊本の永井道場に入ったのかもしれないと思い、先に回ったのだが、永井軒心斎の代りに景一郎がいただけだった。

多恵を死なせたことについて、森之助はなにも言わなかった。もともと、薩摩に入るのは賭《か》けに似た要素があった。行ってみるまで、薩摩藩の出方はわからなかったのだ。

森之助が気にしたのは、生まれたばかりの赤子のことだった。

明日になればわかる、と鉄馬は思った。

長い旅だった。森之助に助けを求められたのは、二月だった。なぜ森之助がと思いながら、会いに行った。川崎の宿に、森之助はいた。そこではじめて、多恵に会ったのだ。

森之助が、何年か前から加賀藩に追われていたのは、知っていた。知らせてきたのは、佐原英之進だった。加賀藩における、森之助の最初の門弟である。

鉄馬は、二十五年前、日向将監の弟子だった。森之助とは、兄弟のようにして修行を積んできた。景一郎が生まれたころのことも、よく知っている。鉄馬は旗本で、小普請《こぶしん》だった。ちょうど景一郎が三歳になったころ、喧嘩沙汰《けんかざた》で人を斬《き》った。相手は尾張《おわり》藩士で、結局家禄《かろく》を召しあげられ、浪人になった。

幕府の禄にしがみつくことがなくなり、かえって気ままな暮しができた。いつかは道場をなどという気があのころはないでもなかったが、それもいつの間にか忘れていた。剣は好きだった。自分に合っている、とも思っていた。剣を振っていれば、ほかのことは忘れていられた。日向道場はやめたが、森之助との付き合いは続いた。

ある道場を相手に、果し合いをした。せいぜい四、五名が相手だろうと思っていたら、二十数名来た。できるだけ多く倒して死ぬしかないと肚《はら》を決めた時、助勢に現われたのが森之助だった。二人で背中を合わせ、打ちかかってくる者に七、八人傷を負わせた。それで、相手は逃げた。

せっかくの天稟《てんぴん》を無駄にするな、と森之助に言われた。何度稽古をしてもどうしても森之助には勝てなかったので、天稟と言われてもすぐに納得する気にはならなかった。

二年ほど、諸国を回った。剣の修行という気はなく、道場破りから賭場《とば》の用心棒までやりながら、それでも自分の剣を見つめた。

江戸に戻った時、顔に大きな刀疵ができていた。いそうもないほど強い男が、世の中にはいくらでもいる、ということもわかった。

日向道場へは戻らず、森之助とだけ稽古を積んだ。

江戸を出ていくと聞かされたのは、いつだっただろうか。それも妻子を残して出奔するというのだった。理由を聞いて、仕方がないことかとも思った。

森之助は、そのまま金沢へ行った。以前から、加賀藩に招かれていたのだ。藩士にはならず、食客のようなかたちで、藩士たちに剣を教えていることが、やがて鉄馬にも聞えてきた。

鉄馬は、のべられた蒲団《ふとん》に横たわった。

しばらくすると、除夜の鐘が聞えてきた。全部聞き終る前に、眠っていた。

朝になった。雑煮が出され、城下も正月らしい雰囲気《ふんいき》に包まれていた。

約定《やくじょう》の場所へ、鉄馬は宿を出て真直《まっす》ぐにむかっていき、そこでぼんやりと正月の陽《ひ》射《ざ》しを浴びた。山の中だが、立合に充分な広さがある場所だった。

景一郎を斬るしかないかもしれない、と思った。その前に、森之助のことは教えてやってもいい。加賀藩にも、もう人はいないだろう。どんな手練《てだ》れがいたところで、多恵が死んだのなら、もう身を隠す意味もない。

川崎の宿で二人に会ってから、九州への旅を一緒にしてきた。時には、鉄馬が森之助を名乗ったりしながら、加賀藩の刺客の眼をくらませた。森之助と合わせて、およそ七十人は斬っただろうか。

人の気配が、近づいてきた。

特に殺気は放っていない。しかし、けものが近づいてくるような思いに、鉄馬は襲われた。それは、かつて経験したことのない気配だった。

雑木林の坂を、景一郎が登ってきた。

赤子を背負っている。鉄馬は、切株に腰を降ろした恰好で、それを見ていた。

「早いですね」

「それが、正月の挨拶《あいさつ》か、景一郎？」

「まったく、父のような口調で話されます、小関殿は。私が背負っているのは、森之助と名付けた、あの赤子です」

「ほう。ちゃんと育っているではないか。それに、名が森之助とはな」

「なんとなく、そんな名を付けたくなったのですよ」

皮肉な話だと鉄馬は思ったが、口には出さなかった。

「あなたが父なのかもしれないという思いを、私は拭いきれずにいます。だから、赤子を背負ってきました」

「つまり、実の父が兄弟を斬れるか試そうというわけか。斬れはしまいと読んで、鎧《よろい》のように赤子を背負ったか」

赤子は眼醒めていて、機嫌《きげん》のいい声をあげていた。海辺の村で、寝たきりの男と一緒にいた赤子だ。あの時は気づかず、奇妙な夫婦の間に景一郎が割りこんでいるとだけ思ったのだった。

「斬れますか、小関殿？」

「どうだろうな。やってみなければわからん」

景一郎の表情は、ほとんど動かなかった。

鉄馬は、袴《はかま》の股立《ももだ》ちをとった。腕をあげている。それがはっきり感じられた。三日で強くなる。そういうこともあり得る年齢だった。別れてから、数カ月が経《た》っている。

「はじめるとするか、景一郎」

景一郎が、五、六歩退がり、抜刀した。鉄馬が抜くのを、待つ気配である。鉄馬は、下緒《さげお》で襷《たすき》をかけた。

「俺が死んだら、日向森之助のことは、永久にわからなくなるな」

「あなたを斬ることで、父を斬ったのだと思い定めることにします」

森之助のことを、語りたくないわけではなかった。語る機会を逸した、というところだろう。景一郎と森之助が立合うことも、どうでもいいと思っていた。

「強くなっているなあ、景一郎。おまえの若さが、羨《うらやま》しいような気分だ」

「たとえ斬られるとしても、弟も一緒ですよ。私ひとりでは、斬られない」

「二人とも、両断してやるさ」

景一郎の来国行をしばし見つめ、鉄馬は抜刀した。

景一郎は、正眼に構えた。鉄馬は地摺《じず》りである。

新鮮な驚きに、鉄馬は包まれていた。景一郎の遣う剣は、日向流ではない。いや、もはや日向流とは呼べないものになっている。

天稟としては、こいつが上か、と鉄馬は思った。自分の剣は、結局日向流から脱しきれなかった。

固着したままだった。なにか異変を感じているのか、赤子の手が激しく動くのが、景一郎の肩越しに見えた。

跳躍して、頭蓋を両断する。当然、赤子の頭蓋も両断することになる。仕方のないことだろう。赤子を斬ることに、躊躇《ちゅうちょ》はなかった。生まれてこない方がよかった子供だ。

鉄馬は、剣先に気を集めはじめた。もう、赤子のことは考えなかった。地摺りから、徐々に中段にあげていく。

来国行以外、なにも見えなくなった。時の流れすらも、わからない。

潮合《しおあい》。景一郎も跳ぶだろう。思っただけで、その潮合を鉄馬はやりすごした。顎の先から、汗が滴り落ちている。肩で息をした。景一郎も、口を開けていた。

再び、潮合がきわまってきた。跳ぶしかない。そう思いながら、なんとか耐え抜いた。跳ぶべきではない、となにかが語りかけている。跳べば斬られる、と躰のどこかが感じている。跳ぼうとする力と、止めようとする力が、躰の中で引き合っていた。

不意に、地鳴りが響いてきた。阿蘇だろう。地鳴りに背を押されたように、景一郎が一歩踏みこんできた。たった一歩の圧力が、ほとんどこらえきれないほどに大きかった。心が、ふるえはじめる。

景一郎が跳ぶ。そう思った。鉄馬の足も、とっさに地を蹴っていた。赤子と景一郎の頭が、並んで見えた。しかし打ちこめなかった。

地に降り立つ。

上段に構え直そうとして、鉄馬は自分の手が、手首から離れていることに気づいた。跳躍と同時に、景一郎は刀を摺りあげてきた。鉄馬にわかったのは、それだけだった。

二歩、景一郎が退がった。さらに三歩退がり、構えを解いた。

鉄馬は、刀を鞘に収めた。そうしても、斬り離された手は、まだ柄を摑《つか》んでいた。襷の下緒を解き、左手の傷口の上に巻きつけた。

「なぜ、斬らなかった？」

荒い息の中で、鉄馬は言った。

「なぜだ？」

景一郎も、息を乱している。

「私より、三尺も高く、あなたは跳んだ。下から斬りあげた分だけ、私の跳躍は低くなった」

「俺が頭上から斬り降ろせたのに、斬らなかったというのか。この片手で、頭蓋を両断できたと思うか？」

「できたでしょう。しかし、あなたは赤子を見て、そうしなかったのだ」

右手一本でも、打ちこめないことはない。しかし、打ちこめなかった。赤子の頭を見たせいなのかどうか、鉄馬にはよくわからなかった。

「俺は、おまえの父ではない」

言って、鉄馬はまだ柄を握り続けている左手を、右手で取った。

「私は、負けたと思います。あの時打ちこまれていたら、かわしきれなかった」

鉄馬は、右手で持った左手に眼を落とした。

5

小関鉄馬は、二日ほど熱を出した。しかし、苦しいとも痛いとも、ひと言も言わなかった。汗にまみれながらも、終始眼を閉じて静かだった。

三日目には、熱が下がり、みとが作った粥《かゆ》を口にした。

五助は、ほっとしたようだった。正月早々に連れて来られた怪我人を、じっとそばで見続けていたのだ。熱が下がると、鉄馬はもう床から出て歩きはじめていた。

「どこへ行く?」

鉄馬が声をかけてきたのは、正月四日で、景一郎が森之助を抱いて家を出た時だった。この家に運びこんで、はじめて聞く鉄馬の声だった。

「乳を貰いに」

「ほう、森之助に乳を飲ませるのか。俺も見に行っていいかな?」

黙って、景一郎は歩きはじめた。

「森之助とは、まったくいい名をつけたものだ」

そばを歩きながら、鉄馬が言った。

「まったく、こいつは森之助だ。森之助以外の誰でもない」

村に、乳の出る女は二人いた。

森之助の吸い方は、貪欲《どんよく》らしい。

「まあ、こん子は」

二人とも、森之助が乳首をふくむとまったく同じことを言い、笑い出すのだった。これまでもずっと乳をやっていたのだから、吸い方が急に強くなったということだろう。

鉄馬を五助の家に運んだのに、理由があるわけではなかった。

鉄馬が勝手に、海がある方へ歩きはじめたのだ。手首の傷を、塩水に浸すつもりのようだった。歩いているせいか、出血は止まらず、鉄馬はよろけていた。それでも海まで歩き、海に傷口を浸すと、右手で海面の水を掬《すく》って何度も飲んだ。浜にあがってきて、傷口を縛り直してから、仰むけに倒れたのだ。それでも、気を失ってはいなかった。

「多恵殿の乳を、俺はよく見なかった。なるほど。赤子とはこんなふうに口を動かして乳を飲むのか」

鉄馬に覗《のぞ》きこまれても、女はいやな顔をしなかった。むしろ森之助の表情を見せるように、胸を突き出している。

「弟なのですね、森之助は?」

「なぜ、そう思う?」

「多恵という人の話をする時、自分の女房のことを喋《しやべ》っているというふうには聞えないのです」

「確かに、多恵殿は俺の女房ではない。森之助も、俺の子ではない」

「そうですか」

それ以上、景一郎は訊《き》かなかった。

乳を飲むと、森之助は満ち足りたように眠る。生まれたての時より表情があるので、眺《なが》めていて飽きなかった。

それがあってから、鉄馬は自分が抱いて乳を貰いに行ったりするようになった。左手は晒《さらし》で巻いて懐《ふところ》に入れているから、誰も手首から先がないとは思わない。右手で持ちあげるようにして、抱いていくのである。森之助は、両手で鉄馬の耳や髷《まげ》を引っ張ったりしていた。鉄馬は悲鳴をあげているが、右腕のかたちはまったく崩れず、そばで見ていても落としそうだと手をのべることはなかった。

「子供はいいな、景一郎」

屈託のない口調で、鉄馬は何度か言った。

「俺の子だったら、もっとよかった」

鉄馬は、景一郎よりずっと森之助の父親の表情をしていた。

「小関殿は、妻帯されたことはないのですか?」

「惚《ほ》れた女はいたが、浪人の嫁になろうとはしてくれなかった。俺も、嫁にする気はなかった。いつ死ぬかわからぬ、という無頼な生き方をしていたからな」

「私には、よくわかりません」

「なにが？」

「子供の、どこがいいのか」

「それは、おまえがまだ子供だからさ」

自分を、子供だと思ったことはなかった。子供であるには、あまりに多くの人間を斬りすぎたと思う。

十日を過ぎると、荒れた海でも漁に出はじめる者が出てきた。五助の家にいる二人の侍とひとりの赤子が、村の人間にどう見られているのかはわからなかった。父と子と孫。そう思っているのかもしれない。

景一郎が誘っても、みとは海に入ってこなくなった。海の中でなくとも、躰を許そうとはしない。

ある日、城下から戻った景一郎は、みとが五助の躰に跨《また》がっているのを見た。五助の指はみとの乳房に食いこみ、みとは背を反らせて呻《うめ》き声をあげていた。みと、みと、と五助は呟《つぶや》くように言い続けている。

不意に耐えられなくなり、景一郎は城下まで駈け戻った。女郎屋に飛びこみ、続けて二人抱いた。それで、なんとなく気分が収まり、村へ帰った。

みとが、磯《いそ》で海草を採っていた。

「あんた、さっき見とったじゃろ。あたしがうちの人に跨がっとるとこを、見とったじゃろ。あんたに見られて、あたしはおかしくなったとよ。水の中でされとる時より、ずっとおかしくなったとよ」

「五助さんは、あんなことはできなかったんじゃないのか？」

「そう思っちょった。あたしだけじゃなく、あん人もそう思っちょった。そいでん、あん人が我儘言わんようになったら、あたしもなんとなく悪いような気になって、あん人を触ったりしゃぶったりしとったと。ずっと、あん人はあたしにあそこを触らせんかったもんね。そのくせ、小便はするとたい。あたしも、小便以外に、触ろうとは思わんようになった」

みとの眼が、妖《あや》しく光った。

「しゃぶるようになって、四日目に、立ったとよ。あん人が、犬みたいに唸《うな》ると、あたしの口の中で立ったとよ。そして、出したと。口から溢《あふ》れるぐらい、いっぱい出したとよ。あんただって、あんなにいっぱいは出せん。少しずつ、飲んだとよ。そしたら、あん人はまた出したと。それから眼ば白くして、しばらくふるえとった」

なんと言っていいかわからず、景一郎は黙っていた。みとが自分に言う必要がどこにある、とも思った。

「あん人は、いまじゃ、あたしがそばに行っただけで立つとよ。もともと、夫婦たい。あん人ができるなら、あたしはあん人の方がよか」

喋っているみとが、醜い女に見えてきた。もともと醜女《しこめ》だったが、それがいっそう際《きわ》立《だ》って感じられた。

女の美醜を気にして、抱いたことはない。抱けさえすればいい、といままでは思っていた。

「子を生みとうなったとよ。森之助を見ていて、そう思ったと。子を生むなら、あんたじゃなくあん人の種で生みたかよ」

「そうか。五助さんは、そのうち歩けるようになるかもしれない、という気がするな」

女というのは勝手なものだ、と言いたい気持がどこかにあったが、黙っていた。

「娘が、よかよ。海女《あま》にするとたい」

「わかった」

言って、景一郎は浜を歩いていった。

森之助と五助が、並んで眠っていた。どこか、似たような表情だった。

景一郎は、音をたてないように外へ出、しかしどこへ行けばいいのかわからず、ぼんやりと立っていた。

「どうした？」

気づくと、鉄馬がそばに立っていた。

鉄馬は、額に汗を浮かべている。村のはずれの雑木林の中で、右手での素振りを何日か前からはじめていた。

「別に」

「城下へ行くと言っていたな。永井道場はどうした？」

「軒心斎先生の居所がわかりません。だからどうしようもないのです。主のいない道場ですから、そのうち忘れられるでしょう」

「軒心斎殿には、弟がいる」

「永井右近《うこん》殿は、私が斬りました」

「そうか。跳躍しながら下から摺りあげる。あの剣で斬ったのだな」

「日向流とどうやって闘えばいいか、考えてあの剣を身につけました。そのころ、右近殿が現われたのです」

「俺の左手を飛ばしたのは、日向流を破るための剣だったのか。わかるな。日向流を破れるのは、おまえしかいないだろうと」

「小関殿には、負けました」

「俺は、ずっと考え続けていたがね。あそこで、俺は斬れなかったと思う。たとえおまえひとりであっても、斬れはしなかった」

「終ったことですよ、もう」

「そうだな」

みとが、海草を入れた籠《かご》を抱えて、戻ってきた。景一郎はその姿を眼で追ったが、みとはふりむかなかった。

村の子供たちが来て、家の前で騒ぎはじめた。子供は、まだ正月気分が抜けていないようだ。ひとりが、五人に苛《いじ》められて泣き出した。

「やかましか。赤子が寝とるとよ。大人しくせんと、耳ば引きちぎるぞ」

みとが家から出てきて言った。

景一郎と鉄馬の方は見ようともしない。

「母親だな、まるで」

「いずれ、みとは五助さんの子を生むつもりのようですから」

「いまから、母親の稽古《けいこ》か。あれは、いい母親になりそうだ」

みとは、もう姿を消していた。景一郎は、足もとに眼を落とした。母親になりたければ、勝手になればいい。どうせ五助は働きはしないから、いやでも父親の役をみとはせざるを得なくなる。

「景一郎、女に惚れたことは？」

「わかりません。甘いような、言葉では言えない気持になったことは、あります。それが惚れたというなら、惚れていたのでしょう。どんな気分だったのか、もう思い出せもしませんが」

「父親に会いたいか、景一郎？」

「えっ」

「会わせてやろう。女に惚れるのは、時には地獄でもあると、森之助は自分の姿で教えてくれるはずだ」

父が惚れた相手は母なのか、と訊きかけて景一郎は途中で口を噤《つぐ》んだ。鉄馬が顔を覗きこんでくる。

「会わせてください」

それだけを、景一郎は言った。

第九章　父と子

1

月の光が、樹木を斬《き》っていた。光そのものが鋭利なものに感じられ、それが音もなく樹木を両断し、しかし眼を凝らすとなにごともなく、光は降り注いでいるだけなのだった。

若いころなら、その光で剣の機微のなにかを見たのかもしれない、と鏑木直一《かぶらぎなおいち》は思った。剣のことなど、十年も考えずに時を過した。いまさら、剣の機微でもない。

しかしこのところ、直一は時々剣を構えてみたりするのである。

中川七万石の竹田城下。ここに棲《す》みついて、およそ十年になる。乞《こ》われて、名主の聟《むこ》になった。もともと浪人で、武士であることに未練はなかった。太刀だけは、捨てずに収《しま》ってあったのだ。

城下のはずれにある、元道場だった場所。そこで、時々剣術を教えた。武士が多かったが、名主の聟ということで、村の若者がやってくることもあった。ほぼ、月に一度の稽古《けいこ》だった。舅《しゆうと》は、そんなことをいやがらず、むしろ自慢している気配すらある。

その道場を、剣術の稽古のほかに、博奕場《ばくちば》にも使うようになったのは、三年前からだった。やくざ渡世は少ない城下だが、博奕好きはいる。そいつらから金を巻きあげようと、持明寺の純明和尚《じゆんめいおしよう》と組んだのである。

胴元は和尚で、直一は用心棒のようなものだった。

持明寺は城下の真中にあり、まさかそこの本堂というわけにもいかなかったので、持主さえも定かではない朽ちかけた道場に眼をつけたのだった。

数カ月前から、道場の敷地の中にある庵《いおり》に、ひとりの客人がいた。

直一が江戸にいたころの悪仲間、小関鉄馬が連れてきたのである。鉄馬から二十両も預けられたので、世話をする娘をひとり直一は雇った。

客人というのが、日向森之助だった。森之助の方は知らないだろうが、直一は知っていた。あのころ、仲間内でまったく別格扱いの強さだった鉄馬が、稽古をつけて貰《もら》ったり酒を飲んだりしていた、日向道場の二代目だった。

しっかりと立っていたが、十年前とは別人のように痩《や》せていた。そして鉄馬は、蒲団《ふとん》に森之助を横たえると、そのまま姿を消したのだった。戻ってきたのは、暮も押しつまってからだ。

そんなことは、どうでもよかった。世話をする娘を、夜になると森之助は帰してしまうので、夜中は一人のはずだった。道場の建物と庵の間にある草むらで、直一は屍体《したい》を見つけたのである。頭蓋《ずがい》から胸まで断ち割られた、武士の屍体だった。それは、和尚と二人で敷地の隅《すみ》に埋めた。博奕の客におかしな噂《うわさ》を立てられたくないと和尚は言い、世話に来ている娘を怯《おび》えさせたくないという理由を直一は見つけたが、ただならぬ、決して他人には語ってはならないものを見た、という気分に二人は包まれたのだった。

庵を覗《のぞ》いても、森之助はじっと眠っているだけだった。眼を閉じているだけかもしれないと思ったが、直一は声をかけなかった。娘の話によると、食はほとんど進んでいないという。

直一は気になって、時々道場に泊るようになった。女房のふみは、浮気ではないかと疑っているようだったが、一度ひそかにやってきて道場で剣を振っている直一の姿を見てからは、なにも言わなくなった。

二人目の時、直一は森之助の剣を、はっきりと見た。男がひとり庵を訪ねてきて、森之助が外に出た。立合がはじまるのかと思った時、男の躰《からだ》は二つに割れていた。

済まぬな、後始末をさせて。森之助はそう言って、庵へ入っていったのである。

全身が硬直して、しばらく動かなかった。気づくと、汗で濡《ぬ》れていた。森之助の剣は、光でしかなかった。躰を断ち割る音すらも、しなかったような気がする。剣が宙をふるわせることもなかった。闇《やみ》と躰がともに斬られ、闇は静かにその斬り口を閉ざし、屍体だけが残っていた。

それから、光がなにかを斬っている、と直一はしばしば感じるようになった。陽の光、月の光、行燈《あんどん》の光さえ、たえずなにかを斬っているのだった。

三つ目の屍体の時も、まったく同じだった。

あとひとりで、終りだ。森之助は、道場の壁に隠れて見ていた直一に聞えるように、そう言った。屍体はまだ若く、しかし荒い修行を積んできたのだろうということを、直一は掌《てのひら》や足の親指を見て思った。その時は、和尚も一緒に見ていたが、人ではない、と言ったきり黙りこんだのだった。

直一は、道場で刀を抜いた。

長く土蔵に収いこんであったものだが、このところ毎日打粉を打って手入れをしている。いつの間にか、薄く浮いた錆《さび》も落ちていた。

構える。打ちこむ。びゅっという音がし、思ったところで刀は止まる。それだけだった。森之助の光とは、まったく別のものだということが、痛いほどわかる。

鉄馬には、どうしてもかなわなかった。それでも、ほかの仲間たちより、ずっといい勝負をした。そこそこの腕だと自分では思い、喧嘩沙汰《けんかざた》などでは一番活躍したものだった。それも、十年の間に錆びついたのか。

賭場《とば》を開くと、揉《も》め事は付きものだった。長脇差《ながどす》を用意して、外で直一と和尚を待っていた者もいる。そういう時も、直一は大抵素手で捕え、人数が多い時は、木や竹の棒で打《う》ち据《す》えた。

構え直し、気を集め、直一はもう一度打ちこんだ。道場で、百姓や町人たちが竹刀《しない》を振っている。それとどこも変らないように思えた。

構える。眼の前に、森之助が立っている。そう思おうとした。光。膝《ひざ》をついていた。全身に、汗が噴き出している。眼の前にいる、と思っただけでそうだった。

家へ戻った。

城下から一里ほどの村である。ふみが迎えに出た。清太郎《せいたろう》と名づけた子がひとりいる。七歳になっていた。ふみよりも、直一にずっと似ている。かわいがるのは直一の役目ではなく、祖父の仕事だ。名主も隠居したがっているのかもしれないとよく思ったが、まだ口に出して言われたことはなかった。その時は、直一が名主である。

「いつまで、剣術ばやっとるとですか」

ふみの口調には、咎《とが》めるような響きがあるが、浮気ではないとわかっているので、切迫したものはなかった。

「道場で剣術を教えていて、負けそうになってしまった。俺が負けると、もの笑いだろうが」

「あんたは強かと。もともと侍じゃけんね。これ以上強くなって、どげんすると」

「そのうち、清太郎にも負けるかもしれん。そんな俺を見たいのか、ふみ？」

直一が清兵衛《せいべえ》のひとり娘だったふみに惚《ほ》れられたのは、盗賊二人を捕えた時だ。流れ者で、荒々しいだけの男たちを、直一はたやすく当て身で眠らせたのだった。

こんな生活もいいな、とあのころの直一はよく思った。村は貧乏で、みんな汗水を流して働いているだけだと思ったが、意外に物や銭を蓄えていたりして、祭りの時になるとそれを使ったりするのである。貧乏なのではなく、貧乏を装《よそお》っているのだというこ とが、直一にはまた新鮮だった。野良着《のらぎ》には、いくつも当て布があるが、それは野良着にすぎない。城下へ遊びに出る時は、こざっぱりとした身なりをしたりするのである。

年貢《ねんぐ》さえきちんと納めていれば、あとは地の恵みを享受《きょうじゅ》するだけだった。

自分でも気づかない不満が、どこかにあるのかもしれない、と直一は思った。道場で剣術を教えはじめたのは、頼まれたことでもあるが、博奕場を開いたのは、誰に頼まれたわけでもなく、金に困ったからでもなかった。

「風呂《ふろ》に入りたい。清太郎も一緒に来い」

下男が二人と、下女がひとりいる。浪人のころは、考えられない生活だった。

清兵衛が、小作人を三人呼んで、開墾の話をしていた。藩から、開墾を命じられたのだ。小作人に、自分の田を持たせようと清兵衛はしている。開墾の時は、よく働く小作人から使っていくのだ。

母屋《おもや》で寝そべっていると、風呂が焚《た》けたと清太郎が知らせに来た。

二人で、風呂に入る。清太郎は、なぜか風呂に潜るのが好きで、結構長く潜っていられた。髪まで濡らしてはならないとふみに言われているが、直一と一緒の時はやってしまうのだ。清兵衛との時は、行儀がいいらしい。

あれはなんなのだろう、と直一は風呂に浸《つか》ったまま考えた。光としか見えない剣。しかも森之助は重い病で、食もほとんど進んでいない、と手伝いの娘が言っていた。

「お父《とう》、熱いよ」

何度か風呂に潜った清太郎が、赤い顔をして言った。

「あんた、余計なことを考えたらいかんとよ。お役人に任せとけばいいことじゃけん」

風呂の外から、ふみが声をかけてきた。

盗賊が出ていた。それも五人ほどらしい。去年の秋のことだが、いまも中川藩の領内にいると言われていた。直一の剣の稽古を、その盗賊を捕えるためだと、ふみは思いこんでいるらしい。

盗賊は、三年に一度ほど出るが、大抵役人に捕まっていた。村に入ることはできないので、山中のどこかに小屋などを建てて暮しているところを、役人に襲われるのだ。風呂から出ると、しばらく清太郎と戯《たわむ》れていた。最後には、泣かせる。どこかに、力を入れ過ぎてしまうらしいのだ。泣くと、清太郎はふみにしがみつき、直一の方を見ようとしなくなる。

「手習いを見てやろう、清太郎」

泣き出す前に、直一は言った。持明寺では寺子屋が開かれていて、直一も年嵩《としかさ》の子供たちに、論語などを教えることがある。博奕の相談のついでだった。

年が明けて、二回目の賭場を開いた。

客の集まりは上々で、負けて因縁をつけてくる者もいなかった。賭場に出てくる時、和尚は墨染を脱ぎ、白い着物の上に丹前の前を合わせて帯を締めている。暑い時は、白い着物だけだった。

てら銭は、後日山分けにする。和尚が、小さな竹の籠《かご》に入れて持ち帰るのだ。

和尚が帰ってしばらくの間、直一は道場に端座していた。

玄関のあたりで、足音が入り乱れた。とっさに太刀を摑《つか》み、直一は立ちあがった。

和尚が、片手に籠を抱えた恰好《かっこう》で、玄関に倒れていた。肩のあたりを斬られ、丹前が血に染っていた。

「盗賊だ、直。ふたりはできるぞ」

五人いた。ほんとうに出てきてしまった、と直一は思った。和尚も、昔は武士だったという。それに手傷を負わせるからには、荒っぽいだけではないのかもしれない。

ひとりに、見憶《みおぼ》えがあった。宵《よい》の口に、二両ほど負けて帰っていった男だ。

直一は、和尚を庇《かば》うように、五人とむかい合って立った。

「刀を持ってやがる」

ひとりが言った。直一は、黙って大刀を抜くと、鞘《さや》を道場の上がり框《がまち》に置いた。

「なんだ、こいつ。武士か町人か」

ひとりが、長脇差をいきなり横に払った。思いがけず、鋭い太刀筋だった。殺し合いを何度もやってきたのだろう、と直一は思った。

踏みこむ。ひとりを袈裟《けさ》に斬りつけ、もうひとりと相討になった。腿《もも》である。血が噴き出している、と直一は思った。早く勝負をつけなければ、血を失ってしまう。相討で腕を抱えている男に、とっさに斬りつけた。首から血が噴き出すのを見ながら、直一は走っていた。三人が追ってくる。

「さんぴん、仲間の仇《あだ》は討たせて貰うぞ」

三人とも、抜いていた。ひとりが斬りこんでくるのを、直一はなんとかかわし、もうひとりに斬りつけた。額を、浅く斬った。逆上して、男が突いてくる。それを払いのけた時、ようやく直一は正眼に構えることができた。

二人を制して、後ろにいた男が出てきた。

むかい合う。その瞬間、勝てないということが、直一にはわかった。男の遣う剣は、やくざのものではなかった。

正眼に構えたまま、直一は動けなくなった。全身に汗が噴き出し、呼吸が荒くなってくるのが自分でもわかった。男が、一歩出てきた。直一は、なんとか持ちこたえた。退《さ》がれば、二歩、三歩と出てくるはずだ。

相討でいいか、と直一は思った。それほど悪い人生ではなかった。名主の清兵衛には、清太郎という後継ぎがいる。そして、気ままに生きることができたのだ。

相討でいいと思うと、肚《はら》が据《すわ》った。それが相手にも伝わったらしい。構えを、下段から上段に移した。押してくる圧力が、いっそう強くなるのを、直一は感じた。剣先に、気を集めた。頭の中に、清太郎やふみの姿が浮かんでは消えた。それから、なにもなくなった。

男が、大きく後ろへ跳んだ。

森之助が、ゆっくりと庵から出てきたのに、しばらくして直一は気づいた。森之助は、腰に大小を佩《は》いている。

男の全身に、気が漲《みなぎ》った。森之助に斬りかかっていく。光。血が飛んだ。三人が、それぞれ頭を断ち割られていた。

「兇状持《きょうじょうも》ちだろう。屍体を、片づけることはないよ、直一さん」

森之助に言われたが、直一は硬直をなかなか解くことができなかった。その間に、森之助は庵に戻っていた。

五人とも死んでいたが、和尚は肩の傷だけだった。直一は、腿をかなり深く斬られている。お互いに、手当をし合った。

「賭場荒しというより、てら銭狙《ねら》いだな。それにしても、よく斬った。わしが思っている以上に、腕が立つのかな、直は。ひとりは、どう見たって侍だ」

直一は、森之助の放った光を思い出していた。三人斬ったとは、とても思えなかった。

それでも、三人とも頭蓋は両断されているのだ。

「俺が真似《まね》しようってのが、土台間違いなんだ。どんな想像も超えている」

「なんの真似だと、直？」

「いや、俺はもう、ほんとうに刀を捨てる。賭場の用心棒も、やめる」

「そうだな。その方がいいかもしれん」

「この道場で、剣術を教えるのもだ」

「このままでは、また侍に戻ってしまいそうか。まあ、わしも賭場は潮時だと思っていた。それにしてもおまえ、十年前の手柄以上だ。まわりがやめさせてくれるかな」

「やめる。女房の親父《おやじ》が、新田を作ろうとしているから、俺はそれに」

「おい、どうしちまった」

和尚が、言いながら肩を押さえて顔を顰《しか》めた。

2

しばらく、手があるような気分に悩まされた。寝ている時など、左手でなにかしようとしてしまうのだ。起きている時も、ないはずの指先が痒《かゆ》くて仕方がなくなったりする。右腕一本で剣を扱うのには、かなり慣れてきた。手首から先がない左手も、まったく役に立たないわけではない。最悪の時でも、相手に斬らせるためにそれは使えるのだ。

鉄馬は、朝、道場を出ると、午《ひる》すぎまで山を駈《か》け回った。時には、門弟の稽古台になってやることもある。

永井軒心斎の弟子なのか、日向景一郎の弟子なのか、よくわからなくなっていた。みんな、素面《すめん》、素籠手《すごて》である。大刀よりいくらか長い竹刀を、右手だけで自在に操るのは、なかなかに難しく、それにも鉄馬は熱中しはじめた。

年が明けて、ひと月が経《た》った。鉄馬の傷口は完全に塞《ふさ》がっている。それも、きれいな塞がり方で、斬った者の技倆《ぎりょう》さえ感じさせるのだった。

「この道場を、預かることにしますか、小関殿？」

景一郎が言った。しびれをきらしたようだ。

「慌《あわ》てるなよ。俺は、剣士として対等に森之助とむかい合いたいのだ」

「それは、私ともう一度立合うということですか？」

「おまえとの立合は、もう済んだ。片手をなくしたことを、負けたとも思っておらん。俺はそうでも、森之助はそうは見ないかもしれん。負けた俺が、おまえを森之助のところへ連れていった、と思われたくないのだ。俺の気持の問題かな」

「わかりました」

景一郎は、いつも言葉が少なかった。しかし、道場主という風格は出てきている。本人にそのつもりがなくても、まわりではそう見ている。言葉の多さで売る道場主にないものを、門弟たちは見ているようだ。

鉄馬は、道場の裏手の母屋へ行った。乳の出る女を三人、城下から捜してきて雇ってある。女たちはわが子にも乳をやらなければならず、それで三人必要なのだ。赤子は、乳だけではなく、粥《かゆ》やほかのものも口にするようだ。見開いた眼には、意志の光もある。

女が赤子に乳を与えている姿を見るのが、鉄馬は好きだった。妻帯したことはなく、したがって子というものも知らない。女の躰は、溺《おぼ》れるためにあったが、いまは自分を衝《つ》き動かす情欲もあまりない。

景一郎はどうなのか、とふと鉄馬は思った。

みとと海で交っているのは一度見たが、それ以外に女の気配はない。自分が、景一郎の歳頃のことを思うと、信じ難くもある。

鉄馬は、擂《す》り潰《つぶ》して粉にした茸《きのこ》を持っていた。山中の村を出る時、冷えた鍋《なべ》の中からひとつ取り出してきたのだ。それは充分過ぎるほど煮こまれていて、三日で萎《しな》びた。水気が抜けてしまってから、擂り潰し、印籠《いんろう》に入れておいたのである。自分を苦しめたものを持っていたい、という捩《ねじ》れた気持があった。

長い時をかけて煮こみ、乾ききったものの粉に、あの時と同じような効き目があるのかどうかは、わからなかった。それでも鉄馬は、景一郎に試してみようという気になった。多少の悪意も滲《にじ》んではいるが、試してみたいという方がほんとうだった。その時、自分も同じ量のものを飲んでみればいい。

母屋では、赤子も混じえた三人暮しという恰好だった。眠れるまで、鉄馬は禅を組んでいる。景一郎は、ただ横たわるだけである。眠っているのかどうかも、わからない。二間をぶち抜き、赤子を真中に寝せていた。自分と赤子は、血も繋《つな》がっていない。しかし、赤子を景一郎に預けたのは、自分である。そういうことを考えて、真中に寝せようと提案したのは鉄馬の方だった。景一郎にとっては、どうでもいいことだったようだ。

すべてを、超越しきっているはずはない。こんな状態を、いつまでも続けられるはずがないのだ。このところ景一郎は早朝に道場で剣を振っているが、力を使い果たすようなものでもなかった。

「景一郎、女を抱きに行こうではないか」

鉄馬は、そう言った。

「どうぞ、行ってください」

景一郎は、にべもない返事をした。それを、鉄馬は強引に誘った。夜の間、雇っている女のひとりに赤子を看《み》て貰《もら》えばいい。

「心気が乱れることを、恐れているのか？」

「そんなわけでは」

「俺は、おまえと勝負をしてみたいことがあってな。つまり、女を眼の前にして、どこまで耐えられるかどうかだ。片手の俺が、いまおまえに剣で勝つことはできまい」

「なるほど、そういうことですか」

「俺は、茸を擂り潰したものを、いくらか持っている。まだ試してはおらんが、煮た茸を四つ食った時は、一昼夜自分を失った」

「毒を盛られれば死ぬ。それと同じことでしょう。意味はありません」

「ところが、ひとつで死ぬやつもいる。いま思い返すと、俺は耐えられたような気もするのだ。四つ食っても、自分を失わずに耐えられたとな」

「意志の力が試される、ということですか？」

「多分な。それしか、俺には言えんが」

「いいですよ。ここで、その粉を飲みましょう」

「待て。眼の前に女がいる。その女が股《また》を開いて誘ってくる。そういうところで、試すべきものだ」

「わかりました。御一緒しましょう」

「素直だな、景一郎」

「私は、欲情のけものになったことがあります。それを凌《しの》ぎきれば、そういうこともなくなるでしょう。女子を抱かぬというのではありません。自分の意志で、そうしたいと思っています」

「素直だが、かわいげのないやつだよ、おまえは。はっきり言うが、おまえの腕では森之助には勝てん」

「やってみなければ、わかりません」

「そこまで、俺も思いたい。やってみなければわからんとな。そうでなければ、俺は森之助に子を斬らせるために連れていく、ということになってしまう」

「これが終れば、父のところへ案内してくださるのですね」

「わからん」

それ以上、景一郎はなにも訊《き》いてこようとはしなかった。

夕刻、いつもより多い銭を渡した女に赤子を預けて、鉄馬は景一郎と連れ立って出かけた。遊女屋ではなく、料理屋を選んで芸者を二人呼んだ。

酒に、粉を等量入れて、飲み干した。

三部屋とってあり、両隣には床をのべてある。粉にしても、効き目は変らないようだった。いや、粉の方がより強くなっているのかもしれない。

命じてあった通り、芸者たちが着物を脱ぎはじめた。

はじめ、懐《なつか》しさに似た感覚に、鉄馬は包まれた。それから、女の裸体が、遠ざかったり近づいたりしはじめる。景一郎の方を見た。景一郎は横たわって、じっとしていた。

鉄馬は、女に誘われるように、隣の部屋に転げこんだ。

そこで、鉄馬は耐えた。女を、違うものだと思おうとした。左手で触ってみる。触れない。だから女は、幻に似たもので、ほんとうにいはしないのだと思おうとした。

耐えていたのは、二刻《ふたとき》ほどだろうか。

不意に、鉄馬は耐えるのが馬鹿《ばか》馬鹿しくなった。自分を失って、そうしているのではない、と思った。こんなことに、なんの意味もないのだ。

女の躰を、引き寄せた。

気づいた時、女はすさまじい呻《うめ》きをあげていた。景一郎はどうしているのか、見る余裕はなかった。女の全身が痙攣《けいれん》する。不意に、鉄馬は呪縛《じゅばく》から解き放たれた。

女が、浅ましい恰好で横たわっていた。秘処から流れ出したものが、床に大きく拡《ひろ》がって固まりかけていた。

景一郎は、横たわってじっとしていた。そのそばで、女が恐怖に顔をひきつらせてこちらを見ていた。女は裸で、景一郎は入ってきた時のままの恰好だった。

「抱かれなかったのか、おまえ？」

女に訊いた。女は、激しく首を横に振った。

「そいつは、一度もおまえを抱こうとしなかったのか？」

「旦那《だんな》さんの勝ちたい。あたしまで乗り殺すとは言わんといて」

「俺の、勝ち？」

しばらく、意味がわからなかった。女の泣かせ較《くら》べをした、と思っているらしいことにようやく気づいた。

「勝ちか、俺の」

鉄馬は、立って景一郎の女の手をとった。

「堪忍《かんにん》して。あたしは好かんと。あたしを乗り殺しちゃいかんと。旦那さんはひと晩も続けとらす。いかんとよ、これ以上したら」

言っている女を、畳に押し倒した。女は口ではいやだと叫びながらも、躰を激しくわななかせ、唸《うな》り声をあげて鉄馬を受け入れた。女がぐったりするまでに、それほど時はかからなかったような気がする。

鉄馬は、膳《ぜん》の上にあった銚子《ちょうし》に口をつけ、冷えた酒を躰に流しこんだ。躰の中で燃え盛るものは、徐々にだが鎮《しず》まりはじめている。

「おまえは、そうやってじっとしていたのか、景一郎？」

答はなかった。景一郎は、横たわったままである。茸半分を粉にした分量だったが、茸をそのまま食った時より効いた、という気がした。しかし、持続する時は短かったようだ。まだ、夜が明けかかったばかりだった。

景一郎が、ゆっくりと立ちあがった。

「どこへ行く？」

慌てて、鉄馬は着物をつけた。

料理屋を出、景一郎は黙って歩き続けた。山のある方へむかっている。吐く息が白かった。歩く姿に隙《すき》はないが、表情は呆《ほう》けたように見えた。

山。景一郎が、来国行を抜き放った。見る見る、景一郎の全身に気が張ってくる。鉄馬は、その気に弾《はじ》かれたように足を止めた。

景一郎は正眼に構えている。濡れた布を搾《しぼ》ったように、景一郎の全身から汗が噴き出すのがわかった。

長い時が過ぎた。景一郎の躰が動いた。ひと抱えもある大木が、しばらくして根もとのところから倒れ、地響きをあげた。次の大木。鉄馬は、全身に粟《あわ》が生じるのを感じた。また地響きが起こる。景一郎は、気合さえ発しない。構えは静かで、動きは速い。刀が、ほとんど眼で捉《とら》えられないほどだった。

八本の大木を、景一郎はそうやって斬り倒した。どれも、見事な斬り口だった。九本目を、景一郎は斬ろうとしなかった。

漲っていた気が、ふっと淡くなる。景一郎は、刀を鞘に収めた。

「やっと、追い払いました」

「俺の負けか」

「そうか、勝負でしたね。それも忘れてしまっていました」

景一郎が歩きはじめた。

「どこへ行く?」

「女を、抱きに。私自身の意志で、女を抱いてきます」

景一郎の足取りは、しっかりとしていた。

八本の大木が薙《な》ぎ倒された場所に、鉄馬はしばらく立ち尽していた。なにか、見知らぬ巨大なけものが、山を踏み荒したという感じだった。

「あいつなら、斬れるかもしれん」

呟《つぶや》いた。躰の芯《しん》が、疲れきっていた。道場に戻ってしばらく眠ろう、と鉄馬は思った。

3

下男に、すっぽんを捕まえてこさせた。

ほんとうは、秋がいい。冬は、川底の泥《どろ》を掘って眠っているところを捕まえるのである。二月のすっぽんは、痩せていた。

道場までぶらさげていくと、直一は庵に声をかけた。手伝いの娘が出てきた。眠ってはいない、と直一の問いかけに娘は答えた。

「いいかな、入っても?」

庵の入口から、直一は声をかけた。ああ、と返事が聞えた。入ったところは土間で、その奥は板敷である。森之助は、丹前を二枚躰にかけて寝ていた。大小は、枕《まくら》もとに置いてある。

庵を覗くのは、はじめてなのだ。板敷に腰を降ろした恰好で、直一は上体だけ森之助にむけた。

「うちの下男が、すっぽんを捕まえてね。冬場はうまいとは言えないが、血でも飲まないかと思って」

直一は、縄で縛ったすっぽんを、眼の高さに手で持ちあげた。

「せっかくだが、あまり食いたくはない」

「食った方がいいと思う。やはり、人間は食わないと元気が出ない。病にも勝てない」

「そうかな」

「試すだけ、試してみたらどうだろう」

森之助が、かすかに頷《うなず》いたような気がした。直一は手伝いの娘を呼び、すっぽんを渡した。

「血を絞ってから、料理をするのだぞ」

娘が頷いた。

労咳《ろうがい》ではなさそうだ、と直一は思った。咳《せき》をしたり、血を吐いたりという話も聞いていない。それに、顔の色がどす黒かった。

「俺は、とんでもないことになっちまってね。あんたのせいというか、おかげというか。この間の五人は、やはり兇状持ちで、賞金までついてた盗賊だった。俺は、藩のお偉方にはほめられるし、城下や村じゃもてはやされるし、女房には惚れ直されるし」

「それは、よかった」

城の役人は、ここ数カ月追っていた盗賊の屍体を見て驚倒した。三人の斬り口があまりにすさまじかったので、驚いていたのかもしれない。

襲われたのが持明寺の和尚で、斬ったのが名主の聟だから、取調べなどということはなかった。賭場を開いたのがばれるかもしれないと思っていた直一は、いささか拍子抜けした。

それどころか、このところどこへ行っても声をかけられたり、酒を奢《おご》られたりするのだ。清兵衛は遠くの村まで自慢に行ったし、ふみは直一が強い男と信じていた。

「斬ったのは、俺じゃなく、あんただ。俺はあの時、相討しかあるまいと思っていた。それでも、相討に持っていけたかどうか」

「どうでもいいことだろう」

「俺は、刀を捨てることにした。人を殺《あや》めたので、しばらく寺に通う。つまり、そういうことにしたんだ」

「なぜ、私に?」

「ほんとうは、鉄馬あたりに聞いて貰いたかった。俺が歩いていると、藩の侍までよけやがる。これじゃ悪さをする面白味もなくなっちまった」

「賭場は、やめるのか?」

「ほかの野郎が、ほかの場所でやるだろうさ。俺は、開墾する小作たちの指図《さしず》ぐらいしか、することがなくなった」

森之助は、黙って庵の天井を見ていた。ほんとうに、顔色がどす黒い。昼間の光で見ると、むごいほどだ。

「別に、恨み言を言ってるわけじゃない。そうなっちまったって話をしてるだけだ」

「とにかく、あんたは死ななかった」

自分がなぜ森之助と話しにきているのか、直一はわからなくなった。

「病は、ひどいものなのかい？」

「腹の中を、なにかが食い荒している。そう感じる日もある。病が大人しく眠っている日もある」

「俺は、十年前にあんたを江戸で見たことがあってね。鉄馬などと何人かで、悪仲間を作っていたんだ」

「いまじゃ、中川藩領で知らぬ者のない、名主か」

「相討で死んでもいいと思った時、そんなに悪い人生でもなかった、と感じたよ。死なないで済むと、あの感じはもう思い出せないがね」

なにを言おうとしているのか、直一にはわからなくなった。

「中川藩領で、俺にできることは？」

多少、へどもどしながら、直一は言った。酒でも飲みたい気分になった。

「なにも、ないな」

「あの娘は、ちゃんと世話をしてるかね」

「ああ。俺が眼を醒《さま》している時は、いろんな話をしてくれる。生まれた村の話とか、城下に奉公に来た時の話とか」

「つまらん話だ」

「無聊《ぶりょう》を慰めてはくれる」

「病はその、痛かったり苦しかったりするのかい？」

「時々、痛いな。私も、こんな敵とむかい合うのは、はじめてだからな。どう扱っていいかわからなくて困る」

ただ耐えているのだろうか、と直一は思った。顔色は異様だが、苦痛の表情はどこにも見えなかった。眼と頰骨が、飛び出しているのは痩せすぎたせいだろう。

娘が、絞った血を二つの椀《わん》に注ぎ分けて持ってきた。直一はひと息で飲んだが、森之助は口をつけようとしない。

「肉を、粥と一緒に煮るといい。汁が滲《し》み出した粥だけでも、躰にいいのだ」

言って、直一は腰をあげた。

娘が、道場のところまで送ってきて、ぺこりと頭を下げた。

直一は、城下の方へ歩いていった。

人が多くなる。視線がこちらへむいてくる。顔を伏せたい思いと、いやなものではないという感じが入り混じっている。時には、お辞儀をする者もいた。直一は、速足で持明寺の石段を登っていった。

和尚は庫裡《くり》で、寺小姓に足を揉ませていた。

若侍姿だが、女であり、和尚の囲い者だった。女の身なりさえしていなければ、咎める者もいない。

和尚の肩の傷は、かなり深いもので、塞がっても右手の動きは不自由だろうと思えた。死なずに済んだのは、分厚い丹前をきっちりと着こんでいたからだろう。

「粥の仕度をしろ。直の分もだ」

和尚が寺小姓に言う。昼めしを食いに来たと思ったらしい。

「躰を動かすと痛い。もう少し血を失っていたら、危ないところだった」

「来てくれればよかったのにと、和尚に引導を渡された亡者《もうじゃ》たちは言っておるぞ」

「引導を渡せば、亡者にはならぬ。成仏《じょうぶつ》させるために、渡すのだ」

「それが成仏できん。引導を渡したやつが悪いのだと、亡者が待ち受けていたのにな」

持明寺は、竹田の古刹《こさつ》である。藩主の菩提寺《ぼだいじ》ではないものの、古くからの檀家《だんか》は多い。

「女も抱けぬ。口にくわえさせて、精を飲ませてやるだけよ」

寺小姓が、粥を運んできた。甘露煮なども、ちゃんと付いている。和尚と直一がめしを食う時は、寺小姓は給仕をするだけだが、今日は和尚の脇《わき》に座って和尚の口に箸《はし》を運びはじめた。食い物が口に入ってくるまで、和尚は馬鹿のように口を開けてただ待っている。

熊本から十六の時に連れてきて、床の作法も仕込んだので、どんな遊女にも負けはしない、と言っていたことがある。この寺小姓の前は、酒飲みの婀娜《あだ》っぽい女だったが、金をやって追っ払った。二人の寺小姓となると、人の口もうるさいのだ。

「本堂をしばらく借りるぞ、和尚」

「博奕はいかんぞ」

「祈りたいだけだ」

「祈るとな。斬り捨てた五人が、夢枕に立つのか?」

和尚は、森之助が斬った三人を見ていない。斬り口を見れば、直一でないことはすぐにわかるはずだ。

「ならば、経を読む方がよい」

「いいのだ、祈るだけで。とにかく、本堂をしばらく貸してくれ」

粥をかきこむと、直一は渡り廊下を本堂の方へ歩いていった。

直一は、いままで経験したことのないような、切なさに似た気分に襲われていたのだった。それが、人を斬ったせいなのか、森之助のせいなのかは、よくわからなかった。

そのために森之助と会ってみたのだが、やはりわからなかった。

だから、祈ると言っても、なにを祈ればいいのかも、わからないのだ。

本堂に座った。自分らしくないと思い、しばらくして胡座《あぐら》にかえ、それでも照れ臭くなって肘枕《ひじまくら》で横たわった。

あんな剣を見せられたからだ。そう考えてみる。人間の遣う剣ではない。まして森之助は、立ちあがれないのではないかと思うほどの病体なのだ。

清太郎の顔が浮かんだ。思いは脈絡もなく、いろいろなところへ飛ぶ。

家に帰った時、清太郎を抱きしめていた。涙がこみあげてきて、頰を流れた。その前に泣いたのがいつだったのか、思い出せない。なぜ泣くのか、とも思った。

しばらく、清太郎のことを考えていた。相討で死んでもいいなどと、どうして肚を据えることができたのか。

直一は、ごろりと寝返りを打ち、右から左へ肘枕をかえた。

いつの間にか、眠っていた。

女の笑い声で、眼が醒めた。寺小姓に支えられた、和尚が立っていた。

「夕刻まで出てこないので、わしはちょっとばかり心配したぞ。祈るためではなく、昼寝のために本堂を貸せと言ったのか」

「祈りながら、眠っていた」

直一は上体を起こした。

「罰《ばち》当たりが。昼寝をするなら、庫裡でしろ。それとも仏に見守られていなければ眠れないほど、罪を重ねたのか」

「なあ、和尚。俺たちの無頼というのは、なにほどのものだ？」

「無頼とは言えぬほどのものだなあ」

「そうか、無頼とは言えんか」

「なにがあった、直一」

「わからん。庵にいる森之助という男を見ていて、切なくなってしまったような気がする。とにかく、よくわからんのだ」

「そういう時のために、念仏がある」

「抹香臭《まっこうくさ》いことをぬかすな」

「おまえがわしの命を救ってくれたと思うから、言ってやっているのだ。思い迷ったら、念仏を唱えろ。切なくても悲しくても、念仏を唱えろ。生きて愉《たの》しいことなど、そうあるものか。しかし、生きてしまっているのだ」

「説教は下手だな。なにを言っているのかよくわからんぞ」

寺小姓が笑っていた。

直一はちょっと鼻白んで、本堂の板敷に胡座をかきなおした。

「まあ、気が済むまで、ここにおるがよい、直一。話し相手が欲しければ、わしはいつでも庫裡におるが、たまには仏とむかい合ってみるのもよかろう」

笑って、和尚は庫裡へ戻っていった。

直一は、自分の切なさが、森之助の存在によるものだと、少しずつはっきりしてくるのを感じていた。森之助のどこということというわけではない。日向森之助という男のことを考えると、ただ切ないのだ。

夜になり、寺小姓が丹前を二枚持ってきた。それにくるまっていても、本堂は寒かった。

眠れず、じっとしていた。森之助。瘦せて黒ずんだ顔を思い浮かべる。その顔のむこうに、なにか見えそうな気がする。しかしはっきりする前に、直一は別のことを考えはじめているのだった。

いつでもそうだった、と直一は思った。なにひとつとして、きちんと見極めようとはしてこなかった。見極めないうちに、夫になり、父になっていた。そして、どこかで満たされていないなどと思い、無頼ともいえない無頼を続けてきた。

それのどこが悪い、と開き直りたい気分もあったが、むなしさもこみあげてくる。

もう一度、死んでもいいと思った時、悪くはない人生だったと感じることができるのか。あれは、あの時一度きりのことではないのか。

和尚に命じられたのだろう。夜中に寺小姓が徳利《とっくり》を持ってきた。直一は、ちびちびとそれを飲んだ。森之助は、あの庵でなにを見極めようとしているのか、と思い続けた。

眼醒めた。寺男が、境内を掃いていた。和尚が、納所《なっしょ》をふたり伴って、本堂へ来た。朝の勤行《ごんぎょう》のようだ。本堂の隅《すみ》で、直一は和尚の経を聞いていた。

寺小姓が呼びにきたのは、だいぶ陽も高くなってからだった。

鉄馬だった。赤子を背負った青年も一緒だった。青年は、なんともいえずいやな気配を放っていた。ただ、大人しそうだ。

「腿に傷を負ったのか、直一」

鉄馬が言った。確かに晒《さらし》を巻いているが、歩くことに支障はなく、人に言われたこともなかった。

「盗賊が出てな。ちょっとした傷だ」

言って、直一は息を吞《の》んだ。鉄馬の左手の、手首から先がなかったのである。

「俺の方は、まあけものに咬《か》みつかれたというところかな」

鉄馬は、平然としていた。

「うちへ、行ったのか？」

「ああ、そしたら、寺だと教えてくれた。あれはおまえの倅《せがれ》か。清太郎と言っていたぞ」

持明寺にいる、と言って出てきたわけではなかった。どこにいようと、誰かが見かけて知らせる。しばらくは、そんな人間でいなければならないようだ。

「道場には、行かなかったのか、鉄馬？」

「俺ひとりではないし、ちょっとおまえに会ってからと思ったのだ。森之助は、相変らずか？」

「あの男は、あそこでなにをしようとしている？」

「待ってるだけさ」

「誰を？」

「さあな、誰をというか、なにをと言うか」

「俺の心を乱す。どこがとは言えないが、俺はあの男を見ていると、切なくなる」

寺小姓が、茶を運んできた。赤子が泣きはじめ、青年がぎこちない手つきであやした。

寺小姓が、なにも言わず抱き取った。

「城下で、乳の出る女子《おなご》を捜してくれぬか。途中で、そういう女が見つからなかった。多分腹が減っているのだろう」

鉄馬が言った。青年は、赤子を渡してしまうと、もう関心を示さなかった。

「おまえの子か？」

「まさか。森之助の子さ」

「なぜ、すぐに会わせない。森之助の病は、赤子に移ってしまうのか？」

「大丈夫だろう、多分。とにかく、乳を頼む。できれば、何人か見つけてくれ」

直一が頷くと、寺小姓は黙って部屋を出ていった。

「森之助は、人ではないな、鉄馬。日向流の二代目なら腕が立って当然だが、そんなものではない。魔神だ、まるで」

「それで、心を乱されたか？」

「違う。強いだけではなく、どこか悲しみの籠《こも》った剣だ、という気もする。自分が強いことを、悲しんでいるような剣だと思う。それでなぜ、俺の心が乱れたのかもわからんが」

「まあ、いい。森之助に、景一郎が来たと伝えておいてくれ。二人は、斬り合うことになるだろう。この景一郎は、森之助の倅で、将監先生の孫だ」

「父と子が、斬り合うだと」

「伝えてくれ。明日、道場へ行く」

鉄馬の顔に、頑《かたくな》な線が浮き出してきた。なにを訊いても喋《しゃべ》らない。そういう時の表情だった。

茶を飲み干すと、いたたまれなくなって、直一は腰をあげた。

道場まで急ぎ、庵に声をかけて中を覗《のぞ》きこんだ。森之助は額に汗を浮かべ、じっと寝ていた。

「具合でも悪いのか？」

「心配するな。いつものことで、一刻《いっとき》も経たずに収まる」

そんな躰で、立合などできないだろう、という言葉を直一は呑みこんだ。こういう躰で、森之助は人を斬ってきたのだ。

「景一郎が来ている。鉄馬からそういう伝言を頼まれた」

森之助の表情は、ほとんど動かなかった。

「明日、ここへ来ると言っていた」

「わかった」

「景一郎というのは、赤子を背負っていた。鉄馬は景一郎があんたの息子だと言ったが、それなら、兄弟ではないのか？」

森之助は、なにも言おうとしない。

「倅と、斬り合うのかね、あんた」

「景一郎は、私の子ではない」

「しかし」

「明日来ると言ったのだな。それなら、承知したという返事もいらないわけだ」

切なさが、やりきれなさに近くなっていた。家へ帰って、清太郎を風呂《ふろ》に入れよう、となぜか直一はそればかりを考えた。

「伝えたよ、確かに」

言って、直一は庵から出た。

4

大きな寺で、何人でも泊れそうだった。

景一郎は、縁に出て境内を見つめていた。楠《くすのき》の大木がある。その緑が大きく拡がって、境内の冬の色を消していた。

森之助の泣声は聞えてこない。乳の出る女が見つかったのだろう。

住持と話していた鉄馬が、般若湯《はんにゃとう》を持って戻ってきた。

「砕けすぎた坊主《ぼうず》だな。それでも味はありそうだった」

景一郎と並んで縁に腰を降ろし、鉄馬は般若湯を飲みはじめた。

「喋っておかなければならないことが、いろいろとあるな。それとも、立合うだけで充分で、聞きたくはないか」

「喋ってください。明日死ぬとしても、知った上で死にたい、と思いますよ」

「そうか」

鉄馬が般若湯を差し出してきたが、景一郎は口をつけなかった。

「まず、日向景一郎は、森之助の子ではない。森之助が江戸から出る時、俺にそう言った」

景一郎は、鉄馬の次の言葉を待った。

「将監先生の子だ、と森之助は思っていた。はじめは、おまえをわが子と信じていたようだがね。森之助が、いくつかの藩に出稽古《でげいこ》に招かれていたのを知っているか。江戸屋敷ではなく、国許《くにもと》に招かれたりしたのだ。ふた月、三月の旅にもなった」

「かすかに、記憶に残っています」

「そうか。ある時、旅から戻ったら、将監先生に抱かれているおまえのおふくろを、森之助は見ちまったってわけさ」

「そうですか」

「大して驚きもせんのだな、おまえ。いろいろと数えてみると、おまえがおふくろの腹の中にできたころも、森之助は旅に出ていた」

つまり、祖父の子だと言われているわけだった。祖父ならば、考えられないことではない、と景一郎は思った。しかし母は、そんなことを肯《がえん》じるはずはなかった。

「おまえのおふくろは、きれいな女だった。しかし、毒婦と言ってもいいようなところもあったな。浴びるように酒を飲んでいる森之助を、ひと晩じゅう捜し回っていた健気《けなげ》さに、はっとしたりしたものだ」

「母が、私の眼の前でのどを突いたのは、父が出奔して一年以上も経ってからです」

「その辺のことは、知らん。森之助も、知っているかどうかはわからん。とにかく、森之助は江戸を出て金沢へ行った。前田家から、ずっと誘いを受けていたのでな。森之助にとってどうしようもないことは、いくら挑《いど》んでも将監先生に勝てないということだった。金沢で、自分を鍛え直すつもりだったのさ。あのころでも、森之助は充分に強かったが、将監先生の強さは尋常ではなかった」

「でしょうね」

「まあそれでも、森之助は将監先生に勝てる、と思ったようだよ。もう何年も前のことだが、あいつの修行も、尋常ではなかったからな」

鉄馬が、景一郎に注いだ般若湯を飲み干した。

「しかしそのころ、森之助も面倒なことになってな。主筋のさるお方の御側室に、あろうことか懸想《けそう》してしまった。それが、赤子の母親の多恵殿だ」

「それで、上意討の命が下ったということですね」

「それほど簡単でもない。森之助は、多恵殿の安全を考えてか、加賀藩のある文書を持ち出したのだ。それは先々代あたりが認《したた》めたらしいもので、柳生《やぎゅう》流の極意と、それを破る方法を克明に書いたものらしい。藩士ではないにしろ、招かれた兵法指南役と言ってもいい立場だった森之助に、先代が自慢げに見せたものらしい」

文書があれば、その流派を破れるというわけではない。剣は人が遣うものだ。それでも、実力が伯仲していれば、知っているかどうかが勝敗に大きく関ってくる。

柳生流は、お止め流とも言い、将軍家が学ぶべき兵法とされていた。他流との試合も、止められているのである。その柳生流の極意と、破る方法。実際にそれで破れるわけはないので、一介の兵法者が持っていても大して役には立たないし、意味もない。しかし、外様《とざま》の大藩の藩主が持っていたとしたら、将軍家への謀反《むほん》を疑われる根拠にもなりかねない。

「血迷ったのだな、森之助は。それさえ持ち出さなければ、女を連れて出奔したというだけで、これほど追われることもなかったろう。途中で、森之助はそれに気づいて、その文書を将監先生に送ってしまった」

鉄馬は、かすかに首を振っていた。般若湯はまだ残っているようだ。

「しかし、森之助を討ち果せる者が、加賀藩にはいなかった。どこかで二人でひっそりと暮せる。そう思った時期もあった、と森之助は言った」

「一生、怯《おび》えて暮す道を選ばなかった、ということですか?」

「違う。どんな討手でも、返り討ちにできる自信が森之助にはあった。事が事だけに、加賀藩でも内密に進めなければならんし」

「そうですか」

「あっさりと言うな」

「なにもかもが、愚かだとしか私には思えません」

「森之助が、命をかけても多恵殿が欲しいと思ったこともか。男が抱くそういう夢も、愚かか？」

「小関殿は、どう思われるのです？」

「わからん。俺は森之助を好きだった。いまも好きだ。それだけでいい。余計なことは、わかろうとは思わん」

景一郎は、楠の上の方を見あげた。見馴《みな》れぬ鳥がいた。百舌《もず》ともどこか違うようだ。

「森之助が討ち果した加賀藩の追手は、何十人にも及ぶ。加賀藩も、半分意地になったのだろう。しかし、もう人がいなくなった。佐原英之進《えいのしん》が来た、とおまえは言っていたな。金沢における、森之助の一番弟子だった男だ。流れ旅をして金沢に三月ほどいた時、俺も会っている。佐原が送られてくるようなら、もう加賀藩に人はおらんな」

「まったくいないということではないでしょう？」

「加賀藩が昔から使っていた、忍群がいる。しかし、それを動員したりはするまい。なぜ動かすのかと、幕府に必ず疑われる。十人やそこらは動かしたであろうが、加賀忍群は三百とも四百とも言われている。武士団にしろ忍群にしろ、大規模に動かせぬことで、加賀藩は歯ぎしりをしているであろうよ。残るのは、郷士の中から手練《てだ》れを選ぶということだが、それほどの数がいるわけではない」

般若湯がなくなったようだ。鉄馬は、左手に眼をやっていた。手首の傷痕《きずあと》は、きれいに塞《ふさ》がっているとはいっても、まだ生々しい。

「私が祖父から預かっているものが、そうなのでしょうか？」

「多分な。加賀藩がそれを追っていることも、将監先生は知っておられたであろう。森之助がどういうつもりで送ったかは別として、将監先生は、復讐《ふくしゅう》と思われたであろうな」

祖父がなんのために道場を畳んで旅に出たのか、景一郎にはわからなかった。各地の道場で、日向流を遣っている人間を探していたことは確かだ。それが父を斬《き》るためだったかどうかも、わからない。

父を斬らないかぎり、この世に居場所はない、と祖父の遺言として青梅青林寺の芳円に聞かされたが、祖父の口から直接父を斬ると聞いたこともなかった。

「森之助が、俺に使いを寄越したのは、一年前だった。加賀藩を出奔した時から、森之助は常軌を逸していたのだろう。しかし、助けを求めてはこなかった。川崎の旅籠《はたご》へ行って、なぜ助けを求めてきたのか、はじめてわかった。多恵殿が身重だったのだ。そして、これは俺が感じたことだが、森之助はすでに病んでいた」

祖父が、加賀藩の刺客を引きつけるようなことをしたのは、そのだいぶ前のことだ。

そこで、祖父は果てた。それからは、景一郎が刺客の一部を引きつけてきたのだ。祖父が父を救おうとしていて、それを景一郎に引き継がせたという見方はできないのか。

「薩摩《さつま》へ戻りたい、というのが多恵殿の意志だった。多恵殿は薩摩の出で、十四から十九までを芝の藩邸で暮らし、金沢へ行くことになったらしい。十四までは、薩摩で育ったのだ。どういう家かは知らぬし、訊きもしなかった。しかし多恵殿は、薩摩に入れば、腹の子だけは助けられる、と信じていたようだった。国境を越えたところから、容赦なく薩摩は襲ってきた。それは、おまえも知っている。薩摩は、多恵殿をよそ者としてしか扱わなかった」

話はこれで終りだというように、鉄馬は腰をあげた。下駄《げた》を履いて、楠の下まで歩き、梢《こずえ》を見あげた。

川崎から薩摩までは、鉄馬と森之助で加賀藩の刺客を引きつけながら、多恵を連れてきたのだろう。そこに、景一郎が歩いてきた道も重なった。

「話はわかりました、小関殿。しかし納得できないことがあります。私が、祖父の子だということです。祖父と母の間にそういうことがあったのなら、なぜ父が江戸を出てすぐに、母は死のうとしなかったのです。一年以上も経ってから、私の眼の前で懐剣をのどに突き立てたのですよ」

「そうだな。何年も経って死ぬなら、最初に犯された時になぜ死ななかったかだな。畜生道に堕《お》ちて、何年も生きながらえるという人ではなかったような気がする、おまえの母上は。しかし、自ら命を断ったことも確かだ」

「私は、祖父の子ではないと思います」

「ほう、それは将監先生の子はいやだということだな」

一緒に旅をして、祖父が女をどう扱うか知った。女は悲鳴をあげ、泣き、助けを乞《こ》いながら気を失っていく。旅籠の部屋の外で、景一郎は二刻も待たされたことがあった。

「将監先生は、剣では並ぶ者さえないお方だったが、ほかのことではけだものであった。森之助にも、そういうところがあった。二人の男に関った、満乃殿や多恵殿が不運ということか」

「しかし母は」

「わからぬのだよ、景一郎。ほんとうのことは、わからぬ。そして、現実とはそういうものでもある。特に男と女はな。森之助にしろ、おまえが将監先生の子ではないかと、疑っているだけなのかもしれん。とにかく、おまえと森之助が斬り合わなければならんのは、けだものの血の持つ宿運だと俺は思っている。俺はそれを、脇《わき》で見ているだけだ」

言って、鉄馬は楠のむこうへ歩いていった。

景一郎は、夕刻まで縁でじっとしていた。

明日、長い旅が終る。すべての終りになるのか、旅のひとつが終ったということになるのか、とにかく終りは来る。

それ以上のことは、なにも考えなかった。

どこからか、森之助の泣声が聞えてきた。乳をふくませたのか、泣声はすぐに熄《や》んだ。

5

晴れた日だった。

澄んだ空気の中に、鋭い鳥の啼声《なきごえ》が谺《こだま》した。

景一郎は、眠っている森之助を負《おぶ》い紐《ひも》で背負った。住持と寺小姓が、山門の石段のところまで見送ってきた。鉄馬は、左手を懐《ふところ》に入れて、いつものように歩いていた。

城下の真中で人通りは多かったが、はずれるにしたがって人は次第に少なくなり、やがて姿は絶えた。

「多恵殿を見て、おまえはなにも感じなかったか、景一郎？」

鉄馬が、景色の話でもするように言った。母に似ていた。そんな気もする。しかし景一郎にとって多恵の印象は、開いた股《また》から赤子の頭を出しているというものが、あまりに強すぎた。

「満乃殿に似ている、と俺は思ったな」

母の顔は、はっきりと憶《おぼ》えている。懐剣をのどに突き立てた姿も、憶えている。

「二人とも、薄幸だった。けだものの血に関ってしまったがためにな」

景一郎は、なにも言わなかった。

城下をはずれると、雑木林が多くなる。あれだと言うように、鉄馬が前方の建物を指さした。道場らしい建物だが、玄関のところは朽ちかけていた。看板もなく、人の気配もなかった。

遠くから、鉄馬を呼ぶ声がした。直一という男だった。走ってくる。腰には、刀を差していた。

「止めようと思ってきた。父と子で、斬り合いなどをさせてはならん、と思ってきた」

「余計なことだ、直一」

直一が佩《は》いているのは、長脇差《ながどす》ではなく、武士が遣う大刀だった。

「森之助に、伜を斬らせるのか。そんな思いを抱かせながら、死なせるのか。もうそれほど長くない、と俺は思う。あと三月。そんなものだろう」

「だから?」

「心静かに、死なせてやれ」

「けだものの心が、静かになることはない。それに、森之助が負けるかもしれん」

「いまの森之助に、勝てる者はいない。いるはずがない」

「世話はかけたが、おまえには関りのないことだ、直一」

「俺は、そんなことを見ておれん。人の道にはずれることだ。俺は森之助が伜を斬るようなことは、させない。ここで止めてみせる」

「よせよ、直一」

「止める」

直一の声は、かすかにふるえを帯びていた。刀が抜き放たれる。次の瞬間、鉄馬の腰から光が迸《ほとばし》った。直一の首が、路傍に落ち、首のない躰が一歩踏み出してきて倒れた。

「俺も、けだものの仲間だな」

言った鉄馬は、すでに歩きはじめていた。

道場の裏手に回った。草深い庭があり、庵がひとつ見えていた。

景一郎は負い紐を解き、眠ったままの森之助を抱いた。

出てきた。

父だということが、景一郎にははっきりとわかった。瘦《や》せている。頰がそげ、眼が飛び出したようで、頭蓋《ずがい》に皮が貼《は》りついているようにも見えた。小袖《こそで》の着流しで、大刀は右手に持っている。

「景一郎か?」

「父上ですね」

「私は、おまえの父などではない。おまえの父は、日向将監という男だ」

「父上にも、それはわからないことでしょう。誰にも、わからないことです」

「そうだな」

「父上かもしれず、日向将監が父とすれば、兄上かもしれない」

「そうだな」

父が、顔を歪《ゆが》ませて笑い声をあげた。皺《しわ》が深い。無数の刀疵《かたなきず》のようだった。

父に会っているとも、宿敵に会っているとも、景一郎は思わなかった。懐《なつか》しさに似たものが、かすかにあるだけだ。

「多恵が、生んだ子か」

森之助の方に眼をくれ、父が言った。

「名は？」

「森之助。なんとなく、そう付けてしまっていました」

「森之助か。それはいい。まったくいい。この子に、ふさわしい名だ」

景一郎は、欅《けやき》の根方に森之助を置き、持っていた木刀の袋を草の中に投げ捨てた。

「それは？」

「父上が削られた、枇杷《びわ》の木刀です」

「そういえば、そんなこともあった」

「これ以上、喋《しゃべ》っていたくはないのですが」

二歩進み出て、景一郎は刀を抜いた。父の眼に、強い光がよぎった。

「来国行。私はその幻影に、毎夜悩まされたものだ。日向将監を、夢の中で何度も斬ろうとした。斬れなかったな、夢の中では。来国行が、私の頭蓋を両断した」

「この剣で、父上を斬ります」

父が、また笑ったようだった。

鞘《さや》を払い、草の中に捨てた。景一郎を見つめたまま、二歩近づいてきた。

「いい腕だ。さすがに、日向将監の血を受けている」

景一郎は正眼に構えたが、父の剣は地摺《じず》りのままだった。

不意に、気が圧倒してきた。めらめらと、父の躰のまわりでなにかが燃えあがったように思えた。景一郎は、気を内に鎮《しず》め、剣先さえも動かさなかった。

爆《は》ぜるような音が、自分の躰のまわりで起きた。感じただけだ、と景一郎は自分に言い聞かせた。内に鎮めた気が、否応《いやおう》なく引き出され、父の気とぶつかっている。

頭の中が、白くなった。どれほど時が過ぎたのかも、わからなかった。打ちこむべき機が、何度か過ぎた。息が苦しいと一瞬感じたが、それも忘れた。ただ、吸い取られるように、躰から体力が消えていくのはわかる。

地摺りの父の剣が、上段になっていた。下から上へ、どう動いたのか景一郎には見えなかった。躰が縛られたようになっていて、それを解くだけで精一杯だった。つん、と頭から血が下がっていく。それにも耐えた。跳躍しながら、斬りあげる。それから斬り降ろす。できるのか。父も、跳躍してくる。

渾身《こんしん》の気力をふりしぼった。見えているのは、上段に構えられた剣だけになった。じりっ、と景一郎は足の指で土を掻《か》いた。わずかに、それで躰が前へ出た。四度、それをくり返した。

勝敗は、頭にない。跳べるか。あるのは、その思いだけだった。この剣を前に、跳べるのか。跳ぶことで、すべてが終る。

父の放った気が、別のものに変った。跳べ。そう誘われているような気がした。跳べ。跳べ。頭の中が、その言葉で一杯になった。

気力をふりしぼり続ける。跳べる。そう思った。父の放つ気が、さらに強くなった。

渾身の気を、景一郎は来国行の剣先に集めた。

弾《はじ》ける。すべて。後ろへ、景一郎は跳んでいた。跳ぼうとする力のすべてを、それに注いでいた。父の構えは、地摺りに戻っている。いつ。思う。なにも、見えはしなかった。感じさえもしなかった。

顔を、なにかが流れている。血。頭蓋を断ち割られたのか。しかし、立っている。

跳躍して頭蓋を両断する。日向流のその剣を、父は両足を地につけたまま遣った。後ろへ跳んでいなければ、頭蓋から胸まで断ち割られていただろう。

「かわしたのう、景一郎」

声が聞えたのかどうか、よくわからなかった。父は笑っているようだ。

再び、景一郎は渾身の気をふりしぼった。

父は、笑い続けている。

跳んだ。下から斬りあげることも、景一郎はしなかった。斬り降ろす寸前に、なにかが景一郎を打った。

地に立っている。景一郎は、はじめにそう思った。来国行は、地すれすれで止まっていた。次に感じたのは、顔に流れる血だった。

しばらく、構えを解けなかった。

父は、倒れていた。躰が、二つになっている。

「斬ったな、景一郎」

鉄馬の声だった。

「自分を斬ってくれる相手に、森之助ははじめて出会った」

そうなのか。ほんとうにそうなのか。

跳んだ瞬間に、景一郎をなにかが打った。父は、あの時に地摺りに構えたまま、死んだ。景一郎が両断したのは、骸《むくろ》にすぎない。

しかし、わからなかった。

顔の血を拭《ぬぐ》った。疵は、額に一寸ほどで、血は止まりかけている。その浅さが、なぜか悲しかった。

来国行を、鞘に収めた。

「森之助も、これでようやく地獄から逃れられたというわけだ」

鉄馬の声。景一郎は、大きく息を吸い、吐いた。死んでいない。改めて、そう思った。

「おまえなら、斬れるかもしれぬと思っていた」

「斬ったから、どうなるというのです?」

「父を、楽にしてやった」

「父?」

「そう思うしかあるまい」

「そうですね」

父の躰は、右と左が完全に二つに分れていた。景一郎は、しばらくそれに眼をやっていた。

不意に、森之助が泣きはじめた。火のついたような泣き方だ。

景一郎は、森之助を抱きあげた。泣声は、ひとしきり熄まなかった。なにか、痛みにでも襲われているようにさえ、感じられた。

「父を失った子が、二人か」

呟《つぶや》くように、鉄馬が言った。

森之助が、ぴたりと泣き熄んだ。抱いた景一郎の顔に触れ、森之助の小さな手が血で汚れた。

「乳を欲しがっていたわけではなさそうだ。不思議な子だな。もう機嫌を直している」

鉄馬が、覗きこんで言った。

少し揺すってやると、森之助は笑い声をあげ、景一郎の顔を叩《たた》いた。

「行きましょうか、小関殿」

「森之助を、どうする？」

「けだものは、こうやって骸を野に晒《さら》すものでしょう。やがて、土に帰ります」

「そうだな」

景一郎は、森之助に負い紐をかけ、背負った。すべてが終りにはならなかった。長い旅のひとつが、終っただけだ。

「行きましょう、小関殿」

「どこへだ？」

「とりあえず、東へでも」

「俺と一緒に、旅をしようと言うのか？」

「片手にしてしまった伯父貴がいる。そんな気がします。その手では、生きることに不自由なさるでしょう」

鉄馬が苦笑していた。

森之助が、背中で笑い声をあげる。

景一郎は、ふり返らずに歩きはじめた。

解説

池上冬樹（文芸評論家）

いやはや凄い迫力だ。ここまで緊迫感にみちた剣戟《けんげき》小説だったのかと、久々に読み返して驚いている。何よりもヒーローがダーク・ヒーローになりかわる第二章「獣肉」の終盤は、読者の意表をついて圧倒的だ。戦後最大のニヒリスト・ヒーロー、『大菩薩峠』の机《つくえ》 竜之助《りゅうのすけ》を思い出した。それほど度肝を抜かれるからだ。いくらなんでもそんなことをするのかと唖然としてしまうし、その展開に驚きつつも、読者がもつ倫理観をあっさりと振り切り、小説内の倫理に強くひきつけられる。日向景一郎《ひなたけいいちろう》が体現する生き方にどうしようもなく惹かれてしまうのだ。これはとても危険な小説だ。危険だが、とろけるほどの魅力をもつ小説で、読むのがやめられなくなる。そして日向景一郎がどのように生きていくのか気になって、シリーズ全五作、一気読みしたくなるのではないか。

本書『風樹の剣』は、剣豪・日向景一郎シリーズの第一作だ。かつて新潮文庫から出たシリーズ全五作が、今回あらたに双葉文庫に収録されることになり、本書はその皮切りとなるのだが、それを紹介する前に、簡単に北方謙三の歴史・時代小説についてふれておこう。

北方謙三の歴史・時代小説は大きく四つにわけられるのではないかと思う。

まずは、後醍醐《ごだいご》天皇の皇子、懐良《かねよし》親王が九州征討と統一をめざす『武王の門』から始まった南北朝もので、北畠顕家《あきいえ》の生涯を描く『破軍の星』、足利義満に立ち向かう『陽炎の旗』、佐々木道誉《どうよ》を描いた『道誉なり』、波王水軍が元朝と戦う『波王の秋』、南朝の英雄・楠木正成《くすのきまさしげ》を新たな視点から捉えた『楠木正成』などがある。

次は、大塩平八郎の乱をある剣豪から捉えた『杖下《じょうか》に死す』、間宮林蔵の野望をめぐる『林蔵の貌《かお》』、土方歳三を中心とした北方版新選組『黒龍の柩《ひつぎ》』、赤報隊の相楽総三《さがらそうぞう》を中心とした幕末の人物群像『草莽《そうもう》枯れ行く』など江戸後期や幕末を舞台にしたもの。

三番目は何といっても中国の歴史もので、『三国志』（全十三巻）から始まり、『水滸《すいこ》伝』（全十九巻）『楊令《ようれい》伝』（全十五巻）『岳飛《がくひ》伝』（全十七巻）、モンゴル史の『チンギス紀』（全十七巻）などの長大なシリーズだ。北方謙三といえば中国ものの作家のイメージが出来上がり、新人賞の下読みで新人の原稿を読んでいると、北方謙三に影響を受けた中国ものに少なからずぶつかる。

そして四番目が、歴史や歴史上の人物にはこだわらない時代小説の分野で、その代表が、本書の日向景一郎シリーズとなる。歴史小説というとハードルが高く、歴史の知識がないと読めないという読者が一定数いるけれど、日向景一郎シリーズは現代ハードボイルドを読むつもりで手にとっていい。ただし北方謙三の現代ハードボイルド以上に殺しとセックスがふんだんに出てきて、エンターテインメント性が強い。

もともとこのシリーズは、おもに「週刊新潮」に長年連載されたものであるが、「週刊新潮」で連載された時代小説といえば、五味康祐《ごみやすすけ》の『柳生武芸帳《やぎゅうぶげいちょう》』や柴田錬三郎《れんざぶろう》の『眠狂四郎《ねむりきょうしろう》無頼控』などの名作があり、このふたつが剣豪ブームをひき起こした。北方謙三が意図したのは、もう一度剣豪小説の伝統を復活させることだったろう。それはシリーズのタイトルを見ればわかる。本書『風樹の剣』(一九九三年)のあと『降魔の剣』(一九九七年)『絶影の剣』(二〇〇〇年)『鬼哭の剣』(二〇〇三年)『寂滅の剣』(二〇一〇年)と続く。個々の作品については次回以降で詳しくふれるつもりだが、まずは、本書だ。

物語はまず、老剣士・日向将監《しょうげん》が毎夜、居候している寺で刀を振るう場面から始まる。見つめるのは元弟子で、住職の芳円《ほうえん》。労咳で血を吐き、もはや何日も生きられないのに、闇の中で刀だけは振るうことをやめない。「闇が斬れぬ」といって。将監は四年前、江戸両国広小路に構えていた道場を畳み、孫の日向景一郎と旅に出て、各地の道場破りで金を稼いでいたが、病をえて、芳円のところに身を寄せた。

孫の景一郎は、十八歳。一刀流の祖父が興した日向流の継承者にならんとしているが、臆病なところがあり、まだまだだった。景一郎が八歳の時に父が突然いなくなり、十歳の時に母親が喉に懐刀を突きつけて自害をした。理由はわからなかった。

やがて五人の男たちが寺を襲撃してくる。将監と景一郎は五人を倒すが、将監は力つきて亡くなる。景一郎は、芳円から二尺六寸の古刀・来国行《らいくにゆき》を渡され、将監の遺言を伝えられる。「父を斬れ。斬らねばおまえの生きる場所は、この世にはない」。

父は何故いなくなったのか。母は何故自害したのか。何故父を斬らねばならないのか。父の姿を求めて、日向景一郎は果てしなき旅に出る。

ストーリーテリングの極意は、「何を隠してどこから語るのか」であるが、まさに読者を摑んではなさない導入部である。この後、十八歳の青年剣士は各地をめぐり、道場を破り、襲いかかる剣士たちを次々に血祭りにあげ、生肉を食い、女を犯し、赤ん坊の世話をし、必殺剣法を体得して、熊本で父子対決を迎えることになるが、これはエンタメ的な紹介でしかない。純文学を出自とする北方謙三は「何を隠してどこから語るのか」以上に、「どう語るのか」にも力を注ぐ。いちおう形は剣豪小説なのに、そのくくりにはおさまらないのである。

というのも、日向景一郎は父を求めて旅に出て、各地をさまようことになるからで、それはまるでロード・ノベル的要素にみちているし、週刊誌連載小説なのに、一章一章が独立した短篇のようにも読める完成度をもつ。なかでも海を舞台にした章がいい。とくに第三章「わに」は青春ハードボイルドとして、第七章「鬼の子守唄」はノワールとしても読めるだろう。

海ものではないが、焼き物をめぐる第五章「皿の日」も絶品。焼き物と殺人をめぐって、人が何を求め生きていくのか、いや何を求めずに生きているのかを、焼き物の皿を作り、それを割るという行為で見せつける。いったい自分たちは何をこね、何を割っているのか。割ることに意味があるのか、割るという行為はいったい何をあらわしているのかを読者に突きつけるのである。これは次回以降の解説で詳述するけれど、北方謙三のきわめて純文学的なハードボイルド、能面師を主人公にした『白日』、画家が主人公の『冬の眠り』『抱影』、そして二〇二四年に出た小篇集『黄昏のために』でも行われていることである。

もうひとつ忘れてならないのは、強烈なエロティシズムだろう。ハードボイルド・ヒーローは性的放縦《ほうしょう》とは無縁で、己が信条に忠実であり、克己的で、矩《のり》をこえることはしないほうだが、日向景一郎にそんな矩などはない。〝欲情のけものになったことがあります〟という言葉が出てくるほど己が欲望の解放に走り、作者は様々な交合をとことん描きつくす。

そして交合のあとにはそれを帳消しにするような血まみれの剣戟がかわされることに

なる。ひとしくみな容赦なく殺され死んでいく。殺しにはいっさい忖度《そんたく》はない。非情の極みへと向かい、最終的に、父と子の対決となる。どのような結果になったかは読まれた読者ならわかるだろうが、ひとつだけいっておきたいのは、日向景一郎の父親と同じ森之助と名付けられた赤子と、旅の途中から合流する小関鉄馬は重要なシリーズ・キャラクターであり、シリーズ五部作は、景一郎と彼らの二十年間の物語となる。一言でいうなら、錯綜する父と子の対決の物語だ。そのためにもぜひ注意深く彼らを見つめて読んでほしい。

最後に、個人的な話になるが、近年経験した話を紹介しておきたい。大学でハードボイルド論を教えたことがあり、そのとき大藪春彦の『野獣死すべし』をテキストにした。ポリティカル・コレクトネス全盛のおり、若い学生たち（とくに女子大生たち）は、物語の内容よりも設定に難色を示すことがすくなからずある。恋愛では不倫の話が敬遠される傾向にあり、性的な内容を含む小説などもってのほかである。だから警官を襲い、次々と女と性交渉をもち、犯罪を繰り返すヒーロー・伊達邦彦の物語をテキストにすることに躊躇いがあったのだが、国産ハードボイルドの名作をテキストにしないのはおかしいと思い、学生に読ませたら、意外なことに、こちらの予想以上に好評だった。颯爽として恰好いい、昂奮しましたというのである。自分の欲望に忠実なヒーローの小説、はじめて読みました、こんなに自由に生きていいんですねという感想に、逆にこちらが少し驚いた。そんなにみんな不自由に生きているのかと思ったからである。読むもののくらいもっと大胆で、少し不道徳なもののほうが、人生の価値を大いに教えてくれる。北方謙三の日向景一郎シリーズもまた、そんな自らの価値観を揺さぶる小説ではないかと思う。

底本『風樹の剣　日向景一郎シリーズ1』（新潮文庫／一九九六年）
新装版刊行にあたり加筆・修正をしました。

本書には「石女」など、今日の観点からすると偏見や差別的、及び考慮すべき表現が含まれておりますが、舞台となる時代背景を反映させた表現であり、差別的な意図がないことをご理解ください。

双葉文庫

き-08-02

風樹《ふうじゅ》の剣《けん》〈新装版〉
日向景一郎《ひなたけいいちろう》シリーズ❶

2025年1月15日　第1刷発行
2025年5月26日　第4刷発行

【著者】
北方謙三《きたかたけんぞう》

【発行者】
箕浦克史
【発行所】
株式会社双葉社
〒162-8540 東京都新宿区東五軒町3番28号
［電話］03-5261-4818(営業部)　03-5261-4831(編集部)
www.futabasha.co.jp（双葉社の書籍・コミックが買えます）
【印刷所】
株式会社DNP出版プロダクツ
【製本所】
株式会社DNP出版プロダクツ
【カバー印刷】
株式会社久栄社
【DTP】
株式会社ビーワークス
【フォーマット・デザイン】
日下潤一

ISBN978-4-575-67225-1 C0193
Printed in Japan

降魔の剣
日向景一郎シリーズ②〈新装版〉

北方謙三

熊本の地で父を斬った景一郎は、腹違いの弟を育てながら江戸で焼き物を作る日々を過ごしていた。そんな景一郎に、ふたたび強敵があらわれる——。

〈双葉文庫／二月十三日発売〉

絶影の剣
日向景一郎シリーズ③
〈新装版〉

北方謙三

景一郎は弟の森之助とともに薬草種を届けるため奥州に向かっていた。そこには、藩によって孤立させられ皆殺しにされそうな村があり……。

（双葉文庫／三月十二日発売）

鬼哭の剣
日向景一郎シリーズ④
〈新装版〉

北方謙三

兄の景一郎を敬いつつも恐れながら生きる森之助。薬種問屋の仕事で糸魚川を訪れた兄弟だが、そこで壮絶な戦いに巻き込まれていく。

（双葉文庫／四月九日発売）

寂滅の剣
日向景一郎シリーズ⑤〈新装版〉

北方謙三

景一郎と森之助。兄弟の対決の瞬間が近づいていた。祖父、父からの因縁をめぐって兄弟が壮絶な決闘を繰り広げるシリーズ最終巻。

（双葉文庫／五月十四日発売）

標的走路
失踪人調査人・佐久間公①〈新装版〉
大沢在昌

失踪人調査人・佐久間公の乗る車に爆弾が仕掛けられた。幸い難を逃れたが、そんな中、銀行の頭取令嬢の依頼で失踪した恋人を捜してほしいと言われるが……。

（双葉文庫）

感傷の街角
失踪人調査人・佐久間公②〈新装版〉
大沢在昌

佐久間公のもとにボトル１本の報酬で11年前に別れた女を捜してくれという依頼がくる。バブル前夜を舞台に消えた男と女を捜す若き主人公を描いた短編集。

（双葉文庫）

漂泊の街角
失踪人調査人・佐久間公③〈新装版〉

大沢在昌

草野球チームのエースが失踪した。監督の依頼で調査をはじめた佐久間公だったが、その途端、何者かに襲われ大怪我を負う。都会派ハードボイルド短編集第二弾。

（双葉文庫）

追跡者の血統
失踪人調査人・佐久間公④〈新装版〉

大沢在昌

六本木の帝王にして、佐久間公の悪友・沢辺が突然失踪した。何の痕跡も残さずに消えた友を捜すため、失踪人調査人のプライドと友情にかけて公は六本木中を駆け回る。

（双葉文庫）